「はい。これでお仕舞い。トネリも、いいよね？」
「……まだ、やりますか？
これ以上するなら、わたし、
むぐっ！」
公女殿下の
家庭教師
5

「勿論、エリーも加わってくれるわよね？」
ハワード公爵家長女
ステラ
ティナの姉にして王立学校の生徒会長。次期公爵として相応しい人物になるべく修練を重ねる努力家。アレンの指導の下、自分に自信を取り戻した才女。

「は、はひっ！
わ、私、頑張りますっ‼」
「王都へ帰ったら、
皆さんを招集しましょうっ！
場所は……水色屋根のカフェでっ‼」
ティナの専属メイド
エリー
ハワード家に仕えるウォーカー家の孫娘で、ティナとともにアレンの授業で、その才能を開花させたドジっ子メイドさん。ティナたちと同じく王立学校に通っている。
ハワード公爵家次女
ティナ
四大公爵であるハワード家の人間でありながら魔法をまるで使えなかった少女。アレンの指導の下、才能を爆発的に開花させ、王立学校を主席で入学するまでに。

「実の母親に、そんな口をきくなんてっ！」
リンスター公爵夫人
リサ
リディヤとリィネの母親。リンスター家の最高権力者との呼び声も高い美女。アレンを息子のように可愛がっていて、押しの弱い娘に発破をかけがち。

「御母様、覚悟っ！」
リンスター公爵家長女
リディヤ
『剣姫』。王立学校入学時からのアレンの腐れ縁。頭脳明晰で容姿端麗、剣も魔法も超一流の御嬢様。現在は、王宮魔法士から王女直属護衛官に栄転。

「私だって兄さんに幸せになってほしいです。
ですが……リディヤさんはダメです！」
「僕はカレンに幸せになってほしいよ」
アレンの義妹
カレン
少数民族である狼族の少女で、種族差別が残る中、実力で王立学校の生徒会副会長に辿り着いた優等生。夏休み後半はアレンを独り占め予定。

大橋の欄干から、持っている紙灯篭を下へ。
ぼんやりとした灯りが、ふわふわ、
とゆっくり落ちていき着水。
水面が花畑のようになっていく。
とても幻想的な光景だ。
幼き日、この光景を見て
――僕は精霊を信じたのだ。
公女殿下の家庭教師
アレン
魔法の制御においては余人の及ばぬ領域にありながらも、己の実力に無自覚な青年。ティナを含め現在は4人の少女たちの家庭教師をしている。

「あの子の兄として恩は返すさ。育ちがいいんでね」

リンスター家長男

リチャード

次期リンスター公爵で、現在は近衛騎士団の副団長。基本的にはマイペースな好青年だが、リンスター家最強の母と妹たちに虐げられてきた苦労人。

CONTENTS

Tutor of the
His Imperial Highness princess

公女殿下の家庭教師５
雷狼の妹君と王国動乱

七野りく

ファンタジア文庫

2955

口絵・本文イラスト　cura

公女殿下の家庭教師5

雷狼の妹君と王国動乱

Tutor of the His Imperial Highness princess

Lightning wolf
sister and the Kingdom riot

Character
登場人物紹介

公女殿下の家庭教師／
剣姫の頭脳

アレン

ティナたちの家庭教師。本人に自覚はないが、魔法の扱いは常識外れの優秀ぶり。

王立学校生徒会
副会長

カレン

アレンの義妹。しっかりものだが意外と甘えたがり。ステラとフェリシアとは親友同士。

王国四大公爵家（北方）ハワード家

ハワード家・
次女

ティナ・ハワード

アレンの授業によって才能を開花させた少女。王立学校に首席入学。

ハワード家・長女／
王立学校生徒会会長

ステラ・ハワード

ティナの姉で、次期ハワード公爵。真面目で人一倍頑張り屋な性格。

ティナの専属メイド

エリー・ウォーカー

ハワード家に仕えるウォーカー家の孫娘。ケンカしがちなティナとリィネの仲裁役。

王国四大公爵家（南方）リンスター家

リンスター家・長女／
剣姫

リディヤ・リンスター

アレンの相棒。奔放な性格だが、魔法も剣技も超一流のお嬢様。

リンスター家・
次女

リィネ・リンスター

リディヤの妹。王立学校に次席入学。主席のティナとはライバル同士。

プロローグ

「皆《みな》、今日はよく集まってくれた。グラント・オルグレンだ」

東都郊外《こうがい》の森林地帯。オルグレン公爵家《こうしゃくけ》の山荘《さんそう》、その地下に設けられた隠《かく》し部屋に今宵《こよい》、参集したのは、王国東方の有力貴族達だ。

巨大《きょだい》な円卓《えんたく》に座る男達は、私が中央の席で名乗りをあげると一様に背筋を正した。

伯爵《はくしゃく》、子爵、男爵といった貴族達。それに、我がオルグレンの騎士《きし》達。

幕下にある貴族、騎士達で参集可能な者は全員が出席しており、錚々《そうそう》たる顔ぶれ。

王都近辺で演習と称《しょう》し待機中の最精鋭《さいせいえい》部隊『紫備《むらさきぞな》え』を率いるハーグ・ハークレイとオルグレン幕下の武闘派《ぶとうは》貴族達が揃《そろ》ったのなら、紛《まぎ》れもなく現王国最強であろう。

悦《えつ》に入《い》る私に向け、隣席《りんせき》の二弟のグレックが円卓を指で叩《たた》いた。

私は咳払《せきばら》いをし、同志達に言葉を発する。

「急な招集に応じてくれたことを感謝する。用件は他《ほか》でもない――『義挙《ギキョ》』のことだ」

室内に強い緊張《きんちょう》が走る。

『義挙』――貴族達から次々と多くの権利を剝奪《はくだつ》している現王家への謀反《むほん》は、何年も前から綿密に計画されてきた。

グレックの反対側に座るレーモン・ディスペンサー伯爵が挙手をする。

この男はグレックの腹心であり、今宵の会合後、弟と共に王都へ向かうことになっている。

「公爵殿下《でんか》、それは……先日の東都の一件を受け『義挙』を中止される、という意味でしょうか？」

「いや、違《ちが》う――グレック」

「はっ！」

二弟は私の指示を受け立ち上がった。

王都近辺の諸部隊を率いていたグレックとは久しぶりに会ったが、細身でありながら鍛《きた》えられた身体《からだ》に濃《こ》い紫の軍服が映《は》え、実に堂々たる様だ。我が弟ながら惚《ほ》れ惚《ぼ》れする。

流石《さすが》は真の『オルグレン』を継承《けいしょう》する資格を持つ者。三弟グレゴリー、四弟ギルには下《げ》賤《せん》の血が流れている為《ため》、こうはならん。グレックが良く通る声で説明を開始。

「皆、聞いているな？　ジェラルドは我等の指示を待たず、単騎で先走り……近衛《このえ》騎士団と『剣姫《けんき》』の前に敗《やぶ》れ去ったっ！」

部屋の空気が一気に重くなる。

——かつての王国第二王子、ジェラルド・ウェインライトは真の愚《おろ》か者《もの》であった。

あの愚物《ぐぶつ》が愚かしい父——ギド・オルグレンの指示により四英海《しえいかい》近くの屋敷《やしき》への幽閉《ゆうへい》が決まった際、私は使い物になるかもしれぬ、と考えた。腐《くさ》っていようが『ウェインライト』。抱《かか》えておく価値はある。

そこで我等はジェラルドと密《ひそ》かに接触《せっしょく》し、奴《やつ》のかつての部下『黒騎士』を探し出して護衛に付け、そして——事が成った後、傀儡《かいらい》の王となるという誓約《せいやく》を交《か》わしたのだ。

その証《あかし》として、『炎蛇《えんじゃ》』の短剣《たんけん》と、密かに入手した古《いにしえ》の大魔《だいま》法《ほう》『炎麟《えんりん》』の魔法式が書かれた史上最凶《さいきょう》最悪の魔法士『炎魔《えんま》』の日記帳の模写を渡《わた》した。到底扱《とうていあつか》えぬ、と確信して。

だが、我々の予想を裏切り暴走を始めたジェラルドは、あろうことか『炎麟《えんりん》』を発動させ、東都、そして王都をも焼き尽《つ》くそうとした。……あの男は狂人《きょうじん》だったのだ。

分からぬのは、あれ程《ほど》の数の傭兵《ようへい》達を雇《やと》う金が何処《どこ》から出たのか……。

グレックが静かに続ける。

「そして、東都にはジェラルドの件に対応する為、『剣姫』と近衛騎士団本隊、『大魔導』

ロッド・フードルと『教授』までもが集結した」

『つっ！！！！』

貴族達に大衝撃《しようげき》が走った。一部の者は恐慌《きようこう》状態に陥《おちい》っている。

『剣姫』にせよ、『大魔導』にせよ、『個』で戦局すらも変え得《う》る怪物《かいぶつ》、とされて久しい。

だが前者は若い女。いざ、戦場で相まみえれば、私の勝利は揺《ゆ》らぐまい。

問題は後者の二人。こ奴等に察知されれば……『義挙』は失敗に終わる可能性が高い。

グレックが自信満々で言い放つ。

「御安心《ごあんしん》めされよ！　既《すで》に近衛騎士団本隊は半壊《はんかい》し、王都へと帰還《きかん》した！　我等とジェラルドの繋《つな》がりは何一つとして摑《つか》まれていない！　しかも、兄上の『ギド・オルグレンの病が、癒《い》え次第《しだい》、グラント・オルグレンも同席の上、秋口、王都王宮にて直接説明』の言を信じ、夏季慣例を再開。『剣姫』は南方へ。『大魔導』は西方へ。『教授』は北方へと、休《きゆう》暇《か》の為、去る！　つまり――この一件はもう終わった、と考えているのだ」

私は皆に結論を述べる。

「奴等が各地へ散った後、東都から王都までの間に現状、我等を遮《さえぎ》る『敵』は存在しない」

――厳密に言えば、私の言だけではなく『担保』も付けた。

王国の老人達であれば、必ず信じる『担保』を。

結果、教授も『大魔導』もあっさり、と信じた。王国最高峰《さいこうほう》の魔法士達にも見破れぬとは、聖霊《せいれい》教の文書偽造《ぎぞう》技術は素晴《すば》らしい。

ジェラルドが唯一《ゆいいつ》もたらしたもの、それは――隙《すき》だ。

事は終わった、という愚敵共の思い込みを、我等は突《つ》く！

大魔法の使用で意識が混濁したまま近衛本隊に王都へと連行されたジェラルドから、密約が漏《も》れる可能性はない。ないが……我等との書簡は旧ルパード伯爵邸《てい》からも発見されなかった。

『黒騎士』とその部下達の死体もなく、脱出《だっしゅつ》した、と推測出来る。

つまり、奴等が書簡を交渉《こうしょう》材料に、ジェラルドと自分達の地位保全を条件に、王国中枢《ちゅうすう》と接触する可能性は高い。それが、王都へ届いてしまえば…………破滅《はめつ》だ。その前に。

息を大きく吸い込み、

『『義挙』を決行する』

室内は静まり返り――直後、貴族達は立ち上がり叫《さけ》ぶ。

「その御言葉《おことば》を待っておりました！」「実力主義、を掲《かか》げ秩序《ちつじょ》破壊を行う王家に鉄槌《てっつい》をっ！」

「実力主義が進めば我等の上に平民や、姓《せい》すら持たぬ移民、あまつさえ地を這《は》う獣人《じゅうじん》が立つ可能性すらある」「そのような父祖の歴史をも踏《ふ》みにじる所業、断じて容認《ようにん》出来ませぬ」

士気極《きわ》めて高し。グレックと頷《うなず》き合う。これならば。

その時、円卓右側中央に座っている白髪《しらが》の老人が手を挙げた。

眼光は鷹《たか》のように鋭《するど》く、圧倒《あっとう》的な威圧感《いあつかん》を感じる。室内が再度緊張。

「――公子殿下、発言を許されたい」

隣《となり》のグレックが問う。

「ヘイデン伯《はく》、何か？」

オルグレン公爵家の『双翼《そうよく》』の一翼、王国内に十人といない『大騎士』の称号を持つオルグレン公爵家親衛騎士団団長、ヘイグ・ヘイデンが、ギロリ、と私達を睨《にら》んだ。

「我等は王国東方防衛に特化しております。外戦は魔王戦争以来、二百余年の間、経験しておりませぬ。それ故《ゆえ》、事を起こす際、兵站維持《へいたんいじ》について格別の配慮《はいりょ》を……とお願いしておいた筈《はず》。また、王都は遠く、その連絡網《れんらくもう》維持についても懸念《けねん》がございます」

ハーグとこの老人は愚かな父、ギド・オルグレンの子飼い。油断は出来ない。

『王家が掲げている実力主義にかこつけた、下級貴族、一般《いっぱん》平民、水面下で進みつつある移民、獣人の登用に反対で我等に与《くみ》した』……と、当人達は説明したが、俄《にわか》には信じ難《がた》し。

何より、オルグレン公爵を継《つ》いだこの私を『公子殿下』だと？……老害がっ！

弟が私に目配せ。ここで披露《ひろう》するのは予定外だが仕方あるまい。

「無論、考慮しております。グラント兄上」

「ヘイグ爺《じい》よ、お前の懸念は尤《もっと》もなものだ。しかし、問題なきことを確約しよう」

「……と、申しますと？」

昔から無礼な老人だ！　もう、貴様やハーグ、愚父の時代ではないことを教えてくれる。

私と弟に厳しい視線を叩きつけてくる老騎士を心中で罵倒《ばとう》しつつ、円卓を見渡《みわた》す。

「魔王戦争時代とは異なり、今や王国の主要都市は汽車で繋がれている。我等は兵站維持と軍の移動に汽車を用いる！　既に我等へ賛同せし各大商家が、物資の準備を進めている。また、長距離《ちょうきょり》魔法通信を大々的に用い、連絡も密としよう。このような戦例——大陸広しといえど前例はない。『義挙』は新時代の戦《いくさ》、その魁《さきがけ》となる！　ヘイグ爺、これで納得《なっとく》出来ぬか？　そして……私が先日、オルグレン公爵家を、その証となる魔斧槍《まふそう》『深紫《しんし》』と共に継承したことは既に知っていると思うが？」

「……………出過ぎた物言い、申し訳ございませぬ、公爵殿下」

老騎士が頭を下げ引き下がる。多少、溜飲《りゅういん》が下がった。老人には出て来ぬ考えだったろうな。他の同志達は興奮し、拳《こぶし》を握《にぎ》りしめたり、何度も頷いている。

「兄上、私も一点だけ確認しておきたいのですが」

円卓《えんたく》の末席に座る、フード付き灰色ローブを着た痩《や》せ男――三弟のグレゴリー・オルグレンが挙手した。今日も張り付けたような笑顔《えがお》。

奇妙《きみよう》な苛立《いらだ》ちを感じながら、許可を出す。

「……何だ？」

「作戦案については疑問の余地もありません。素晴らしい。必ずや成功すると確信を……」

「早く言え！」

「あ、すみません。東都を抑《おさ》える際なのですが、万が一抵抗《ていこう》する者がいたら如何致《いかがいた》しましょう？　獣人達がどう動くかは未知数かと……。彼等と我等には『古き誓約』がございますし、目標の一つである大樹は、彼等にとって聖地です」

「ふんっ！　そんなことか。決まっている」

椅子《いす》に腰《こし》かけ、せせら笑う。仮にも我が弟がそのような些事《さじ》を心配しているとは。

先日、獣人族の取り纏《まと》めである狼《おおかみ》族族長オウギに冷たくあしらわれたことを思い出す。

……魔王戦争以来の黴《かび》が生えた『古き誓約』なぞ、気にする必要もないわっ！

私は背筋を伸《の》ばすと、高らかに宣告した。首にかけている聖霊教の金鎖《きんぐさり》の揺れが心地よい。

「無抵抗ならば、寛大《かんだい》な慈悲《じひ》の心を持って命だけは助けてやろう。が、少しでも抵抗すれば、当然――害獣として容赦《ようしゃ》なく駆除《くじょ》する。獣《けもの》が人に歯向かうなど烏滸《おこ》がましい」

隣のグレックが拍手《はくしゅ》。すると、次々と同志達からも拍手が上がり出す。

東都の東西に大きな自治区を持ち、更《さら》には大樹を独占《どくせん》している獣人達への反感は強い。大樹の実、枝、葉は莫大《ばくだい》な財となる。

拍手をしていないのは……ヘイグとその部下達。未《いま》だ憂《うれ》い顔のグレゴリー。

私は右手を上げ、拍手を止めさせる。

「ヘイグ、それにグレゴリー。まだ、何か懸念材料があるのか？」

「…………いえ。無抵抗な獣人族への対処は聞けましたので」

「『剣姫の頭脳』は如何致しましょうか？　療養のため東都へ残留するようですが……」

老騎士《ろうきし》は引き下がったものの、愚弟は食い下がってきた。

円卓の貴族達からは「『剣姫の頭脳』？」「『剣姫』の腰巾着《こしぎんちゃく》か！」「『姓無し』の分際でリンスターに取り入ったとんでもない男だ」と言った声が上がる。

どうやら一人として、脅威《きょうい》に感じている者はいない。私は一蹴《いっしゅう》する。

「何かと思えば……気になるならばお前の方で処理せよ！！」

「わ、私がですか？？」

途端《とたん》にグレゴリーが狼狽《ろうばい》。グレックとこうも違《ちが》うものか。

「そうだ。出来るだろう？」

「………分かりました。『剣姫の頭脳』は私が担当致します」

愚弟は頭を深く下げ、受け入れた。獣に育てられた一平民如《ごと》き、こ奴とその護衛の魔法士達に対応させるだけでも過剰《かじょう》であろう。……まったくもって、情けなしっ。

私は右拳を高く掲げる。

「我等は勝つ！　間違《まちが》いなく勝つ!!　心強い味方も東方より来援《らいえん》する!!!　勝利を我等にっ！！！」

『勝利を我等にっ！　この狂《くる》った時代に終焉《しゅうえん》を!!　オルグレン公爵殿下《こうしゃくでんか》、万歳《ばんざい》っ!!!』

＊

愚者共の宴《うたげ》が終わった時分。私は隠《かく》し部屋の扉《とびら》に手をかざし、名乗りをあげる。

「コノハです。お開けください」

すると、重厚な扉に魔法《まほう》式が浮《う》かびあがる。その文様が、自我を持つかのようにゆっくりと解けていくと――扉が開いた。

部屋の中にいたのは、灰色ローブを纏《まと》ったグレゴリー・オルグレン。左手で首元の金鎖を弄《いじ》っている。

「ああ、コノハさん。待っていましたよ」

笑顔。けれど、何処《どこ》か得体の知れぬ優男《やさおとこ》に、名前を呼ばれただけで怖気《おぞけ》立《だ》ったものの、私は使命感でその感情を封殺《ふうさつ》した。

「何の御用《ごよう》でしょうか？　グラント公爵殿下から貴方《あなた》様への監視《かんし》命令に変化はありません」

「あーそんなのはどうでもいいんですよ。こっちへ来てください。面白《おもしろ》いですよ」

私は無言のまま近づくと、指で示された円卓を覗《のぞ》き込む。

王国全図の上に硝子《ガラス》の駒《こま》が配置されている。

味方は紫《むらさき》。敵は赤・蒼《あお》・翠《みどり》・白。中立他は無色に分かれているようだ。王都周辺に敵は殆《ほとん》どおらず、無色の大駒が二つあるだけ。

気持ち悪い笑みを浮かべたまま、グレゴリーが続ける。

「『義挙《ギキョ》』決行時の推測情勢です。王都に碌《ろく》な戦力はいません。近衛騎士《このえきし》団はジェラルド元王子の件で半壊《はんかい》していますし、王家直属の護衛官達は精鋭《せいえい》ですが少数。東方の二侯爵《こうしゃく》家、ガードナー、クロム両家からも中立を取り付けた。戦力的には楽勝。負ける筈がない――

「グラント兄上とグレック兄上はそうお考えのようです」

私は沈黙《ちんもく》。この男と会話を楽しむ趣味《しゅみ》などない。

だが——私も『義挙』と呼ばれている愚者共の狂宴《きょうえん》、緒戦《しょせん》において勝ちはするだろうと考えていた。何しろ、オルグレンの『双翼』が参加しているのだ。

『大騎士』とは騎士の頂点に君臨する者への称号。生半可な存在ではない。

が、愚者共はあの化け物……『剣姫《けんき》の頭脳』を決定的に軽視し過ぎている。

数の力で押せば戦場で倒《たお》せはしよう。しかし、奴《やつ》の恐《おそ》ろしさはそんな次元にはない。

この四年余の戦歴を詳細《しょうさい》に調べて理解した。

あの化け物は人の『不可能』をあっさり、と『可能』にする。

天災と同義と言える黒竜《こくりゅう》を退け、四翼の悪魔を討《う》ち、吸血鬼《きゅうけつき》の真祖と遭遇《そうぐう》しても——平然と生き残っているのだ。この時点で人外中の人外。

そして、それを成し遂《と》げたのは、一般的に流布《るふ》されているように『剣姫』の力だけではなく、奴の冷徹かつ類稀《たぐいまれ》なる戦術・戦略眼によるものだ。我が唯一《ゆいいつ》の主《あるじ》、ギル・オルグレン様があそこまで慕《した》う程《ほど》だけのことは……認めたくないがある。

奴ならば断片《だんぺん》情報だけで、真実に辿《たど》り着く可能性は捨てきれない。

……あの男は『義挙』に災厄《さいやく》を齎《もたら》すだろう。

ギル様を軽《かろ》んじる輩《やから》などどうなろうと構わないが。

グレゴリーは、私に構わず、北、南、西の透明《とうめい》な駒に指を置いていく。

「魔王軍と相対している西のルブフェーラ公爵家と王国騎士団主力は確かに動けないでしょう。北のハワードにはユースティン帝国《ていこく》が、南のリンスターには侯国連合の、アトラス、ベイゼルの二侯国が対峙《たいじ》。その間にオルグレンは王都を落とし……」

紫の駒を王都に集め、それを北と南方面へ二分。

「帝国、侯国連合と相対しているハワード、リンスターの後背を突《つ》き、打倒《だとう》。王国を我が手に！　……これ、無理だと思いません？　兄上達の見通しはお甘いと思うのですが」

グレゴリーは私にまたしても笑顔を向ける。

「コノハさんならどうします？」

「……用件が特段ないのでしたら、失礼致します。ギル様が御屋敷《おやしき》を脱出《だっしゅつ》しかねないので」

我が主は現在、東都の屋敷で実質の軟禁《なんきん》状態にある。……私が軟禁した。

急いで帰り、御顔を拝見しなければ。私の心はグレゴリーの気持ち悪い笑みを見る度《たび》、ギル様を欲《ほっ》する。

身を翻《ひるがえ》し扉を開けようとしていると、背後から声が飛んできた。

「ギルは脱走などしませんよ。何しろ、実の父親の命が懸《か》かっているのでしょう？　今日、此処《ここ》に呼んだのは、貴女《あなた》の目的がどうもよく分からなかったからです。ギルのことを思えば、アレン殿《どの》に会わせてやった方が良いのでは？」

振《ふ》り向き男を睨《にら》みつける。胸元《むなもと》には禍々《まがまが》しい聖霊《せいれい》教の黄金印。

私が、ついたギル様への嘘《うそ》──老公ギド・オルグレンの命は最早《もはや》どうあっても助からないのに、貴方が動かなければ助かる、と騙《だま》していることも知られている。

グレゴリーの後方にある空間が歪《ゆが》み、深く被《かぶ》ったフードで顔が分からない二人の灰色ローブと、私が絶対に死んでも忘れない母と姉の仇《かたき》──箱型の兜《かぶと》を被った聖霊騎士が姿を現した。

灰色ローブの一人は明らかに男。もう一人の背が小さい方は……年のいった女か。

ここに現れた原理は不明。おそらく、闇《やみ》魔法か転移魔法の応用。三人共、明らかに格上。

聖霊騎士への殺意を『優先すべきはギル様』と心中で何度も唱えつつ、平坦《へいたん》な声で返答。

「私は、ギル様の身の安全だけを考えているのです。当分、屋敷の外は嵐《あらし》になるようなので。御疑いならば──心臓の呪印《じゅいん》を発動されても構いません」

「嗚呼《ああ》……得心しました。僕とて弟は愛《いと》しい。このような事に、大事な大事な彼を巻き込みたくはない。ありがとうございました。もう、行ってください」
……この男。ギル様が愛しい？　いったい何を企《たくら》んで？　不気味だ。
私は無意識に、左手首に着けている母の遺品の腕輪《うでわ》を袖越《そでご》しに握りしめていた。
それでも私はギル様を守ってみせる。自分の命に懸けても。
——たとえ、相手が怪物《かいぶつ》だろうと、何であろうと必ず。
私は頭を下げ、部屋を出て扉を閉める。
グレゴリーが灰色ローブ達と聖霊騎士に向け愉悦《ゆえつ》の笑みを浮かべているのが見えた。
——唇《くちびる》を読む。
『『駒』は盤面《ばんめん》に全《すべ》て出揃《でそろ》った』

第1章

「ふむふむ。そのようなことが……。アレン様、お紅茶は私がお淹《い》れします♪」

そう言うと、栗色髪《くりいろがみ》で細身なメイドさん――王国四大公爵家の一角、南方を統《す》べるリンスター公爵家のメイド長であるアンナさんは、にこやかな笑《え》みを浮かべつつベッドの上で半身を起こしている僕に手を差し出した。

……紅茶くらい自分で淹れようと思っていたのを悟《さと》られたようだ。

観念して白磁のカップを渡《わた》すと、メイド長は紅茶を美しい所作で淹れていく。

ここは東都最大の病院、その特別室。大きな部屋には立派過ぎるベッド、数脚《すうきゃく》の椅子《いす》と小さな丸テーブル。無数の魔法障壁《しょうへき》と対盗聴《とうちょう》用魔法が張り巡《めぐ》らされている。

王国の元第二王子ジェラルド・ウェインライトが、大魔法『炎麟《えんりん》』を用いて東都を壊滅《かいめつ》させようとしたのを阻止《そし》してから早五日。アンナさんは南都から、三日前にこっちへ来られたそうだ。目前にソーサーに載《の》ったカップが差し出される。

「どうぞ♪」

「ありがとうございます」

受け取り一口。自分では出せない味に、思わず賞賛してしまう。

「……美味《おい》しい」

「不肖《ふしょう》、このアンナはリンスター公爵家メイド長☆　私が後塵《こうじん》を拝すのは……そう！　かの『統制』ハワード公爵家メイド長シェリー・ウォーカー様だけでございます!!」

「特に……掃除《そうじ》、とかですか？」

「はうっ！」

アンナさんは額に手を置くと大袈裟《おおげさ》によろめく。以前、シェリーさんから駄目出《だめだ》しを受けていたのだ。袖で口元を押さえたメイド長は恨《うら》めし気《げ》に僕を見る。

「……アレン様、そのような意地悪を喜ぶのは御嬢様《おじょうさま》方だけでございます。よよよ……」

「すみません。では、話を戻《もど》しましょうか。リアム・リンスター公爵殿下、並びに、リサ・リンスター公爵夫人。御二人には大変申し訳なく思っています。……僕はリディヤを巻き込んでしまいました」

僕の王立学校以来の腐《くさ》れ縁《えん》、リディヤ・リンスター公女殿下は、ジェラルドとの戦いにおいて、その身に伝説の大魔法『炎麟《えんりん》』を封《ふう》じた。

王国の東西南北それぞれに広大な領土を有し、建国時の功績により王家の血が入っている歴史的経緯《けいい》から、四大公爵家の人間には代々『殿下《でんか》』の尊称《そんしょう》がついてきた。

リディヤ・リンスターはその中でも『剣姫』の異名を継承《けいしょう》せし、次代の象徴《しょうちょう》。

そんな女の子を僕は……アンナさんが僕の顔を覗《のぞ》き込んできた。

「旦那《だんな》様も奥様も、そして、リディヤ御嬢様も、そのようなこと、まったく思ってもおられません。私が東都に派遣《はけん》されたのは、アレン様達の御無事《ごぶじ》を確認《かくにん》する為《ため》でございます」

僕はカップを持ったまま項垂《うなだ》れる。

だけど、他《ほか》に手はなかったか……アンナさんがそっと頭に手を置き、優《やさ》しく撫《な》でてきた。

「ア、アンナさん？？」

「『アレン様は此度《こたび》も最善を尽《つ》くされました』と、必ず旦那様と奥様へ御報告申し上げます。万事《ばんじ》、私にお任せください♪」

「あ、ありがとうございます。でも……あの手をですね」

「うふふ～♪　ローザ・ハワード様の件も詳細調査中でございます～♪」

メイド長は微笑《ほほえ》むばかり。

仕方ない。この間にステラの課題用ノートをもう一度——悪寒《おかん》。

入り口の扉《とびら》が荒々《あらあら》しく開く。そこに立っていたのは長く美しい紅髪《あかがみ》の美少女。

「では、アレン様。私、リチャード坊《ぼっ》ちゃまとお話をしてまいりますね～。ごゆっくり♪」

状況《じょうきょう》を瞬時《しゅんじ》に察し、メイド長はその場から颯爽《さっそう》と消えた。この状況で逃《に》げると⁉

「っ！……相変わらず、逃げ足が早いわね」

そう呟《つぶや》きながらベッド脇《わき》へやって来た、リンスター公爵家長女リディヤ・リンスター公女殿下は不満気な様子で椅子に腰《こし》かけた。服装は白のワンピース姿だ。

ベッドに椅子を寄せ、僕からソーサーごとカップを奪《うば》い取り、中身を飲み干し脇机《づくえ》の上へ置き、ジト目。

「私達に帰りの準備をさせている間に、アンナと何の話をしていたの？……浮気者《うわき》！」

「何でさっ！……話自体は君にも話したことだよ」

「私が言っているのは、どうして、私がいない時に話をしたのか、なんだけどぉ？」

リディヤの追及《ついきゅう》から逃《のが》れまいと僕は視線を逸《そ》らし窓の外を眺《なが》める。今日も良い天気だ。

大樹の緑が眩《まぶ》しい。昨日まではお見舞《みま》いがたくさん来て大変だった。夜には、この前出会った蒼翠《そうすい》グリフォンの親子まで来たし……。僕は紅髪の公女殿下に回答する。

「何でも、ないよ」

「う・そ！　ええ、分かってるわよ。どーせ『僕の責任』云々《うんぬん》、って言ったんでしょう？」

「……黙秘権《もくひけん》を」「要求は却下《きゃっか》よ！　てぃ」

リディヤはベッドへと飛び乗ると、浅く腰を下ろした。僕の肩《かた》と自分の肩をくっ付ける。

「あんたと私は馬鹿《ばか》王子をぶっ飛ばして東都を救った。そして、嫁入《よめい》り前の公女殿下に少し傷がついた。ただそれだけだわ。誰《だれ》のせいとは言わないけれど。ええ、言わないけれど！」

紅髪の公女殿下は、これ見よがしに自分の唇と僕の右手の甲《こう》に触《さわ》る。僕は辛《かろ》うじて反撃《はんげき》。

「……僕達だけの力じゃなかったけどね。オーウェンもいたし、ティナだって」

「……あの小っちゃいのの名前を出すなぁ」

リディヤが僕の頭に、こつん、と頭をぶつけてくる。僕は少女の右手に触《ふ》れ、質問。

「体調に変化は」

紅髪の公女殿下が懐《なつ》くように、頭と手を動かす。

「何も問題ないわよ。………ねぇ、私、明日帰りたくない。アレンと一緒《いっしょ》にいたい」

ぽつり、と紅髪の公女殿下が呟いた。

そこに普段《ふだん》の強気な様子は一切《いっさい》感じられない。頭をぽん、と叩《たた》く。

「駄目だよ。王女殿下の御配慮《ごはいりょ》で帰省期間も延びたんだからさ。第一、王都にいる公爵家《こうしゃくけ》の人間が、夏場と冬場、一定期間、本拠《ほんきょ》に戻るのは半ば形骸化《けいがいか》していても公務じゃないか」

リディヤは唇を尖《とが》らせ、拗《す》ねた表情で僕を詰《なじ》る。

「…………あんたは私がいなくて平気なわけ？」

じっと僕を見つめる瞳《ひとみ》を見つめ返しながら、内心誰よりも綺麗《きれい》だと思う女の子に返答。

「平気じゃないよ」

「ふ〜ん、やっぱり平気——……ふぇ？　え？　ええ⁉　ええぇっ⁉‼」

僕の言葉を繰《く》り返したリディヤは、変な声をあげると、自分自身を抱《だ》きしめる。

「こ、ここは『平気だよ』って言う場面でしょう⁉　ふ、不意打ちするなぁ！」

紅髪の公女殿下は狼狽《ろうばい》し、あたふた。僕の肩を叩いてくる。

「痛っ！　な、殴《なぐ》るなよ！　……ったくもう」

リディヤの肩に手を回すと、一瞬「！」と驚《おど》き、だけどすぐに力を抜《ぬ》いた。僕は零《こぼ》す。

「漠然《ばくぜん》と不安が消えないんだ。王都にいるフェリシアの手紙に書かれていた『**緑服の騎士**《きし》**とその仲間達が、王都の商家に出入りしている**』『**軍需**《ぐんじゅ》**物資売買の活発化**』がどうにも引っかかってる。……こんなこと、君にしか話せない」

「ふ〜ん……私にしか、ね！」

リディヤはいきなり僕を押し倒《たお》すと、前傾《ぜんけい》姿勢。……角度的に胸元が非常にまずい。

「残ってほしいなら素直《すなお》にそう言いなさいよ♪　私達がいれば、全部問題なしだわっ！」

「あ、残るのは駄目だよ」

僕はあっさりと否定する。一瞬、リディヤは小首を傾《かし》げ、直後、単語を理解。

「何でよっ！　前に約束したわよね？『僕はリディヤ御嬢様の傍《そば》から一生離《はな》れません！』って」

……確かに王都リンスター家の御屋敷《おやしき》の玄関《げんかん》前で、背中越《ご》しに言ったけれど。

僕は胸元《むなもと》から目線を逸らしながら、たしなめる。

「帰らないと噂《うわさ》を立てられるよ。残る理由も『僕の不安』じゃ弱すぎる」

「なるわよっ！　腹黒王女様と御母様に伝えれば一発で‼」

「そしたら後々が面倒《めんどう》くさい。『剣姫《けんき》』とシェリルの名は大事にしないと」

リディヤは現在、僕達の王立学校同期生、シェリル・ウェインライト王女殿下付き護衛官の地位にある。本来、長命種に限定される王族護衛官に抜擢《ばってき》された時点で目立っているのだ。これ以上、悪目立ちは出来ない。紅髪公女殿下が静かになった。

「……ねぇ。さっきから、どうして私と視線を合わせないわけ？」

「……僕にも事情があってね。いい加減、降りてほしい」

「やだ………ねぇ、今、この部屋には私とあんたしかいないのよね？」

リディヤの声色《こわいろ》が変わった。……雲行きが大変に怪《あや》しい。

逃げ出そうと身体《からだ》を動かすも、両肩を押さえつけられた。ぴくり、とも動かない。

「……キス、したくなっちゃったわ……あと、やっぱり、紅が好きなの？」

「え？　前と違《ちが》って、胸の下着は純白だった──……違うんだ」

「何がかしらねぇ？　男なら、観念しなさいっ！」

少し頬《ほお》を染めたリディヤが顔を近づけてくる。

その時だった。

「先生っ！　御無事ですかっ⁉」「兄さん！　大丈夫《だいじょうぶ》ですかっ‼」

慌《あわ》てた声とともに扉が開かれ、二人の少女がなだれ込んできた。

一人は薄《うす》く蒼《あお》みがかった白金髪《はっきんぱつ》に髪飾《かみかざ》りの純白のリボンを着けていて、白の半袖《はんそで》シャツとスカートという装《よそお》いの少女。

僕の教え子の一人で、伝説の大魔法《だいまほう》『氷鶴《ひょうかく》』をその身に宿す才媛《さいえん》、ティナ・ハワード公女殿下だ。

もう一人は灰銀色の髪。獣耳《けものみみ》、尻尾《しっぽ》を持ち、薄青の半袖シャツに黒の半ズボンを穿《は》いている狼《おおかみ》族の少女。

王国の名門、王立学校で副生徒会長を務めている、僕の自慢《じまん》の妹のカレンだ。

部屋に入るなり状況を確認した二人は、僕等を凝視《ぎょうし》。ワナワナと震《ふる》えながら声を上げる。

「なっ！　なぁぁぁ！！！」「……貴女《あなた》は何時《いつ》もそうやってっ！」

リディヤは舌打ちすると、名残惜《なごりお》しそうに僕から降りて二人と相対する。

「思ったよりも早かったじゃない……。もう少しだったのに……」

そう言うと、これ見よがしに唇《くちびる》に触れた。妹と教え子が目を吊《つ》り上げて、いきり立つ。

「入院中の兄さんを襲《おそ》うなんて……」「ゆ、許せません！　今日こそは！」

病室内に三人の魔力が高まっていく——再度、扉が開いた。

「ア、アレン先生！」「兄様！」「アレン～、母さんが来たわよ～」

入って来たのは三人。

一人目はブロンド髪でメイド服を着ている少女。

ハワード公爵家を長く支えるウォーカー家の跡取《あとと》り娘《むすめ》であり、ティナの専属メイドで、僕の教え子でもあるエリー・ウォーカーだ。

エリーと並んでいるのは、赤髪でティナと色違いの淡《あわ》い赤服を着ている少女。

リディヤの妹で三人目の教え子、リィネ・リンスター公女殿下。

二人を連れてやってきた狼族で着物を着ている小柄《こがら》な女性は、僕の母親のエリンだ。

「「「…………」」」

リディヤ、ティナ、カレンの視線が交錯《こうさく》するなり、魔力が抑《おさ》まっていく。

母さんの前で喧嘩《けんか》するのは得策ではない、という判断か。……助かった。

逸早《いちはや》く切り替《か》え、楚々《そそ》とした様子になったリディヤが母さんの傍へ。

「リディヤちゃん、ご実家に御手紙は送れた～？」

「はい、お義母様《かあさま》♪」

そんな『剣姫』をカレンとティナは何とも言えない表情で見ている。

取り敢《あ》えず目先の嵐《あらし》が去ったので、僕は天使なメイドさんに声をかける。

「エリー、すみませんが、そこの封筒《ふうとう》を取ってくれませんか？」

「は、はひっ！」

エリーが嬉《うれ》しそうに駆《か》け寄って来る。子犬みたいだなぁ。

脇机の封筒を手に取ったエリーは、僕へ渡《わた》そうとして――

「きゃっ」

何もない所で転び、ベッドに向かって倒れこんだ。

僕はいつもの通りに彼女を受け止める。

「おっと。大丈夫ですか？　気を付けましょう」

「は、はひっ！　……えへへ……」「「む！」」

恥《は》ずかしそうに照れるエリーを見て、ティナとリィネは疑惑《ぎわく》の視線。

僕は天使なメイドさんの頭をぽん、と叩き、二人をたしなめる。

「ティナ、リィネ、そんな風にエリーを見るのはダメですよ？」

すると、二人の公女殿下は、エリーから視線を外さないまま近寄って来る。

「……先生」「……兄様、エリーには重大容疑が……」

「ティナ、この封筒をステラに。中身は課題のノートと手紙です。もう一冊目を解き終えてしまったそうなので、戻《もど》ったら渡してあげてください」

「「!?」」

封筒を差し出されたティナ達は一様に驚き、固まる。

ベッド脇からカレンが呆《あき》れたように尋《たず》ねてきた。

「……兄さん、一つお聞きしますが……その中身のノート、何時作られたんですか？」

「え？　昨日の夜と、今朝にだけど？？」

妹が目を細め、後ろを振《ふ》り返った。

「…………母さん、リディヤさん、聞きましたか？」

すると、二人は氷の微笑《びしょう》を浮《う》かべていた。

ヤバイ。怒《おこ》ってる。凄《すご》く怒ってるっ。物凄く怒っているっ！

——この後、入院中に隠《かく》れて仕事をしていたことを散々、御説教された。

特に母さんは、もう大丈夫、と説明しても中々納得《なっとく》してくれず……。

それだけ心配させてしまったのだなと反省。今晩くらいは何もするまい、と決意する。

明日の午前中には退院だしね。うん。

＊

翌日、光曜日午後。東都中央駅ホームには乗車準備中の汽車。

無事に退院した僕の目の前で年少の教え子三人娘が俯《うつむ》いている。

三人共、帽子《ぼうし》を被《かぶ》り足下《あしもと》には旅行鞄《りょこうかばん》。今日、汽車に乗りそれぞれの故郷へ帰るのだ。

僕は寂《さび》しそうな教え子達へ話しかける。

「そんな顔しないでください。すぐに王都で会えますよ。再来週の土曜日には汽車の席も確保出来ますから。次の光曜日が『御魂送《みたまおく》り』で、闇曜日以降は王都へ戻る人が多くて汽車も中々取れなくて……」

「「「…………」」」

「では、ティナ、エリー、リィネ、王都で元気に会いましょう」

王国の一週間は大陸統一暦《れき》に合わせ八日制で、炎・水・土・風・雷・氷・光・闇の、旧八属性に曜日が割り振られている。一般《いっぱん》的には光曜日が礼拝日。闇曜日は安息日だ。

左袖《ひだりそで》を引かれた。薄翠《うすみどり》色の服を着たエリーが僕を見つめながら言葉を紡《つむ》ぐ。

「ア、アレン先生……え、えっと……お、御手紙、書いてもいいでしゅか？　あぅ……」

「勿論《もちろん》。楽しみにしています」

「は、はひっ！　な、夏休みの課題も頑張《がんば》りますっ!!　あの、あの……ぜ、ぜ全部出来たら……」

メイドさんがいつも以上にもじもじ。

返答を待っていると、後方から御大《おんたい》達がやって来た。

「アレン、待たせたね」「……どうしてこんな青二才と汽車が隣席《りんせき》なのだ！」

一人は人族。もう一人はエルフ族。二人共、革《かわ》製の旅行鞄を持っている。

僕の大学校の恩師である教授と、王立学校長である『大魔導』ロッド卿《きょう》だ。

二人はジェラルドの件に対応する為《ため》、東都に出張ってきていた——僕は微笑み、問う。

「教授、ロッド卿、僕等よりも遅《おそ》い到着《とうちゃく》とは……御立場を理解されていますか？」

「「…………」」

紳士《しんし》二人は深々と頭を下げた。

世界最先端《さいせんたん》を誇《ほこ》る王国の汽車網《もう》。とはいえ、東西南北の各都市は王都を起点に結ばれている為、一度王都を経由しなければ辿《たど》り着くことは出来ない。

今回、教授と学校長には王都までティナ達と一緒《いっしょ》に行ってもらい、教授はそのままティナ、エリーと一緒に北都へ。学校長は西都へ向かうことになっている。

なお、教授は大体この時期、夏の暑さを避《さ》けハワード公爵家《こうしゃくけ》で過ごされて、学校長も故郷の西方へ帰られる。

教授の旅行鞄で寛《くつろ》いでいた、黒猫《くろねこ》姿の使い魔であるアンコさんが地面へと飛び降り、エリーに飛びつく。「ひゃうっ！」。メイド少女を気にいっているみたいだ。

続いてお土産《みやげ》を買いに行っていたリンスターのメイド長が戻ってきた。

「お待たせいたしましたっ！　お土産を選ぶのに少々、時間がかかってしまいました。

――アレン様、御嬢様《おじょうさま》方は私とアンコ様にて見ております」

「流石《さすが》はアンナさん。話が早い。さ、教授、学校長、行きましょうか。ティナ、エリー、リィネ、僕達は話すことがあります。少しだけ待っていてください」

「「……はい」」「「は～い♪」」

項垂《うなだ》れた紳士二人が死刑《しけい》場に向かうかのような声をあげる中、少女達はアンコさんとアンナさんが買って来たお土産を見て楽しそう。真逆の情景だな。

僕は二人の悄然《しょうぜん》としている恩師の背中を押しながら、歩き出した。

駅舎に設置された大時計塔《とう》は東都最大の人工構造物だ。しかも、総木製。高さは王都の聖霊《せいれい》教大聖堂以上。獣人《じゆうじん》達の協力がなければ、早期建造は不可能だったろう。

僕は被告《ひこく》二人を大時計塔が良く見えるホームのベンチに座らせると、消音魔法《まほう》を発動。腕組《うでぐ》みをし詰問《きつもん》を開始する。

「……教授、学校長。今回のジェラルドの事件にティナ達を巻き込んだこと、理解はしましたが、依然《いぜん》として納得はしていません。未然に芽は詰《つ》めた筈《はず》です」

「……指摘《してき》は尤《もつと》もだ」「……だが想定出来る筈もなかろう？　大魔法『炎麟《えんりん》』ぞ？」

「……それ自体は、まぁ、いいです。もう過ぎたことではありますから」

二人は、ほっ、と息を吐《は》いた。しかし僕は追及《ついきゆう》を継続《けいぞく》。

「が——問題は全く解決されていません。ハワード家で僕が手に入れた日記帳の持ち主が、『炎麟《えんりん》』を生み出した人物なのは分かりました。しかし、『炎麟《えんりん》』の魔法式が書かれた日記帳の最終頁《ページ》、その模写されたものをジェラルドが持っていたという事実、更《さら》には『光盾《こうじゆん》』『蘇生《そせい》』といった大魔法を粗雑《そざつ》ながらも同時使用していた。これは何者かの支援《しえん》があったに違《ちが》いありません。そして」

「……こいつの出所だね」

教授は旅行鞄を膝上《ひざうえ》に乗せると、ゆっくりと開く。そこにあったのは、

――強大な魔力が込《こ》められた鎖《くさり》によって封印《ふういん》されている深紅《しんく》の短剣《たんけん》。

学校長が呻《うめ》く。

「これ程《ほど》の結界を張らねばならぬ程、危険な代物《しろもの》だと……？」

「使い手が練達であれば、その短剣一振りで十二分に中小都市くらいなら燃やし尽《つ》くせる代物です。込められている魔法は――今の基準で言えば、戦術禁忌《きんき》魔法級かと」

「っ!!!」

僕の推測に王国最高峰《さいこうほう》の魔法士たる、老エルフが絶句する。

『禁忌魔法』とは、その威力《いりょく》もしくは非道さ故《ゆえ》に、使用が人族のみならず魔族をも含《ふく》め禁じられている魔法のことを指す。魔法そのものが衰退《すいたい》しつつある現代で、使える魔法士は大陸内で十人もいないだろう。そして……残念ながら問題はこれだけじゃない。

「加えて、『氷鶴《ひょうかく》』『炎麟《えんりん》』の安全な解放方法を見つけないといけません。学校長、御実家《ごじっか》に顔を出してください。エルフの長老の方々からの聞き取りもお願いします。他の長命種族もです」

「！　む、無理だっ！　わ、私は実家からは勘当《かんどう》されている。だ、第一、エ、エルフ族だ

けでなく、長命種族間の同意を取り付けるのは困難だと、君も知っていようが!?」

「魔王戦争終戦後に長命種の間でどのような取り決めがあったのか知りませんし、首を突《つ》っ込《こ》むつもりもありませんが……最早《もはや》、そうも言っていられません」

――魔法の衰退。

それがたとえ、長命種一族が考え、作った流れだとしても、世界が平和になっていくのなら仕方ないことなのだろう。僕個人としては、残念であっても。

けど、葬《ほうむ》った筈の『過去』の力で、リディヤとティナが危険な目に遭《あ》うならば、話は別だ。

僕は時計の針を『過去』へと戻すのを躊躇《ちゅうちょ》しない。

学校長へ言い放つ。

「優先すべきは二人の安全です。それとも――また、子供二人を犠牲《ぎせい》にしますか？」

「っぐ!!!……期待はするな。長老達とて、全《すべ》てを知っているとは思えぬ」

「ええ。あと、『エーテルハート』という姓《せい》と『鍵《かぎ》』という言葉についても調査をお願いします」

教授と学校長が考え込む。

「『エーテルハート』……」「『鍵』……」

「ジェラルドがティナのことを『エーテルハートの娘《むすめ》』と言っていました。ローザ・ハワード様の旧姓《きゅうせい》でしょう。貴族の姓については浅学で、僕では思い至りません」

「ここで、彼女の名前が出てくるとはな……ワルターには伝えたのかい？」

「まだです。教授の口からの方がよろしいでしょう。アンナさんには話をしました」

「もう一つの『鍵』とはなんだ？」

老エルフが口を挟《はさ》んできた。僕は自分を指さしながら告げる。

「僕のことらしいです。今までのような曖昧《あいまい》な言い方ではありませんでした」

紳士二人は頭を抱《かか》え込むと、ベンチに身を預けて大きく嘆息《たんそく》。ロッド卿に至っては何かを投げる仕草をし始める。

「匙《さじ》を投げられても困るんですが……教授、オルグレンに動きは？」

「目立った動きはないよ。彼等がジェラルドの謀反《むほん》に関与《かんよ》したかについても直接的な証拠《しょうこ》はない。現時点では疑惑《ぎわく》だけだ。グラント公子は秋口の王都招集に応じた」

「王都近辺では未《いま》だ『紫備え《むらさきぞなえ》』を含《ふく》む大軍が演習中だが、これは慣例だからな。ギド・オルグレン老公には結局、会えなかったが。……そして『黒騎士《くろきし》』の死体も出ず、だ」

終《つい》ぞオルグレン公爵家の四男坊《ぼう》で、僕とリディヤの大学校時代の後輩《こうはい》である、ギル・オルグレンは、僕の見舞《みま》いにやって来なかった。つまり、それだけ臥《ふ》せっていると聞く老公の容体が悪いのだろう。僕は自分の声色《こわいろ》が冷たくなっているのを自覚しつつ、問う。

「……グラント公子殿下《でんか》の言、到底《とうてい》信用出来ません。御二人を納得させる根拠《こんきょ》が？」

教授達は頷《うなず》きながら言う。

「君ならそう言うだろうね」「だが、あったのだ。見よ」

「？　――……こ、これは」

僕は、学校長が何もない空間から取り出した書面を見て、驚愕《きょうがく》する。

――その魔法が込《こ》められた誓約《せいやく》書に書かれていたのは、二人の『大騎士』の名だった。

ハーグ・ハークレイ伯爵《はくしゃく》とヘイグ・ヘイデン伯爵。名高きオルグレンの『双翼《そうよく》』。

ギド・オルグレン老公、股肱《ここう》の臣として、大陸西方で知らぬ者はまずいない『騎士の中の騎士』。約したことは必ず果たすことで知られる――謂《い》わば生ける伝説だ。

間違いなく、グラント公子殿下よりも信用出来る。僕は肩《かた》を竦《すく》め苦笑《くしょう》。

「確かにこの御二人の名まで出されては、直接証拠もなしにこれ以上の追及は難しい。此《こ》処《こ》から先は、王宮奥の政治が舞台《ぶたい》――でよろしいんですね？」

「……ああ。あの二人が約したのならば」「大人の時間だ。血は流れない、な」

教授と学校長が冷たく応じた。この分なら大丈夫《だいじょうぶ》――しかし、ふと、嫌《いや》な考えを思いついてしまう。それは決しておこりえない想定だが……。

「アレン？」「どうかしたのかね？」

「いえ……仮にその誓約書が偽造《ぎぞう》だった場合、謀反を起こすとしたら絶好だな、前提条件として、御二人を魔法で騙《だま》さないといけませんが」

「アレン、オルグレン程度には騙されないよ」「誓約書を偽造すれば、死罪ぞ？」

紳士二人が埒外《らちがい》、と手を大きく振《ふ》られる。

『ウェインライト王国を守護せしは四大公爵家である』

これは王国だけでなく大陸西方一帯でも通じる常識。

叛乱《はんらん》を起こして王国が乱れれば、西方の魔王軍が攻《せ》めてくる可能性もある。王国の大貴族達はそこまで愚《おろ》かではないはずだ。頭を下げる。

「失礼しました。あり得ない話です。忘れてください」

そう言いながらも、僕は内なる不安を打ち消すことが出来なかった。

――リンスター、ハワードの両公爵家には懸《け》念《ねん》事《じ》項《こう》として、伝えておこう。

＊

ティナ達の元に戻《もど》ると、リディヤとカレン、母さんが到着していた。

汽車内で食べるお弁当を作ってくれていたのだ。

……リディヤは何か話すことがある様子だったけれど。

父であるナタンの姿はない。『御魂送り』用の急ぎの納品があり、見送りが出来ないことを残念そうにしていた。母さんとカレンに交代交代で抱《だ》き着いているティナ達が可愛《かわい》い。

教授と学校長は近くのベンチに座り、真剣《しんけん》な様子で先程の件の続きを話し合っている。

僕は布製の帽子《ぼうし》を被《かぶ》り、御嬢様然としている紅髪《あかがみ》公女殿下《でんか》に近づき、尋《たず》ねる。

「父さんと母さんとカレンに、何を話したのさ？」

「……あんたが、気にするようなことじゃないわ」

「分かりやすい嘘《うそ》をつくなぁ」

「何処《どこ》かの誰《だれ》かさんの影響《えいきょう》ね」

わざとらしく溜《た》め息《いき》を吐《つ》く。

「はぁ……で？　どうして長杖《ちょうじょう》を持っているのさ？　グリフォン便で送れば良かったのに」

「……ん」

リディヤはそう言うと、布にくるまれた杖《つえ》――王宮魔法士就任時に王家より下賜《かし》された杖を僕に押し付けてきた。

「……リディヤ、これは君の為《ため》の杖なんだよ？」

「ん！！！！」

「……ったく」

僕が諦《あきら》めて受け取ると、紅髪公女殿下は布袋《ぬのぶくろ》の紐《ひも》を取って杖の先端《せんたん》を外に出す。

――そこには紅のリボン。

リディヤが以前、結び付けたものだ。駅舎の天窓から降り注ぐ光で、リボンはキラキラと光り輝《かがや》く。それに紅髪公女殿下が細い指を滑《すべ》らせながら言う。

「……何処かの誰かさんは心配性《しょう》みたいだから」

リディヤがリボンに唇《くちびる》を落とすと、炎羽《えんぱ》が生きているかのように喜び、舞《ま》い踊《おど》った。

「おまじないよ。これで安心出来るでしょう？」

僕は答えずに小さなノートを取り出すと、ペンを走らせた。

頁を破り、勝ち誇《ほこ》る紅髪の美少女へと手渡《てわた》す。リディヤは受け取り、すぐ目を通すと帽子のつばを下ろした。声は喜色混じり。

「ふ、ふ～ん……『紅剣《くけん》』の双剣発動案。それに、転移魔法を応用した短距離《たんきょり》移動術、の試製魔法式、ね……。ふふ、今度、あの腐《くさ》れ『勇者』に会ったら、ぼっこぼこにしてやるわ！」

「……仲良くしようよ。悪い子じゃないんだし」

かつて、黒竜《こくりゅう》との戦いにおいて対立、共闘《きょうとう》した誰よりも優《やさ》しい少女を僕は思い出す。

「いやよ！　あんたの前では悪い子じゃなくても、私の前では……あ、時間、ね……」

目の前の汽車が汽笛を鳴らし、準備が整ったことを報《しら》せた。特等車の扉《とびら》を駅員が開放。

それに構わず、母さんとアンナさんが談笑中。

「リサさん、お着物、気に入ってくださると良いのだけど……」

「心配は御無用でございますよ♪　今頃《いまごろ》、届いている頃かと！」

母さんはリサさんに着物を贈《おく》ったらしい。あの御方《おかた》の着物姿、か。似合うだろうな。ティナ達が僕の元へ駆《か》け寄って来る、カレンはリディヤの傍《そば》へ。メモに気づいたらしい。

僕に目配せ。『妹の分が抜《ぬ》けているのでは？』

カレンはいいのだ。何かあれば僕が守る。お兄ちゃんだし。

「先生！」「ア、アレン先生！」「兄様！」

「ティナ、エリー、リィネ。時間です。繰《く》り返しになりますが、王都で元気に会いましょう。

各自の課題は焦《あせ》らず、ゆっくりと、です。ステラは早過ぎます。困った生徒会長様です」

ティナとリィネの前髪が激しく動き、嫉妬《しっと》と不満を表明。エリーも、む～としている。

「……ティナ、リィネ、対抗《たいこう》意識を持たないように」

「「！　も、持ってませんっ！」」

二人の前髪が動揺《どうよう》し、激しく揺《ゆ》れている。僕は天使なメイドさんに向けて微笑《ほほえ》む。

「エリーは約束、守ってくれますよね？」

「は、はひっ！　……で、でも……あ、あのその、ア、アレン先生！　わ、私にも新しい魔法《まほう》を──」

「御嬢様方《おじようさま》〜そろそろ、乗車致《いた》しますよ〜。ご準備ください♪」

開いた特等車の扉前で、手にした縄《なわ》を輪っか状に結《ゆ》わいているアンナさんがティナ達に指示をした。……縄？

遮《さえぎ》られてしまったエリーは困った表情に。僕は耳元で囁《ささや》く。

「（話したいこと、こっそり手紙で教えてください）」

「（！　は、はい♪　あ、ありがとうございます！）」

僕は三人のお姫様《ひめさま》の頭を、ぽんぽんと叩《たた》く。

「さ、行ってください。何かあったら手紙を。僕も一度は必ず返事を書きます」

「「「は〜い♪」」」

ティナ達は元気よく返事をし、旅行鞄《りよこうかばん》を手に取って母さん達の方へと歩き出す。

さて、リディヤは──と、紅髪の公女殿下を見やると、妹へ念押ししていた。

「いいわね？　くれぐれもあいつに無理させないように！」

「……分かっています。私は、誰かさんじゃありませんから」

リディヤが綺麗《きれい》な笑顔を見せる。怖《こわ》い。

「……カレン？『誰かさん』って、まさか、私のことじゃないわよね？」

「他《ほか》にいるとでも？……さっき兄さんに何を貰《もら》ったんですか？　見せてくださいっ！」

妹は目にも留まらぬ速さで、リディヤの持っているメモ紙目掛《めが》けて手を伸《の》ばし繰り出す。

次々と繰り出される手を紅髪の公女殿下は片手で軽々と捌《さば》き、嘲笑《あざわら》う。

「ほほほ♪　こ・れ・はぁ？　わ・た・し、だけのものなの♪」

「くっ！　戯言《たわごと》をっ‼」

高度な攻防《こうぼう》が続く。……何だか猫《ねこ》と犬のじゃれ合いに見えてきた。

そうこうしていると、どうしてもメモを奪《うば》えない副生徒会長様が、禁じ手を繰り出す。

「つ、杖のリボン、送り返しますよっ！」

リディヤがあっさり却下《きゃっか》。

「それは、あいつが決めることでしょう？　義姉《あね》への態度がなってないわね」

「私に、義姉は、いませんんっっ!!!」

「ふふ♪　そう言ってられるのも、今の内だけよ」

僕は懐中時計《かいちゅう》で時間を確認《かくにん》すると、二人の名前を呼ぶ。

「リディヤ、カレンもそこまで」

「ぐぅ……まぁ、その気を付けて」

「――ん。ありがと」

二人が手と手を合わせる。何だかんだ、仲は悪くないのだ。和《なご》む。

ティナ達は乗降扉近くで再び母さんに代わる代わる抱き着き中。

そこにカレンが、そそそ、と近づき声をかける。

「ティナ、エリー、リィネ、気を付けて。また王都で会いましょう」

「「「は～い♪」」」

「いい子達です」

カレンの尻尾《しっぽ》が揺れて、母さんが四人を優しく見つめる。

すると教授達も頭を抱《かか》えながら、此方《こちら》へやって来た。

「……アレン、このままだと、僕の休暇《きゅうか》は調べもので終わりそうだよ……」

「……若造、貴様も苦労せよ。私とて………約百年ぶりに実家へ顔を出すのだ……」

「お願いしますね。ではアンナさん、皆《みな》、揃《そろ》いましたので、汽車に乗ってください」

僕は恩師二人を制しつつメイド長に告げる。すると、メイド長は頭を振り否定。

「いいえ。まだ、揃っておりません！　……よもや、逃避行《とうひこう》を⁉」

「――そんなことはしないよ、アンナ。僕も命が惜《お》しい。やぁ、アレン」

後方から飄々《ひょうひょう》とした声。

「！　リチャード！　もう、出歩いて大丈夫《だいじょうぶ》なんですか？　その方は……」

振り向くとそこにいたのは、赤の癖毛《くせげ》で長身な男性――リディヤとリィネの兄であり、近衛騎士《このえきし》団副長、リチャード・リンスター公子殿下が立っていた。

彼の左腕《ひだりうで》に支えられているのは、華奢《きゃしゃ》な身体《からだ》にワンピースを纏《まと》い、華奢な淡《あわ》い紅髪で、伏《ふ》し目がちな少女。年齢《ねんれい》は十六歳だと聞いている。

リチャードの婚約《こんやく》者である、サーシャ・サイクス伯爵《はくしゃく》令嬢だ。

「僕はもう平気だよ。ただ、ちょっとやんちゃな御嬢様の捕獲《ほかく》に手間取ってね」

「………リチャード様は、私のことが御嫌《おきら》いになられたのですか？」

「まさか！　僕は君を愛している。僕とて君と別れるのは辛《つら》い。身を引き裂《さ》かれるような思いだ！　出来うることならば、今ここで永遠の愛を誓《ちか》ってしまいたいよ、僕の可愛い可愛いサーシャ。でも、今はお帰り。ご両親も大層心配されている。また、南都で会おう」

「リチャード様‼」「サーシャ‼」

抱《だ》き合う二人。実に感動的な光景だが、ここは東都中央駅。通りかかる人々が二人を物《もの》珍《めずら》しそうに眺《なが》めていくものだから、目立ってしょうがない。

そんな二人にアンナさんとリディヤ、リィネまでもが冷たい声を発した。

「リチャード坊《ぼっ》ちゃま」「愚兄《ぐけい》、サーシャ」「……御二人共、ふざけ過ぎです」

「！　ア、アンナ……」「リ、リディヤ御嬢様！　リ、リィネ御嬢様！　その……」

「「言い訳無用！」」」「「は、はい！」」

二人は直立不動。次いで、アンナさんの視線が淡い紅髪の少女を捉《とら》える。

「サーシャ御嬢様。さ、こちらへ。サイクス伯が南都でお待ちでございます。機密通信の暗号式を解呪《かいじゅ》し、勝手に東都までお出かけになられた件、それはもうお怒《いか》りで」

「ア、アンナ様……あ、愛の為には、し、仕方なかったんですっっっ！」

「その言や良し、でございます。ですが——私も仕事でございますので★」

「リ……リチャード様！　す、すいませんっ！」

にっこりと笑みを浮《う》かべるメイド長に恐《おそ》れをなして、伯爵令嬢は逃走《とうそう》を試みるも、アンナさんは持っていた縄を投げて、瞬時《しゅんじ》に拘束《こうそく》。あまりの早業《はやわざ》に周囲の通行人からも拍手《はくしゅ》が上がる程《ほど》だ。

リチャードは「……サーシャ。僕は、僕は無力だ！」と嘘泣きをし、引きずられていく伯爵令嬢もまた「リチャード様っ！　サーシャは何時《いつ》何時《いつ》までも貴方様《あなた》をっ！」と実に演技派でいらっしゃる。お似合いだな。

——乗車を促《うなが》す二度目の汽笛が鳴った。僕は手を叩いて指示。

「はい！　時間です。アンナさん、教授、学校長、みんなをよろしく」

「お任せください♪」

アンナさんがメイド服のスカートを両手で摘《つま》み、優雅《ゆうが》に一礼。僕達も会釈《えしやく》をする。

教授と学校長は頷《うなず》き、豪華《ごうか》な特等車に乗り込んでいく。

「リディヤちゃん、また来てね？　約束よ～？」

「また来ます。必ず来ます。お義母《かあ》様、お元気で。お義父《とう》様にもよろしくお伝えください」

リディヤと母さんは最後の挨拶《あいさつ》中。僕は足下《あしもと》にやって来たアンコさんをエリーに手渡す。

「エリー、アンコさんとティナの御世話をよろしくお願いしますね」

「は、はひっ！」

「リィネ、王都までティナとエリーをよろしく」

「兄様、リィネにお任せください」

「む！　どうして私だけ二人がかりで世話をされないと——……先生、その杖《つえ》」

ティナが、僕が左手で持っている長杖《ちようじよう》を指す。肩《かた》を竦《すく》め返答。

「リディヤが持ってろ、と」

「……そうですか。ふ〜ん、そうですかっ！　じ、じゃあ、それなら私も……」

「小っちゃいの、私がなんですって？　ほら、早く乗りなさいっ！」

「――！」

気配もなくリディヤが後方から出現。母さんが傍にいる為《ため》だろう、殺気は極々控《ごくごくひか》えめだ。

それでも、三人娘《むすめ》は身体を震《ふる》わせ旅行鞄を手に取り、僕達へ何度も頭を下げ、汽車へ乗り込んでいく。

僕は腐《くさ》れ縁《えん》とお互《たが》いの額を合わせながら目を閉じると、無言でゆっくりと離《はな》れ、頷き合う。

「……王都で。誕生日は期待していいからね」

「……期待はしてない！」

小さく舌を見せ、リディヤもまた鞄を持ち汽車へ。リチャードはサーシャさんと、車窓越《ご》しに見つめ合っている。僕は汽車から少し離れ、ホームの中央へ。

カレンが僕の左隣《ひだりどなり》に立ち、母さんは右隣に。視線はとても温かい。

「みんないい子だったわ〜♪　――アレン、リディヤちゃんは本当に優《やさ》しい子ねぇ。さっき、私達に謝ってくれたのよ。『彼を危険な目に遭《あ》わせて申し訳ありませんでした。私の責任です』って。私……泣いちゃったわぁ」

「リディヤが？　………そっか」

「だ、だからといって、私はリディヤさんを義姉だと認めは――兄さん、ティナが！」

腕組みしていたカレンが僕の左袖《ひだりそで》を引っ張る。

すると、息せき切って薄蒼髪《うすおあがみ》の公女殿下《でんか》が汽車から飛び出して来て、僕に抱き着いた。

「ティナ⁉　いったいどうしたんですか？　もう汽車が出てしまいますよ？」

「先生！　杖を貸してください‼　早くっ‼」

困惑《こんわく》しつつ長杖を渡すと、ティナは持っていた真新しい蒼のリボンを先端《せんたん》に縛《しば》り付けた。

「お守りです。私《わた》のリボンを先生に持っていてほしくて、そ、それと……えいっ！」

「！」「あっ‼」「あらあら、まぁまぁ」

――公女殿下は蒼のリボンにキスをした。

ホーム一帯に無数の氷華《ひょうか》が舞《ま》い散り、列車の周囲にいた人々がざわつく。

ティナはリボンから唇《くちびる》を離すと、両頰《ほお》に手をやりながら宣言する。

「こ、これで、先生と私は離れていても一緒《いっしょ》です」

「………リディヤの行動を見ていたんですか？」

「？　何のこと――……はっ！」

汽車が最後の汽笛を鳴らし、駅員が扉《とびら》を閉めた。ゆっくりと、汽車が動き出していく。

窓を開け、慌《あわ》てた様子のエリーとリィネが叫《さけ》ぶ。

「テ、ティナ御嬢様《おじょうさま》っ！」「は、早くっ！　い、急いでっ!!」

僕は妹へ指示する。

「カレン！　ティナを！」

「リディヤさんも、ティナも越権行為《えつけんこうい》をし過ぎですっ！　兄さんも後でお説教です！」

「せ、先生っ！　せ、説明をっ!!　説明を求め――――」

カレンが叫びながら『雷神化《らいじんか》』。

ティナは妹に抱えられて消え――「きゃん！」「あぅあぅ～」「こ、このっ、バカ首席様っ！」やや、乱暴に窓から車内に投げ込まれ、エリーとリィネに受け止められる。

母さんが僕の右袖を握《にぎ》ってくる。

「……カレン、凄《すご》いのねぇ。汽車に追いつくなんて」

「母さんと父さんの娘で、僕の妹だからね」

魔法生物《まほう》の紅い小鳥が窓を抜《ぬ》け僕目掛けて飛んできて。長杖の先端に止まる。『浮気《うわき》はた・い・ざ・い！』。結構、ティナのことも気に入ってるだろうに。

「――兄さん、帰ったら私のリボンも杖に付けます。まだ、小さい頃《ころ》のがありますから」

無事に任務を果たした妹が戻《もど》って来て、早速《さっそく》、我《わ》が儘《まま》を言う。

「カレンまであの子達に似てきたら、僕は悲しいなぁ」

「似ていません。それと、東都にいる間、兄さんは『私』だけの兄さんですから！　そのことを忘れ……あ、みんなが」

「？　うん」「あらあら～」

窓越しに教え子達が汽車内を駆《か》けながら、僕達へ大きく手を振《ふ》るのが見えた。

――汽車が完全に見えなくなるまで手を振った後、僕は二人に笑いかける。

「さ、母さん、カレン、帰ろう。父さんに何か買っていく？」

＊

ティナ達が実家に帰省して早五日。本日は風曜日。気持ち良い風が吹《ふ》いている。

東都から王都までは約一日。王都から北都、南都までも、それぞれ約一日。

順調ならば一昨日《おととい》には到着《とうちゃく》し、歓待《かんたい》を受けたことだろう。手紙はまだ来ていない。あの子達なら、最速の赤グリフォンで送ってくるかも？　と思っていたけど、肩透《かたす》かし。

父さんと母さんは出かけて留守中。古い知り合いに貰《もら》う物があるらしい。

僕は自室の椅子《いす》に座りながら、机に視線を戻す。そこには新しいノート。八つの試製上級攻撃《こうげき》魔法式と、幾《いく》つかの補助魔法の式が書かれている。

――ベッドの陰《かげ》から強い視線を感じるも。わざと無視。

今、僕が家庭教師として教えている子は四人。

ティナとリィネの指導方針は当分、魔法制御《せいぎょ》重視。何しろ魔力が多過ぎる。リィネの方が半歩先を進んでいるので、ノートの課題を解くのも早いかもしれない。

エリーについては……少し悩《なや》んでいる。あのメイドさんは、現状、炎《ほのお》・水・土・風・氷・闇《やみ》の六属性を操《あやつ》り、戦場用魔法生物を顕現《けんげん》させ、魔法の静謐《せいひつ》性は圧倒《あっとう》的。ただ、

「夏祭りの時、トネリ達に容赦《ようしゃ》がなかったし、攻撃性上級魔法を教えて良いものか……」

「手遅《ておく》れです。エリーには才があります。ティナやリィネと違《ちが》った方向性の」

動く音とともに、世界で一番可愛《かわい》い悪魔の囁《ささや》きが聞こえて来る。さっきよりも近い。ベッドの上に乗ったらしい。思わず頷きそうになり――首を振る。

い、いや！　あの子は天使なんだっ。北の聖女様とあの子は死守だ、死守！

……当初の予定通り、飛翔《ひしょう》魔法を目指してもらおう。一応、上級魔法の準備もしながら。

実のところ、一番の問題児はティナのお姉ちゃんである聖女様兼《けん》公女殿下かもしれない。

「夏休みの課題をもう終わらせるなんて、ステラがここまで頑張《がんば》り屋さんだったとは……」

「当たり前です。ステラは目標を決めたら突《つ》き進む性格なんですから。あと、私にも新し

い魔法をください。私は妹なんですよ？　兄は妹を甘やかさないといけません！」

ずっと僕を監視《かんし》していた可愛い悪魔——妹のカレンが遂《つい》に強く要求してきた。

僕はノートを閉じてペンを置き、椅子ごと振り返る。

カレンは僕のベッドの上で枕《まくら》を抱《だ》きかかえ座り、頬を膨《ふく》らましていた。半袖《はんそで》シャツに半ズボン。普段《ふだん》の服装だ。見るからに不満気。尻尾《しっぽ》はベッドを叩《たた》いている。

僕はそんな悪魔的可愛さの妹に注意をする。

「カレンには『雷神化』と、三属性複合雷槍《らいそう》っていう切り札があるじゃないか？」

「わたしも、あたらしい、にいさんのまほうが、ほしいんですー！」

「……王立学校三年生なのに……後輩《こうはい》を羨《うらや》ましがるなんて。まだまだ子供だなぁ」

「……兄さんの意地悪っ！　リディヤさんとステラにも渡してるのにっ!!」

妹は枕に隠《かく》れ、すぐ半分だけ顔を出し恨《うら》めし気《げ》。別の提案をする。

「魔法を強化するよりも、短剣《たんけん》を新しく変えよう。あれだと四属性以上の魔法を付与《ふよ》したら、きっと折れる。もうフェリシアにお願いしておいたよ。大学校受験のこともあるし」

「……短剣を新しくするのは嫌《いや》です。あれは私が王立学校入学した時、兄さんが王都中を探し回って贈《おく》ってくれた物じゃないですか。私の宝物なのに……」

カレンが枕を強く抱きしめながら、呟《つぶや》いた。とてもとても拗《す》ねた視線。

「兄さんがこうやって私を子供扱《あつか》いしている限り……私、髪は絶対、伸《の》ばしませんからっ！　たとえ、兄さんが、長くて綺麗《きれい》な髪の女の子が好き、だとしてもです！」

僕は小首を傾《かし》げ、告白。

「？　カレンはどんな髪型でも可愛いよ。今も、世界で一番可愛いと思ってる」

「！　ほ、本当――って違いますっ！　そういう話はしてませんっ！……ば、罰《ばつ》として」

僕はそっと近づき、妹の頭に手を乗せる。

「こうかな？」「あ……」

ゆっくりと撫《な》ではじめる。昔もよくこうして御機嫌《ごきげん》を取ったっけ。

優しい気分になっていると、当の妹は尻尾をふりふりしつつも不満気にぶつぶつ。

「……反則です。私は十五歳。もう少しで十六歳です。大人扱いを要求します！」

「大人扱いかぁ。なら」

僕はふかふかなクッションを二つ手に取り、部屋を出て縁側《えんがわ》へ向かい、それらを置く。

寝《ね》っ転《ころ》がり腕《うで》の下の空いた所を手で軽く叩いて、妹を呼びよせる。

「カレン、おいで」

「！　………兄さんは、卑怯《ひきよう》、です」

そう言いつつも、カレンはいそいそやって来て、隣に寝転がった。

手を伸ばしカレンの頭を再度優しく撫でる。悔《くや》しそうにしながらも無抵抗《むていこう》。尻尾は嬉《うれ》しそうにぱたぱた。次いで僕の胸に顔を埋《うず》めてきた。……本当に昔と同じだなぁ。

差し込む濃《こ》い陽《ひ》だまりの匂《にお》いと、カレンの温かさ、開けていた窓からそよぐ心地よい風とが相まって、眠気《ねむけ》が襲《おそ》ってくる。このまま寝ちゃっても良いかも――……。

「兄さん？　眠いんですか？」

妹が身体《からだ》を揺《ゆ》すったことで覚醒《かくせい》。目を開け聞いてみる。

「うん。カレン、偶《たま》には、一緒にお昼寝しようか？」

「！　……し、仕方ない、ですね。と、特別、ですよ？」

おずおず、とカレンが頷《うなず》く。僕は微笑《ほほえ》み、静かに目を閉じた。

＊

誰《だれ》かに名前を呼ばれている。

「カレンー！　いないのー？」「カレンちゃ～ん。留守？」

知っている声だ。栗鼠《りす》族と豹《ひょう》族の少女の声……私の幼馴染《おさななじみ》…………。

でも、動きたくない。だってここは凄く温かくて、安心出来て、ドキドキするから……。

「……家に上がっちゃおうか？　ココ」「ま、まずいよ〜、カヤちゃん」

「さ、行くわよー」「わぁわぁわぁ〜」

………待って。今、家に上がる、と言った？　一気に意識が覚醒。目を開けると——

兄さんの寝顔が目の前にあった。あ、可愛い。ぼやけた頭で手を伸ばし、頬に触《ふ》れる。

寝顔なんて何年ぶり？　普段は早朝に起き、夜中に寝ている人だから……。

そこまで考えて、ふと視線を感じた。

「へ、へぇー。カ、カレンもやるじゃない。だ、だ、抱き合ってるなんて」

「カ、カレンちゃん〜、だ、大胆《だいたん》〜。あわわわ」

「はっ!!　………ち、違うの。少し待って!!」

廊下《ろうか》にいたのは着物を着ている二人の少女だった。

背が低いのに強気で、赤みがかった茶髪《ちゃぱつ》を後ろで結《ゆ》っているのが、栗鼠族のカヤ。

背が高いのに弱気で、黒色と黄色の長い混じり髪を、編んでいるのが豹族のココ。

二人共、私の幼馴染だ。東都にいた時は何時《いつ》も一緒に過ごしていた。

兄さんがここまで気づかないなんて……。こっちにいる間は、無理なお仕事はさせないようにしないと。決意を固め、起こさないように自分の腕を引き抜いていく。

後から私が腕を動かしたこともあり、そこまで力は入っておらず、脱出《だっしゅつ》に成功。

「お待たせ。さ、私の部屋に行きましょう。兄さんは疲《つか》れているの」

「カレンさぁ……今更《いまさら》、取り繕《つくろ》っても無理だからね！」

「カレンちゃん～たくさんお話聞かせて、ほしいな☆」

「…………」

羞恥心《しゅうちしん》が追いついて来て、しゃがみ込み、顔を手で覆《おお》う。両肩《りょうかた》に幼馴染達の手。

「カレン、さ、行こう」「カレンちゃん～、お話はゆっ～くりと、ね☆」

兄さんはそのまま寝かしておき、キッチンでお茶と御菓子《おかし》を入手。私達は私の部屋へと移動した。

勝手知ったる何とやら、二人はすぐに折りたたみ式のテーブルを広げ、クッションに座り出す。私はテーブルの上にお茶と御菓子を置くと、自分の椅子に腰掛《こしか》けた。

グラスへと冷たいお茶を注ぎ、二人に差し出す。

「……急に来て。私がいなかったらどうするつもりだったわけ？」

「ないない。だって、アレンさん、まだ東都にいるって聞いてたし」

「カレンちゃんは～、アレンさんがいる時は、殆《ほとん》ど家から出ないから」

「……そんなこと」「「ある！」」

幼馴染達からの指摘《してき》に面食《めんく》らいつつも、私は自分の分のお茶を注いだグラスを掲《かか》げる。

二人も笑顔でグラスを近づけてきた。

――カラン、と気持ち良い音がして乾杯《かんぱい》。

「おかえり、カレン」「おかえりなさい～カレンちゃん」

「ただいま――……この前、同じくだりしたわよね？」

先日の夏祭りの際、狼《おおかみ》族族長の息子《むすこ》であるトネリとその取り巻き達が私にちょっかいをかけてきた。兄さんが叩き伏《ふ》せてくれたのだけれど、その後、リディヤさんの暴露《ばくろ》により、夏祭り会場で大宴会《だいえんかい》となったのだ。二人とは、そこで既《すで》に再会を果たしていた。

「こういうことは何度やってもいいのよ！　……だいたい、あんた、ずっっとっ！　アレンさんや可愛い御嬢様《おじょうさま》達と一緒《いっしょ》で全然私達にかまってくれなかったじゃない！」

「カレンちゃん～。そうだ～。あ、あの女の子達って、全員が御嬢様って本当なの？」

興味津々《きょうみしんしん》にココが聞いてくる。私はお茶を飲みつつ、素直《すなお》に返答。

「本当よ。公女殿下《でんか》が三人と、それに準じる御嬢様が一人ね」

「「ひぇぇぇぇ」」

二人はベッドに倒《たお》れこむも、すぐさま起き上がった。そして『詳細《しょうさい》説明を要求する！』と視線で訴《うった》えてくる。私は片手を振って一蹴《いっしゅう》する。

「兄さんが良い、と言わない限り、これ以上は話せないわ」

「ええ〜。ケチ〜」」

すると、すぐに気を取り直したカヤが手を挙げながら続ける。

「ねね。アレンさんって私達が思っている以上に凄《すご》い人？　『王宮魔法士《まほうし》を蹴《け》って、獣人《じゅうじん》族の名誉《めいよ》を守った』って。数日前の新市街の騒動鎮圧《そうどうちんあつ》にも参加したって聞いたけど……」

どうやら先日の一件は情報統制されているようだ。新市街の族長達からすれば『人族に知らない内に助けられた』とは言い辛《づら》いのかもしれない。

「兄さんは凄い人よ。望みさえすれば、すぐ、王都の王立学校で教鞭《きょうべん》を執《と》るか、大学校に研究室を持てる位にはね。難易度としては、族長達がこの瞬間《しゅんかん》、侯爵《こうしゃく》格になる程度かしら」

「はぁ⁉　無理でしょ、そんなの‼」「む、無理無理無理だよ〜」

誇《ほこ》らしい気持ちになりつつも、意識して淡々《たんたん》と返す。

「私の兄さんはそういう人。……大半の族長達は気づいていないみたいだけどね」

「あーそうかも。今の族長さん達って、全然、通りを歩かないし。馬車ばっか」

「むしろ〜自警団の人達とか、王都へ日常的に行ってる人達の方が知ってるのかも？」

「あと、ちび達だねー。大人気。アレンさんって、昔から年下に好かれやすいと思わない？　あと、お爺《じい》ちゃんやお婆《ばあ》ちゃん達も！　集まる度《たび》、『アレンは大物になる』って褒《ほ》めてるし」


「……ふーん、そうなの」

素っ気なく答えるも――すごく嬉しい。兄さんが褒められるのはとてもとてもとても嬉しい。

平静なつもりだったけど、口元が緩《ゆる》んでいたのか幼馴染達が私をからかう。

「うわぁ……ココ。カレンって、ほんとっ！　昔から変わらないわよね」

「カレンちゃん～可愛《かわい》い♪」

「……な、何よ。ふんだ。二人とも御菓子《かし》いらないの？」

「あはは、ごめん、ごめん！」「エリンさんの作った御菓子大好物なの～」

「よろしい」

「「――……ぷっ！」」

私達は思わず噴《ふ》き出す。学校はバラバラだけど、会えばいつでも昔に戻《もど》れる。

「あ、ねぇ、少し真面目《まじめ》なことを聞くわ。最近、旧市街と新市街ってどうなの？」

かつて、新市街では狐《きつね》族の幼女アトラが、人族の貴族の馬車に撥《は》ねられて亡《な》くなる悲しい事件があった。それ以来、新市街の人々は旧市街よりも人族に対して差別的で冷たい。

だから兄さんにもあたりが厳しい。

父さんと母さんはきっと知らないけれど……兄さんの名は族長候補の名簿《めいぼ》には記されて

いない。……獣人なら罪人以外、誰もが便宜上《べんぎじょう》は載《の》る名簿に、だ。

つまり、族長達は——兄さんを獣人族の一員だと認めていない。

王都でリディヤさんからその話を聞いた時……私は泣いた。酷過《ひどす》ぎる。

兄さんが、どれ程《ほど》凄いことを成し遂《と》げてきたのか、知らない筈《はず》はないのに。

カヤとココは考え込みつつ言葉を紡《つむ》ぐ。

「うーん……人によるんじゃない？　私達の世代では極端《きょくたん》に対立はしていないわよ」

「子供達は〜もっとじゃないかなぁ。大樹前の大広場に集まって遊びに行くのを見るよ」

「……ならいいんだけど」

少しずつ人族を忌避《きひ》する流れが収まっていけば、きっと……。

そんな事を考えていたら、またしても幼馴染二人がニヤニヤ。

「カレンさー、バレバレ。この質問って、アレンさん絡《がら》み、でしょ？」

「カレンちゃん〜アレンさんが大好きなんだね〜」

「当たり前でしょう？　世界でたった一人しかいない——私の兄さんなんだから」

私は兄さんの絶対的な味方なのだ。

「でもさー」

カヤが頬杖《ほおづえ》をつきながら私を見てくる。そこにあるのは純粋《じゅんすい》な疑問。

「カレンて、昔から『兄さん』って呼んでたっけ？　確かに小さい頃《ころ》からずっとアレンさんの後をついて回ってたけど……その時は、確か……」

「カレンちゃんが『兄さん！　大好き♪』っていう風に呼ぶようになったのは～」

「い、幾《いく》ら何でも記憶《きおく》の改竄《かいざん》よ！」

私は幼馴染達の記憶に反論を試みる。けれど二人の瞳《ひとみ》から好奇心《こうきしん》は去っていない。こうなったら長いのはよく知っている。私は覚悟《かくご》を決めるとテーブルに肘《ひじ》をつく。

「……面白《おもしろ》い話じゃないからね」

「了解《りょうかい》ー」「楽しみ～」

深呼吸し、私は昔話を始める。

「私が兄さんを『兄さん』と呼ぶようになったのは――」

＊

「……おそいです。おそすぎます」

わたしは、東都に一つだけある獣人の学校、その正門前で待ちぼうけしていました。旧市街には珍《めずら》しい三階建ての木造校舎の後ろには、今日も青々とした大樹がそびえています。

すべての授業が終わり、校舎から出てきた生徒たちが次々と家路についていく中、通りかかった友達が、「カレン、またねー」「いっしょにかえろ～」「今度の追いかけっこは負けねぇからなっ！」と挨拶《あいさつ》をしてくれます。

わたしはそんな彼らに「またです」「今日はだめ」「まけない」と答えつつ、校舎の方をちらちらと窺《うかが》っていました。

——だけど、同級生たちが通り過ぎた後も待ち人は来ません。

頬《ほお》を膨《ふく》らまし、後ろ髪《がみ》の三つ編みを弄《いじ》ります。

「妹を夏空の下、こんなにまたせるなんて、お兄……兄さんはダメダメのダメです」

いけません、また『お兄ちゃん』と言いそうになってしまいました。

去年、学校に通い始めた時から、子供扱《あつか》いされない為《ため》に、『兄さん』と呼ぶようにしているのです。何しろ、わたしはもう八歳になるんですから！

今日こそは早く帰って、家で兄さんとたくさん遊んであげようと思っていたのに……予定がくずれてしまいます。仕方ないので、教室まで呼びに……

「アレン！　この野郎《やろう》っ!!」

校舎の方から大きな声がしました。わたしはすぐに鞄《かばん》を持って、駆《か》け出します。

「てめぇ……わざとぶつかったなぁ!!」

「そーだそーだ」「トネリにあやまれよー！」「きたねぇ本ばっか読みやがってぇ」

悪い予感、的中です。周囲を見渡《みわた》し、開いている窓から廊下に飛び込み走ります。

――いました！

甚平《じんべい》を着ている狼族、山羊《やぎ》族、鼬《いたち》族、鼠《ねずみ》族の男の子たちが、背の低い男の子を囲んでいます。獣人の男の子たちは袖《そで》に小さな若葉が三つ。わたしよりも一つ上の三年生です。

わたしは怒《いか》りに身体《からだ》を震《ふる》わせながら突撃《とつげき》すると、大きな声で叫《さけ》びました。

「わたしのお兄ちゃんに、何をしてるんですか！！！！！」

『！』

驚《おどろ》く男の子たちを無視し、パチパチ、と紫電《しでん》を舞《ま》い散らせながら間に割って入ります。

「こ、これは、ち、違《ちが》うんだって、カレン。あ、その、き、今日の髪型も可愛いな」

「……トネリ、貴方《あなた》にかわいいって言われても、ちっとも嬉《うれ》しくなんか、むぐっ」

「カレン、声が大きいよ？」

後ろから手が伸《の》びてきて、わたしの口を押さえました。わたしはその手の主へと振《ふ》り返ると、文句の視線を投げかけます。

淡《あわ》い茶髪《ちゃぱつ》。華奢《きゃしゃ》でわたしと同じ位の背丈《せたけ》。何より――獣耳《けものみみ》と尻尾《しっぽ》がない人族。

だけど、わたしを見る目は誰《だれ》よりも優《やさ》しくて、温かくて……怒《おこ》れなくなってしまいます。

わたしの世界で一人しかいないお兄――……兄さんのアレンです。

右手に古くて分厚い本を抱《かか》え、左手に母さんのお手製でわたしとお揃《そろ》いの鞄を提《さ》げている兄さんは、学校では目立つ魔法士姿をしていました。袖の文様は緑葉が一枚。兄さんは四年生で、十歳なのです。

兄さんがトネリに尋《たず》ねます。

「もういいかな？　帰って本を読みたいんだけど」

「っ！　て、てめぇ……バカにしてんのかっ‼」

「してないよ。トネリは魔法が凄いじゃないか。この前だって、最上級生の七年生を含《ふく》めても上位だった。もっと練習すればいいのに。そしたら……」

「うるせぇっ！　俺はすげぇんだから、練習なんかしなくたっていいんだよっ‼」

「そーだ！」「トネリはすげぇんだぞっ！」「その本、よこせっ！」

鼠族の男の子――クーメが兄さんの本を奪《うば》い取ろうと手を伸ばしました。

わたしは兄さんの手を振り払《はら》うと、すかさずクーメに足払い。「いてぇっ！」と簡単に転がった隙《すき》を突《つ》いて、わたしは兄さんの手を引っ張り包囲から脱出《だつしゆつ》。

雷魔法《かみなりまほう》を並べ展開し、トネリたちをいかくします。

「……まだ、やりますか？　これ以上するなら、わたし、ようしゃしま、むぐっ！」

　またしても、兄さんに口を押さえられてしまいました。

「はい。これでお仕舞《しま》い。トネリも、いいよね？」

「……ちっ！　あーあー。情けねぇなぁ。妹に守られるなんてよー」

『そーだ、そーだ。なさけねー。獣耳も尻尾もねーなんてよー』

「むぐぅっ！！！！」

　再度怒りがこみ上げ、飛び掛《か》かろうとしますが、兄さんが離《はな》してくれません。

　兄さんは確かに獣耳と尻尾はありません。魔力だって強くないし、喧嘩《けんか》だって弱いです。

　でも、でも、この学校で誰よりも、頑張《がんば》っているんですっ！

　トネリが悪口を言います。

「アレン、お前なんかが、幾ら頑張っても無駄《むだ》なんだよっ！」

　兄さんは少しだけ笑います。こんなにひどいことを言われているのに怒らない？

「うん、そうかもしれない。僕には、トネリみたいな魔力はないから……でも、僕は『歩く』と自分で決めたんだ。それを曲げるつもりはないよ」

　そうしないと、父さんと母さんに心配をかけちゃうから、と小さな声。

　トネリはからかわれていると思ったのでしょう。頬を赤くして怒りを露《あら》わにしています。

いけません。こうなったら、手を噛《か》んで――低い問いかけ。

「……おい、そこのチビ共、何をしてるんだ……？」

トネリたちの動きが止まり、わたしを押さえていたお兄ちゃんの手も離れました。

「スイ、何でもないよ」

「……アレンには聞いてない。そこのチビ共に聞いている」

やって来たのは背がとても高く、身体が大きくて、目が鋭《するど》い怖《こわ》そうな狐族の六年生。

最近、お兄ちゃんとよく一緒《いっしょ》にいるスイさんです。おうちは、新市街にある大きなお店、って聞いています。トネリたちの顔が青くなりました。

「ちっ！　ひ、卑怯《ひきょう》者っ！　人族は、とっとと出ていけっ!!」

『そ、そーだ、そーだ』

叫びながら逃《に》げていきます。スイさんはガキ大将として有名なのです。

「スイ、脅《おど》かすことはなかったのに。カレンも大丈夫《だいじょうぶ》だよ。助けてくれて、ありがとう」

頭にお兄ちゃんの手が置かれ、撫《な》でられます。わたしはそれだけで幸せな気分になります。スイさんが呆れられます。

「……アレン、お前なぁ。叔父《おじ》さ――師匠《ししょう》にも注意されてるだろう？　『舐《な》められ過ぎるな』って」

「そう？　でも、トネリの魔法は凄《すご》いしね、仕方ないよ」

「はぁ？　お前の方が凄いだろう？？　そんな難しい本、読みやがって」

スイさんが指さした先には、お兄ちゃんが抱える分厚い本がありました。クラスではお勉強も出来る方ですが、今のわたしには難しくて題名を読むことができません。古い文字？

「『魔王戦争史』。この前、大樹の図書館から借りてきたんだ。あのね、スイ、赤の信号弾《だん》の意味はね」

「興味がない」

「そっか、残念。でも——きっと、何時《いつ》か読んでね？」

「……気が向いたらな。あのチビ共、毎度毎度、命知らずだ。お前に絡《から》むなんて」

スイさんが不思議なことを言うので、わたしは質問します。

「えと……どういう意味ですか？？」

六年生がわたしに合わせて屈《かが》みこみます。近くで見ると、目は優しいです。

「いいか？　アレンはな、自分の悪口は何を言われても困り顔をしてるだけだが、お前や家族のことを言われたら、それはおっかない魔法を……」

「スイ」「！」

お兄ちゃんに名前を呼ばれ、上級生とわたしの身体が固まりました。

六年生の尻尾がブルッと縮みあがると、手を、ぶんぶん振りながら言い訳を始めました。

「な、何も言ってないっ！」

「うん。今後も言わないでね。さぁ、カレン、帰ろう」

「あ、はい」

反射的にお兄ちゃんと手を繋《つな》ぎます。胸がぽわぽわ温かくなります。

「それじゃ、スイ。また今度、体術と魔法の練習付き合うからね」

「！　お、おうっ！」

……気になる言葉が聞こえましたが、今はいいです。

だって、お兄ちゃんと手を繋いでいるんですから！

＊

「いいですか？　分かりましたか？　お兄──兄さん！」

家に帰ってきた後、わたしはお部屋で椅子《いす》に座りながら、ずっと兄さんにお説教をしていました。足をぶらぶらさせながら、後ろを振り向きます。

「……まだ結び終わらないんですかー？」

「もう、終わるよ。カレンも二年生なんだし、僕に髪《かみ》を結《ゆ》ってもらわないで自分でしても」

「嫌《いや》です。妹の髪を結ぶのは兄のぎむなんです！」

わたしは小さい頃《ころ》から、兄さんに髪を結ってもらっています。基本的には朝だけですが、今日みたいに嫌なことがあった日は、学校から帰った後にも変えてもらいます。

姿見のわたしは髪を二房《ふさ》に分け、それぞれに紫色《むらさきいろ》の大きなリボン姿。

自分で言うのもなんですが──兄さんが褒《ほ》めてくれます。

「うん。カレンはどんな髪型でも可愛《かわい》いね」

「……えへへ♪　ありがとうございました」

わたしは嬉しくなって椅子から降りると、ベッドに腰《こし》かけます。

わたしたち兄妹《きょうだい》は二人で一つの部屋を使っています。ベッドも二人で一つで、ずっと一緒に寝《ね》ています。兄妹は一緒に寝るものだと思います！

わたしの髪を結び終えた兄さんは、難しい本を開いて読み始めます。

……面白《おもしろ》くありません。わたしは兄さんに指を突き付け、お説教をさいかいします。

「兄さん、トネリたちに少しは反撃《はんげき》してください！　まさか、同級生の人たちからも……？」

「同級生や上級生にはされてないよ。大丈夫。あと、反撃する理由がないなぁ」

本を閉じ、兄さんがわたしを見ました。はんろんします。

「毎回、兄さんに悪口や意地悪をするんですよ？　せいとうぼーえい、ですっ！」

「難しい言葉を知ってるね。でも、トネリ達は僕の大切なものに手を出したわけじゃない。そんな時間があるなら魔法の練習がしたいし、本が読みたいよ」

普段《ふだん》通りです。久しぶりにあんな嫌なことがあったのに……。

それと、魔法の練習と本だけ、ですか……わたしと遊ぶ、って言ってくれないなんて！

わたしはそっぽを向いて、悪口を言います。

「……ふんだっ。魔法の練習をすると言っても、兄さんが練習しているのを見たことがありません。折角、魔法が上手になるおまじないで、杖《つえ》にわたしのリボンを結んであげたのに」

机脇《つくえわき》の短杖《たんじょう》には紫色のリボン。わたしのお気に入りです。兄さんは困った顔。

「しているよ？　朝と夜にね。カレンは寝ちゃってるから、見たことないのかも？」

……怪《あや》しいです。でもこれはゆゆしきじたいです。

この前なんて、お母さんとお父さんに『部屋を分けてほしい』と言っているのも、もくげきしてしまいました。ひどいです。あんまりです。はくじょう者です！

兄のいんぼうを前にわたしは身体を震わし……それをげきめつする、さくぼう、を巡《めぐ》らします。

「……兄さん、明日の光曜日は何か約束がありますか？」

「？　ないよ。この本を読み終えて、図書館に新しい本を借りに行くくらいかな」

「なら明日は、わたしと勝負です！　兄さんが訓練をしているのなら、勝てますよね？」

「カレンに勝つ自信はないなぁ」

「⁉」

予定外の言葉が飛んできました。お、おかしいです。同級生の男の子なら『ま、負けるわけないだろっ！』とすぐに引っかかってくれるのに。

こ、このままだと、明日、お兄ちゃんと遊べなくなってしまいます。

そんなの、そんなの――イヤです。……うぅ～……。

「でも、カレンと遊びたいから、いいよ」

「！　やったぁ！　場所は明日、あんないします！　ふっふーん♪」

鼻唄《はなうた》を歌いながらベッドに転がり枕《まくら》を抱《だ》きかかえ、大樹様にお祈《いの》りをします。

――どうか、明日、晴れますように！

＊

わたしたちが住む王国の東都には、大樹の東西に二つの獣人《じゅうじん》街があります。

一つは、西側にある旧市街。わたしたちはこっちに住んでいます。

もう一つは東側にある新市街。何で、二つに分かれているかというと……大昔、戦争ばかりしていた頃、東都はたった一発の魔法で燃やされてしまったからです。

だけど、西側にあった旧市街は大樹に守られて焼け残ったんだそうです。新市街はその戦争の後に建てられたもの——と、学校で習いました。

でも、わたしは戦争を知らないのであんまり想像出来ません。だって、東都はとっても広いんです。そんな都を魔法一発でなんて……額を指で押されます。

「！　……お兄——に、兄さん。何するんですか！」

「カレンが、大樹を見たまま、ぼーっとしてたからさ。良い天気だからかな？」

隣《となり》で、わたしと色違《いろちが》いの甚平《じんべい》を着た兄さんがくすくすと、笑います。

わたしは頰《ほお》を膨《ふく》らませ、髪を触《さわ》ろうとして——すぐ手を引っ込めました。

そうでした。今日は動くので髪をまとめてもらっているんでした。

兄さんが尋《たず》ねてきます。

「それで、何処《どこ》へ行くの？　あんまり危ない所は駄目《だめ》だよ？　母さんが心配するから」

「兄さんも行ったことがある場所です。行きましょう」

手を引っ張り、水路沿いの裏路地を歩き出します。大樹へ向かうのが一番近道なんですが、今日は遠回りをします。……こっちの方が、兄さんと長く手を繋げます。

うきうきします。裏路地のせいか人には殆《ほとん》ど出会いません。手が引っ張られます。

「カレン、大樹へ行くならこっちの道を曲がらないと」

「大樹には行きません。わたしたちが行くのは」

わたしは大樹――の先に見える森を指さします。

「『大樹の森』です！」

東都はとても緑が多い都市です。王国内では『森の都』と呼ばれている、と習いました。

でも、大樹の北に広がるとっても広い森林のことは、実はそこまで有名じゃありません。

森は獣人族の子供にとって、学校に入った後、連れて行ってもらえる遊び場なんです。

わたしたちは水路を伝い、連絡橋《れんらくきょう》と、それよりも明らかにがんじょうそうな、大広場、
大橋の下を通り抜《ぬ》け、大樹前にある広場を見上げながら、ずんずん進んでいきます。順調、
順調です。すると――

「おい、そこのチビ共。何処を歩いてやがる！」

「！」

水路の方から声がしました。わたしはびっくりしてお兄ちゃんの背中に隠《かく》れます。

そこにいたのは、白髪《しらが》まじりの黒髪《くろかみ》と白い尻尾《しっぽ》を持つおじいちゃん獺《かわうそ》さんでした。古いゴンドラに乗って、わたしたちをギロリとにらんでいます。お兄ちゃんの甚平をぎゅっと握《にぎ》りしめます。

……こ、こわいです。震《ふる》えていると、頭にあったかい手が置かれました。

「デグさん、脅《おど》かさないでください。妹が怖《こわ》がってます」

「かっかっかっ。当たり前だろうが。怖がらしてんだよ。チビへの通過儀礼《ぎれい》、ってやつだ。珍《めず》しい所にいるじゃねぇか、アレン。今日は、大樹の図書館には行かねぇのか？」

お兄ちゃんの、知り合い……？　わたしは背中からもう一度、顔を出します。

さっきまでとは違《ちが》ってとっても嬉《うれ》しそうで優《やさ》しそうな顔。わたしは勇気を出して裾《すそ》を握りしめながらも、あいさつします。

「……お、狼《おおかみ》族の、カ、カレンです。大樹学校の、に、二年生、です……」

「ああ、知ってるよ。ナタンとエリンんとこのチビ助だろうが」

「！　ど、どうして……」

わたしは混乱してお兄ちゃんを見ます。何時も通りの笑顔《えがお》。

「デグさんは旧市街の人達、全員の顔を覚えているんだ。凄《すご》いよね？　前は、獺族の副族長さんだったんだよ？」

「かっかっかっ。おいおい、アレン、止《や》めろよ。乗ってくか？　大樹の森だろ？」

「ありがとうございます。でも、今日は妹とのデートなので、のんびり歩いて行きます」

「奥には行くんじゃねぇぞ？　まぁ、あそこには結界があるから無理だが。またうちに遊びに来やがれ。古い文献《ぶんけん》が出てきたからよ」

「ありがとうございます。必ず行きます」

「おうっ！」

獺のお爺《じい》ちゃんは機嫌《きげん》良さそうにゴンドラを漕《こ》ぐと、わたしたちから遠ざかっていきます。……えとえと。新しい情報に頭が追いつきません。すると頭をぽんぽんされました。

「デグさんとはね、大樹の図書館で出会ったんだ。……最初は僕も怖かった。今のカレンみたいになってたんだよ？　ブルブル怖いよぉ、ってね」

「わ、わたしはそんな風に、な、なってませんっ！　ほ、ほら行きますよっ‼」

お兄ちゃんの手を取り、歩き出します。

――すぐに勇気が戻《もど》ってきました。

だって、お兄ちゃんと一緒《いっしょ》なら、全部全部、楽しくなるし、嬉しくなるんですから！

水路が途切《とぎ》れ、大樹の森に入りました。

森、と言っても下草は刈《か》られていますし、倒《たお》れそうな木もありません。

わたしは、まず雷《かみなり》属性中級魔法《まほう》『雷神探波《らいじんたんぱ》』を発動させます。周囲に雷のなみが広がっていき、一部の地点で消えました。結界です。危険がないように大人たちが張ったもので、この中には魔獣《まじゅう》も入ってこないし、危ない斜面《しゃめん》とかもありません。

今日は誰《だれ》も遊んでいないみたいです。わたしはお兄ちゃ——兄さんに向き直ります。

「ようやく、着きました。ここが、兄さんとわたしの」

「カレン！　凄いね!!　今の中級魔法だよね？？　凄いっ!!!」

兄さんがわたしの頭を撫《な》で回し、抱きかかえ、いっぱい褒めてくれます。

その顔を見るだけで嬉しくなってにやけるのを抑《おさ》えられず、尻尾が動いてしまいます。

「そ、そんなことよりも、ここでわたしと勝負——というか、追いかけっこをしてもらいます。わたしが逃《に》げるので、捕《つか》まえてください！　兄さんが負けたら……」

深呼吸。視線を合わせて、ようきゅうします。

＊

「今度から、闇曜日もわたしと遊んでくださいっ！　兄には、妹と遊ぶぎむがあるんです！」

「追いかけっこかぁ。カレンが負けたら？」

「ふふーん。ぜったいに負けません！」

わたしは身体強化魔法を発動すると、兄さんの腕《うで》から抜け出して全力で駆《か》けだします。

「だって、とーっても、わたしは速いんですから！」

「あ、こらっ！」

「せんてひっしょう、です！」

わたしは舌を小さく出して、森の中を駆けます。

――兄さんには言っていませんが、わたしはこの森で最上級生の七年生にも捕まったことがありません。雷魔法で速くなれますし、探知魔法も使えるからです。

今だって、兄さんの位置はちゃんと分かっています。

あれ？　……全然動いていません。もう、諦《あきら》めたんでしょうか？

「まったく！　妹を追いかけないなんて、いけないお兄ちゃんです！」

「カレンが速いだけだよ。はい、捕まえた」

「⁉」

突然《とつぜん》、後ろから抱きしめられてしまいました。いつの間に⁉　……でも、えへへ。

はっ！　だ、ダメです‼　手を振《ふ》り払《はら》い、にらみます。

「ど、どうして、お兄ちゃんがいるんですか！」

「え？　追いかけたからだよ？　カレンの負けでいいのかな？」

「ま、負けてませんっ！　し、勝負はこれからですっ‼」

再び、森の中を駆けに駆けます。……木の陰《かげ》に隠れ、探知魔法で確認《かくにん》。

やっぱり動いていません。だけど、さっきは捕まってしまいましたし、油断はきんもつです。よーく耳を澄《す》まして――……聞こえました！　わたしはすぐに駆けだします。

「あ、バレた」

振り返ると、お兄ちゃんは木のすぐ近くまでやって来ていました。

……むむむ。どうやら、魔法？　を使って近づいているようです。

何を使っているのかは分かりませんし、魔力を感じもしません。だけど――

「もんだい、なしですっ。ずっと走っていれば捕まりませんっ！」

わたしは普段《ふだん》はめったに出さない最高速度で森の中を駆けます。

どんどん加速をします。風がとっても気持ちがいいです！

今のわたしは絶対に捕まり――

「きゃっ！」

いきなり足下《あしもと》が崩《くず》れました。身体《からだ》が投げ出され、斜面を転がっていきます。

時間がとてもとても遅《おそ》く感じ、頭が大混乱。

平地しかない筈《はず》なのに……わたし、もしかして、結界の隙間《すきま》に落ちちゃった？

――木に引っかかりようやく止まりました。

身体中が……とっても痛くて、泥《どろ》だらけです。

「ううう……痛い、痛いです………」

木に手をかけて立ち上がろうとしますが――

「ひぅっ！」

右足が、じんじん、と痛んで起き上がれず、へたり込みます。

「あっ……」

治癒《ちゆ》魔法をまだ覚えていないことを思い出します。

じわぁ、と瞳《ひとみ》に涙《なみだ》が溢《あふ》れてきました。周囲は……とっても暗いです。

「ぐすっ……ぐすっ……お、おにぃ、ちゃぁん……い、いたいよぉ……いたいよぉ……たすけてよぉ……おにいちゃぁん………おに、ぃ、ちゃぁん！！！！」

でも、どんなに泣いても助けが来る筈がありません。だって、ここは結界の外です。

そして、結界はとっても、がんじょうなんです。

今まで、こういう風に結界の外に出てしまった子は聞いたことがありません。

斜面も……わたしは上を見ます。

「ひぐっ……ひぐっ………」

とっても急で。結界内の魔力もぜんぜん感知できません。魔獣が寄ってきたら大変だから、何重にも結界が張られているんです。

魔力が少ないお兄ちゃんじゃ、わたしを見つけたり、まして、結界をやぶるのは……

「カレン！！！！！！！」

「！」

上の斜面に、わたしのお兄ちゃんが立っていました。

——……この時のことを私は、私は、今でも。

＊

「で、ど、どうなったの？　そ、そもそも、あそこの結界が解れることなんて、あり得るの⁉　死ぬ程《ほど》、頑丈《がんじょう》だし……聞いたことないわよっ⁉」

「カ、カレンちゃん～……痛そう……」

カヤとココがテーブルに身体を乗り出し話の続きを迫《せま》る。

「どうなったも何も、それでお仕舞《しま》いよ。兄さんが私を見つけてくれて、家に帰って、めでたしめでたし。……結界は、確かにほんの一部だけ解れていたらしいわ。原因は不明」

「「え～！！！」」

――あの時の兄さんはカッコよかった。

汗《あせ》だくで、葉っぱや枝をたくさん髪《かみ》につけていたけど、本当に本当に、本当にカッコよかった。今でも時々夢に見て、毎回、寮《りょう》の枕《まくら》を抱《だ》きしめてしまう。

兄さんとその時、初めて魔力を繋《つな》げたことは話せない。その後から、私も兄さんと毎週、闇曜日に魔法の練習をするようになったことも別に――廊下《ろうか》から楽しそうな説明。

「その後はカレンをおぶって帰ったんだ。種明かしで欺瞞《ぎまん》魔法を使っていたのと、魔力を逆探していることを話したら、凄く拗《す》ねて」

部屋の扉《とびら》から顔を覗《のぞ》かせている兄さんに向かって、私は過去最高速度で移動し、口を押さえつけて全力で抗議《こうぎ》。

「に、兄さん⁉　もうっ‼」

その話は、二人だけの思い出なのにっ！　兄さんが腕を軽く叩《たた》いてきたので、渋々《しぶしぶ》、手を外す。

「やぁ、カヤ、ココ。大きくなったね」

幼馴染《おさななじみ》二人は姿勢を正して、もじもじ。

「「ア、アレンさん……こ、こんにちは……」」

「そこの二人！　いきなり殊勝《しゅしょう》になるな！　兄さんもですっ‼　そうやって」

ぽん、と私の頭に兄さんの手。やや乱暴に撫で回されると、怒《いか》りとか不満とかどうでもよくなってしまい、耳と尻尾《しっぽ》が勝手に動いてしまう。

「うわぁ……」「カレンちゃん～嬉《うれ》しそう♪」

私は身体を羞恥《しゅうち》で震《ふる》わせ、怒《おこ》ろうとし、

「──兄さん？　どうかしましたか？？」

「ちょっと待ってね」

そう言うと兄さんは内庭へ出て、頭上を見上げた私達も慌《あわ》てて追いかけ、空を見上げる。

──野生のグリフォンが飛んでいる。カヤとココも目を凝《こ》らす。

「あー飛んでるねー。……アレンさん、どうやって気付いたんですか？」

「私～全然、分からな……あ、あれ？　な、何か～落ちてきてなぁい？」

グリフォンの背中から小さな物体が離《はな》れ、墜《お》ちてきている。

よくよく目を凝らしてみると必死に羽ばたき、ゆっくりと落下中。兄さんが呟《つぶや》く。

「病院に来たのにも驚《おどろ》いたんだけどな……」

兄さんが右手を握《にぎ》って、風魔法と浮遊《ふゆう》魔法を同時発動させる。すると、不安定だった小さな物体の落下が安定していく。だんだん、はっきり、と見えてきた。

美しい蒼《あお》と翠《みどり》の毛玉に小さな羽――先日、出会った蒼翠《そうすい》グリフォンの幼獣《ようじゅう》！

ふわふわなその子は、兄さんの元まで飛んでくると、腕の中に収まり「♪」と嬉しそうにはしゃぐ。幼馴染達は驚愕《きょうがく》し、私を見る。

「嘘《うそ》⁉　……野生の蒼翠グリフォンって、人に懐《なつ》かないんじゃないの？」

「カレンちゃん～……魔力も凄《すご》くて～人を歯牙《しが》にもかけないって、教わったよ？」

「人懐こいグリフォンだっているんじゃない？　この子みたいに」

腕の中の幼獣は喉《のど》を鳴らしている。その子の頭を撫で、兄さんは顔をほころばす。

途端《とたん》に二人が頰《ほお》を赤らめた。……む。カヤとココが尋《たず》ねる。

「あ、あの、アレンさん。その子、どうするんですか？」

「そ、蒼翠グリフォンは～街中にはまず降りてこない、と思うんですけど」

「親に返すよ。上で心配しているみたいだし。早く返してあげないと」

上空ではグリフォンが、ぐるぐる、と旋回《せんかい》中。でも返す、といってもどうやって。

すると、玄関《げんかん》から大きな声が響《ひび》いた。

「アレン～、カレン～、ただいま～♪」

母さんが出先から帰ってきたようだ。

「おかえりー。母さん、庭にいるよー。あ、そうだ！　カレン達はこの後、何かあるのかな？」

兄さんが応《こた》えつつ、私達に聞いてくる。

「？　別に何も」「なーい」「です～」

「そっか、なら……あ、こらー！」

幼獣がふわふわ、と肩《かた》から頭の上によじ登った。

――……どうしよう、可愛《かわい》い。映像宝珠《ほうじゅ》が欲《ほ》しい。今すぐ欲しい。

だけど、うちにはそんな高価な物――横からサッと宝珠が突《つ》き出された。

「わぁ～アレン、いいわ～♪　カヤちゃん、ココちゃん、いらっしゃい～♪」

母さんが目をキラキラさせ、廊下から撮影《さつえい》中。アンナさんから預かっていた⁉

幼獣は羽を嬉しそうにぱたぱた。兄さんがぼやく。

「……困った子だ。母さん、この子、迷子なんだ。カレン達と一緒《いっしょ》に送ってくるね」

「あら？　それは大変だわぁ！　夕飯までには戻《もど》ってね？　ナタンもその時間には帰ってくると思うわ。あの人、古い魔道具《まどうぐ》を見つけると長くなるのよねぇ……」

「え、えっと──……ア、アレンさん」「か、帰すって～具体的には？」

わざわざ挙手をして質問した幼馴染達に、兄さんは幼獣を腕《うで》に抱《かか》え直しながら、にっこりと返答。

「街中だと母親が降りてこないから、郊外《こうがい》に出よう。デグさんのゴンドラでね」

「！　デグさんって」「ぜ、前獺《かわうそ》族副族長の～？」

「うん。あの人は東都一のゴンドラ乗りだから。上着を取ってくるよ」

そう言うと兄さんは、自分の部屋へ。すぐさま、カヤとココが私に向き直り、一言。

「「アレンさん、って凄いね！！！」」

私は、兄さんを褒《ほ》められて嬉しくなってしまう。母さんも宝珠を構えつつ、ニコニコ。

兄さんが上着を羽織って戻って来た。

「さ、行こうか。ちょっとだけ急ごう。夕飯までには帰れるように」

──この後、私達は船着き場まで植物魔法と認識阻害《にんしきそがい》魔法を駆使《くし》して、民家の屋根を伝いながら高速移動。

屋根の上に移動する時には、ココは兄さんに、カヤは私が抱きかかえることに。

……ココ、ちょっとズルい。

そして、その後は、ゴンドラに乗ってデグさんの本気の櫂捌《かいさば》きを体験。

幼獣は喜んでいたけど、今度はカヤが兄さんに、ココは私にしがみつく有様。

……カヤもちょっとズルい。

こうして郊外に出た後、私達はようやく幼獣を母親グリフォンに返すことが出来た。

『こんな間近にグリフォンが降りてくるなんて……綺麗《きれい》……』と二人は凄く感動していた。

親子揃《そろ》って地上で感謝を示す身体《からだ》を大きく震わせる仕草をし、お礼のつもりか、私達の頭上を数回旋回した後、幼獣を背に乗せ飛び去っていく母親の蒼翠グリフォンを見送った後、帰りのゴンドラの中で、幼馴染達は私にこう囁《ささや》いた。

「「(……アレンさんって、やっぱり凄く、凄くカッコいいね！)」」

当然。だって、兄さんは——世界で一番の私の兄さんなんだから。

第2章

「ティナとエリー、遅《おそ》いわね。アレン様の御手紙《おてがみ》だと、教授と一緒と書かれていたし、大《だい》丈夫《じょうぶ》だと思うのだけど……何かトラブルに巻き込まれていたりしないかしら？」

ここは王国北都中央駅の駅舎。

大きな硝子《ガラス》から夏の日差しが入り込み、午後の駅舎内を明るく照らす。

週初めの炎曜日《き》のせいか、多くの人が行き交《か》っている。

今、私は妹のティナ・ハワード、ティナの専属メイドで幼馴染のエリー・ウォーカーが乗っている筈《はず》の汽車の到着《とうちゃく》を待っている。

到着予定時刻はもう過ぎているのに……後ろから冷静な指摘《してき》。

「ステラ御嬢様《おじょうさま》、汽車が遅《おく》れているだけかと」

振《ふ》り向くと、長身で淡《あわ》いブロンド髪、執事《しつじ》服姿で、生真面目《きまじめ》そうな青年が、片眼鏡の位置を直していた。

「そうよね。ありがとう、ロラン」

「いえ」

間髪《かんはつ》入れず、かつ淡々《たんたん》と私に告げたこの青年の名はロラン・ウォーカー。ハワード公爵家《こうしやくけ》を長年に亘《わた》り支えてくれているウォーカー一族、その分家の若手達の中で最も優秀《ゆうしゆう》——と、評価されている人物だ。年齢《ねんれい》は確か二十二歳。御父様と執事長のグラハム・ウォーカーは良かれと思って、この夏季休暇《きゆうか》中の私の専属執事に任命したのだろう。……正直、ほんのちょっとだけ苦手。

何しろ、必要なことしか話をしてくれない。昔、まだ執事見習いだった時に会った時は、もう少しお喋《しやべ》りだった記憶《きおく》がある。

でも専属執事かぁ。もし私が執事を自由に選んで良いのなら……そう、例えばアレン様みたいな……む、むしろ、アレン様が執事だったら？

『ステラ御嬢様、駅舎内を歩いてみませんか？　——転ばないように御手を』

『は、はい……』

執事姿のアレン様に手を差し出され、恥《は》ずかしがりながらも、幸せそうにその優《やさ》しくて、温かい手を摑《つか》む自分の姿が脳裏《のうり》にはっきりと浮《う》かぶ。……えへへ。

そこまで考えたところで私は我に返ると、高揚《こうよう》してしまった両頰に手をやりながら、首をぶんぶん振る。

わ、私ったら、な、何を考えて。い、いけないわ。いけないことだわ。
ア、アレン様が私の執事だなんて……そんな、そんなの……。
で、でも、確か、リンスターの御屋敷《おやしき》でそれに近い服をお召《め》しになったことがあったって、ティナとエリーが言ってたような……。つ、つまり、切《き》っ掛《か》けさえあれば、私が頼《たの》んでも執事服を着てみてくださって、カ、カッコいい御姿を見せてくださるかも？

でもでも、アレン様に誤解されたくなかったから御手紙で、ロランのことを報《しら》せたら『きっと、美男美女ですね』だなんて、意地悪なことを書かれてこられたし……。

う～……少しは焼きもちをやいてくださってもいいのに。

そんな事を悶々《もんもん》と考えていたら、ロランが私を怪訝《けげん》そうに見ているのに気が付いた。

「ステラ様？　如何《いかが》なさいましたか？」

「あ……、そのえっと……な、なんでもないわ。き、気にしないで」

慌てて取り繕《つくろ》い、笑顔《えがお》を向ける。

「……………」

執事は、何も言わずそのまま姿勢を正した。

わ、私ったら、ロランがいるのを忘れてすっかり自分の世界に！　妄想《もうそう》を口走っていなかったかしら？　両頬に手を置き、目を瞑《つぶ》る。……気を付けないと。

その時だった。頭上の表示板が光を放ち汽車の到着を告げた。

乗客が次々と駅舎に溢《あふ》れてくる。

人種は様々。だけど、獣人《じゅうじん》だけは極少数だ。彼等の社会的地位が不当に低いことが分かる。うちの家がもっと雇用《こよう》したりして、範《はん》を示していかないと。

改札の外で暫《しばら》く待っていると――

「御姉様～！」

「ステラ御嬢様！　……ほぇ？　ロ、ロラン兄様？？」

帽子《ぼうし》を被《かぶ》り夏服姿な妹のティナとエリーが、腕を大きく振りながら近づいてくる。その後ろには左肩《ひだりかた》に黒猫《くろねこ》姿のアンコさんを乗せ、麦藁《むぎわら》帽子に半袖《はんそで》シャツに長ズボンという完全休暇状態の教授の御姿も。私も大きく手を振る。

私達の前に到着した妹と幼馴染《おさななじみ》は満面の笑み。

「ただいま」「か、帰りました！」

「おかえりなさい。東都は楽しかったみたいね」

「「はいっ！」」

元気の良い妹達の返事を聞くだけで、何だか嬉《うれ》しくなる。

私は教授へ向き直ると、頭を下げた。

「東都からここまで、ご引率有難《いんそつありがと》うございました」

「なに、汽車に乗っていただけだよ。後ろにいるのは――ロラン坊《ぼう》かな？　随分《ずいぶん》と大きくなったものだ。親父殿《おやじどの》は息災かね？」

「「坊？」」

私達は思わず声を揃《そろ》えてしまう。

冷静沈着《ちんちゃく》、家中随一《ずいいち》の完璧《かんぺき》主義者、氷の血が流れている、等々……そんな風に呼称《こしょう》されているロラン・ウォーカーを『坊』呼ばわり出来るのは、王国内でも教授くらいだろう。

執事は片眼鏡を直し、私をちらり、と見て返答。

「息災です。……教授、御言葉ですが坊は止《や》めていただきたく」

「ロラン坊はロラン坊だろう？　以前、会った時は気にもして――……ん？　ああ、そういうことかね。ならば、改めるとしよう。少なくともステラ嬢がいる前では」

教授は、突然《とつぜん》方針転換《てんかん》するとロランにとても意地悪な笑顔を向け、同時に、どうしてか私へ片目を瞑られた。

「っ！　…………あ、ありがとう……ございます」

青年は苦虫を噛《か》み潰《つぶ》したかのような表情で渋々《しぶしぶ》お礼を言った後、俯《うつむ》きながら「……私としたことが……不覚……」と呻《うめ》いている。訳が分からない。

ティナとエリーも私と同じように首を傾《かし》げていた――が、突然顔を見合わせるとお互《たが》いの両手を合わせ始める。

「……あ！　エリー」「は、はひっ！　そ、そういうことですね」

二人がその場でぴょんぴょん跳《は》ね、頷《うなず》き合う。

……もしかして、分からないのは私だけ？？

考え込んでいると、ロランはティナとエリーに頭を下げた。

「ティナ御嬢様、エリー御嬢様、お帰りなさいませ。公爵殿下《でんか》より、北都滞在《たいざい》中、ステラ御嬢様の執事を仰《おお》せつかりました。よろしくお願いいたします」

妹が両拳《りょうこぶし》を握《にぎ》りしめながら執事の挨拶《あいさつ》に応じる。

「ロランがお姉様付きに⁉　そっか……頑張《がんば》ってねっ！　私、応援《おうえん》するわっ！」

「……誠心誠意、お仕えする所存です」

ほんの微《かす》かに動揺《どうよう》した様子のロランへ、エリーも両手を合わせながら笑み。

「わ、私も、応援します♪　あと、え、えと、あの……私に御嬢様はいらないです」

「……意味が分かりかねます。エリー御嬢様は本家を継《つ》がれる御方ですので」

「あうあう」

もう、何時《いつ》もの冷静なロランだ。さっき動揺したように見えたのは気のせいだったのかしら？　頭を切り替《か》え、妹達に旅の思い出を尋《たず》ねる。

「大体のことはアレン様に御手紙で御報せいただいているけれど、他《ほか》に何かあった？」

「……何もないですよ、何も。さ、御姉様、御屋敷へ行きましょう。そうしましょう」

「え、えっと。ステラ御嬢様、そのですね……と、東都の駅でティナ御嬢様が……」

「……エリー？」

「あぅぅぅ」

私の問いかけに澄《す》まし顔になったティナがエリーの発言を制した。……怪《あや》しい。

私はじーっと妹の顔を見つめる。

すると、ティナがふいと視線を逸《そ》らした。前髪《まえがみ》が嬉しそうに揺《ゆ》れている。

この子は何かを隠《かく》している。おそらく——アレン様絡《がら》み！

「エリー、何があったのか、教えてくれるわよね？」

「は、はひっ。で、でも、あの……わ、私はティナ御嬢様の専属メイドで……」

「本当にそれでいいの？　エリー」

静かに少女の名を呼び、視線を合わせる。

すると、幼馴染のおどおどしていた瞳《ひとみ》が定まり、頰《ほお》も少し膨《ふく》らんだ。

「……ティナ御嬢様は、東都の駅でアレン先生の杖《つえ》に蒼《あお》色のリボンを巻かれました！」

「エリー⁉」

「あ、あんな所で、ぬ、抜《ぬ》け駆《が》けはダメだと思いますっ！　あとあと、危ないですっ！」

「ぬ、抜け駆けじゃないもんっ！　あ、危ないのは、その……そ、そうだけど」

妹と幼馴染が言い争い始める。

私はティナがアレン様の杖にリボンを結びつけているのを想像──……ズルい。

私も、私だって、自分のリボンをアレン様の杖に付けたい。

だけど、私はこの子達のお姉さんだ。

それに、アレン様ならきっと──妹達の額をそれぞれ、人差し指で少し押す。

「こーら二人共、喧嘩《けんか》はダメよ！　ティナ、抜け駆けはズルいわ。エリー、私達はその分、王都で我《わ》が儘《まま》を言うことにしましょう？　ね？」

「う……だ、だってぇ……」「は、はひっ」

私の言葉を受けて、しょげた顔になった妹の柔《やわ》らかい髪を撫《な》でる。

「そんな顔しないで。他には何かあった？」

「えっと……あ、そうだ、お姉様にお渡しする物があります」

妹は、今度は少し悔《くや》しそうにしながら私に封筒《ふうとう》を差し出してきた。

それ自体は、一般《いっぱん》的なグリフォン便で使われているものと同じ。ただし裏側には魔《ま》法《ほう》式が書かれていた。

受け取りつつ、心臓の高鳴りを自覚。答えは分かりつつも敢《あ》えて聞く。

「これは？」

「御姉様、分かっていて聞いてますね？　……先生からです」

「そ、そう。あ、ありがとう」

思わず口調がたどたどしくなる。

私は、ドキドキしながら中を開けようとし——止める。

「テ、ティナ？　エ、エリー？　な、何かしら？？」

「私達のことは♪」「き、気にしないでください！」

妹達が、さも当然、といった顔で、後方から覗《のぞ》き込んできた。

私の専属執事《しつじ》が注意をする。

「ティナ御嬢様《おじょうさま》方、ステラ御嬢様がお困りになられるようなことは……」

「ロラン、いいのよ。大丈夫《だいじょうぶ》」

生真面目《きまじめ》にティナ達を注意した執事を制し、妹達へ話しかける。

「いいわ。みんなで見ましょう」

「御姉様、大好きです♪」「わ、私も大好きでしゅ。あぅぅ……」

元気な妹達に嬉しくなりながら、封筒に意識を戻《もど》す。

その場で、何度か深呼吸――良し！

早鐘《はやがね》を打つような心臓を抑《おさ》え、ゆっくりと封を解く。

そこに残るほんの微かなあの御方の魔力が、とても愛《いと》おしい。

――封筒の中身は、御手紙と真新しいノート。

心の底から歓喜《かんき》が湧《わ》き上がってくる。嬉しくて、嬉しくて、しょうがない。

ノートに傷がつかないよう、優《やさ》しく抱《だ》きしめる。

それだけのことで、胸が一杯《いっぱい》になり、どうしようもなく――幸せになってしまう。

私は何て単純な女なんだろう。思わず、笑みが零《こぼ》れる。

「うふふ♪」

先日お送りした御手紙に『課題で頂いたノートは、もうすべて終えました』と記載《きさい》したことが、二冊目のおねだりだとして我が儘を言っているように思われるんじゃ？　と凄《すご》く悩《なや》んだのだけど、書いておいて良かった！

あ……で、でもでも、御負担《ごふたん》じゃなかったかしら？

そのことで、アレン様に嫌《きら》われたりしたら、私……突然、右肩に重みを感じた。

「？　アンコさん、どうされたのですか？」

教授の使い魔の黒猫さんが一鳴き。すると――

「え？」

ノートが勝手に浮《う》かびあがり、私の目前で頁《ページ》が開かれる。

ティナとエリーが目を大きく見開き、ロランが警戒《けいかい》する。

「！　御姉様？」「こ、これって」「ステラ御嬢様」

「大丈夫よ」

ノートの最初の頁に挟《はさ》まっていたのは――蒼と翡《ひ》翠《すい》色に光り輝《かがや》く小さな羽。

私はそっと手に取る。

ティナとエリーが口元を押さえ、教授が感嘆《かんたん》を漏《も》らした。

「！　その羽」「蒼翠《そうすい》グリフォンさんの？」「ほぉ……珍《めずら》しい」

「……綺《き》麗《れい》」

思わずそう零した私は、羽を潰さないよう慎重《しんちょう》に握ると、ノートに目を落とす。

そこにあるのは――大好きなあの御方の優しい文字。

『拗《す》ねている生徒会長様へ幸運のお守りです。王都でまたカフェに行きましょう』

もう。アレン様ったら。

幸運なんて……貴方《あなた》と出会ったことで、使い果たしてしまったのに。

キラキラと白蒼《はくそう》の魔力が勝手に漏れ出して、駅舎内を舞《ま》う。

「御姉様、幸せそう……いいなぁ……」

「あぅあぅ……羨《うらや》ましいです……」

「…………」

ティナ達が言葉を零《こぼ》しながら指を唇《くちびる》に置き、ロランも二度三度と片眼鏡の位置を直している気がするけれど、全く気にならない。

だって──アレン様が、私のことをこんなにも、気にかけてくださったのだから。

教授が呵々大笑《かかたいしよう》。

「ははは、ステラ嬢、良かったね。その羽はとても貴重な物だ。大事にするといい。ロラン坊《ぼう》、そろそろ行こうじゃないか。ワルターとグラハムは留守と聞いているが、遅《おく》れるとシェリーに御説教を受けてしまう。僕はここへ心労を癒《いや》しに来たんだ。心労を増しに来たんじゃない。……王都へ戻ったら、もっと頭の痛いことだらけだからね」

＊

「──……エリー。エリーったら。起きて！」

「は、はひっ！　テ、ティナ御嬢様、お、お胸を大きくする秘訣《ひけつ》なんてない――ふぇ？」

目を開けると、そこには左手に魔法で灯《あか》りを点《とも》された寝間《ねま》着姿のティナ御嬢様が立っていました。夢の中でも可愛《かわい》いです。私は嬉《うれ》しくなって抱きしめてしまいます。

「えへへ～♪　ティナ御嬢様ぁ～」

「あ、こ、こらぁ。エ、エリー起きて、起きなさいっ！　もうっ!!」

「ひゃん！」

額にとても冷たい物が落ち、思考が覚醒《かくせい》していきます。……氷？？

目と目が交錯《こうさく》。

「テ、ティナ御嬢様、お、おはようございます」

「……まだ、夜よ。おーきーてー」

私は手を引かれてベッドを降ります。

えーっと……今日は北都の駅からハワードの御屋敷《おやしき》までロラン兄様のお車で帰って来て、着いた瞬間《しゅんかん》、シェリーお祖母《ばあ》ちゃんに抱きしめられて、メイドのみんなにも抱きしめられて、お夕食が凄くて、お風呂《ふろ》に入って、ティナ御嬢様の御部屋でお話しして、一緒《いっしょ》に寝た筈《はず》です。

私は灯りの魔法を使って時計を照らすと、時刻を確認《かくにん》。

「テ、ティナ御嬢様、こ、こんな夜に何処《どこ》へ行かれるんですか？　し、深夜ですよ？？」

「あんまり早い時間に行くと、誰《だれ》かしらが見張ってるかもしれないじゃない。さ、行くわよ――私の部屋に！」

「御部屋？　――……は、はひっ！」

私は何度も頷《うなず》きます。

確かにそうです。今日は忙《いそが》しくて一度も御部屋へ――アレン先生の授業を受けていた温室にあるティナ御嬢様の御部屋へ行くことができませんでした。

もう一度、時計を確認。まだ――『今日』は終わっていません！

ティナ御嬢様と手を繋《つな》ぎます。

「よし、エリー、出発よ！」

「は、はひっ！」

認識阻害《そがい》魔法と静音魔法を使いながら慎重に屋敷内を進みます。

殆《ほとん》どの人達は寝ている時間ですが、メイドのみんなは交代で見回りをしていますし、お祖母ちゃんは何かあればすぐに起きてきます。

私のお祖父《じい》ちゃん――ハワード家の執事長を務めているグラハム・ウォーカーは御仕事

で留守にしていますが、その代わりなのか、たくさんの探知魔法が設置されています。

以前の私だったら、御部屋を出た瞬間に見つかっていたでしょう。

全部、アレン先生のお陰《かげ》です！

私は探知魔法を一つ一つ避《さ》けながら、そーっと、ティナ御嬢様の手を引いて御屋敷の長い廊下《ろうか》を進んでいきます。

ティナ御嬢様は、可愛らしい前髪をぴょこぴょこ揺らされていて、とても愛らしいです。

「(エリー、凄いわ！　私だけだったらすぐ捕《つか》まってたかも。流石《さすが》、私の専属メイド!!)」

「(えへへ～♪　私は、お姉ちゃんですから！)」

「(反論したいけど、今晩だけは仕方ないわね。妹になってあげる！)」

「(い、いつも、お、お姉ちゃん、です。ア、アレン先生にだって、言ってあります！)」

「(先生に？　……その話、詳《くわ》しく、聞かせなさいぃぃぃ)」

「(お、御顔が怖《こわ》いですぅぅぅ!!!)」

二人でひそひそお話をしながら、御屋敷を進み――ようやく、温室の御部屋へ到着《とうちゃく》しました。

扉《とびら》を開け、中へ。魔法の灯りを私達の傍《そば》に浮かべ、ほんの数ヶ月前、私達が毎日のように練習していた机と椅子《いす》の近くへと進みます。

埃《ほこり》っぽさは一切《いっさい》感じません。きちんと掃除《そうじ》されています。

ティナ御嬢様《おじょうさま》が御自分の椅子に座られました。私も自分の椅子へ着席。

懐《なつ》かしい感覚につい頬《ほお》が綻《ほころ》んでいると、机に指をすべらせながら、ぽつりと公女殿下《でんか》が呟《つぶや》かれました。

「……ねぇ、エリー。信じられる？　私、去年の夏はまだここで本を読んだり、植物や農作物の世話や研究だけをして過ごしていたのよ？」

ティナ御嬢様の声が、しんと静まっている夜の帳《とばり》の中に吸い込まれます。

「魔法《まほう》を……使えなかったから」

「…………はい」

あの頃《ころ》のティナ御嬢様は、とてもとても頑張《がんば》っているのに、うまく結果と結びつかずに、いつもお辛《つら》そうでした。

「それが、今の私は――……王立学校の首席生徒で、たくさんの魔法を使えて、ハワードの極致《きょくち》魔法『氷雪狼《ひせつろう》』だって扱《あつか》えるようになったわ。……リィネ、っていう、と、友達も出来た。去年の私が聞いたら何て言うかしら？　御伽噺《おとぎばなし》？　夢？　それとも……………『魔法』？」

「ティナ御嬢様」

「……今でも時々、夢じゃないかしら？　って思うの。朝、起きたら、全部全部、夢で、先生と出会えてもいないんじゃないかって」

瞳《ひとみ》を震《ふる》わせて不安げに見つめてくるティナ御嬢様を私は——

「——大丈夫です」

席を立って優しく手を取ります。あの御方ならそうなさる、と思うから。

「夢でも、御伽噺でもありません。アレン先生だってそう言われます。でも、お気持ち、分かります。私も……そう思いますから」

「……エリーも？」

「はい」

頷き、そのまま気持ちを伝えます。

「……アレン先生に会う前の私は、何時《いつ》も不安でした。ウォーカー家の跡取《あとと》りだなんて言われても、実感はありませんでしたし……。こんなドジばかりの私が、ティナ御嬢様の専属メイドでいいんだろうかって本気で悩んでいました。だけど、今の私は——あの頃の私よりは、ずっと成長出来た、って思うんです。ち、ちょっとだけですけど」

「そんなことない！　私はエリーがいいの！　貴女《あなた》は私の自慢《じまん》の専属メイドよっ‼」

ティナ御嬢様が私を褒《ほ》めてくださいます。

「ありがとうございます。でも、時々、私も朝起きた時、不安になるんです……。今までのことは全部、夢で、アレン先生はいなくて、私はダメダメなままで……って」

するとティナ御嬢様は、プッ、と噴《ふ》き出されると、「私達同じことを考えていたのね」と仰《おっしゃ》ったので、思わず私も笑ってしまいました。

「……………ねぇ、エリー」

そう小さく呟いたティナ御嬢様は、震えながら私の手を握《にぎ》られました。

「私、先日の東都の一件を思い出すと怖いの。私があの時、きちんと自分の中にいる子を制御《せいぎょ》出来ていれば、先生はあんな怪我《けが》をされることはなかった……。先生は内心、失望されたんじゃないかしら？　もし、もしもよ？　嫌《きら》われてたり、したら、私………私っ」

悲しさと不安を吐露《とろ》する御嬢様の小さな手を、私はぎゅっと握りしめます。

「そんなことありません！　アレン先生がティナ御嬢様を嫌われるなんて！　絶対にあり得ないですっ！」

ティナ御嬢様の前髪《まえがみ》がシュンと萎《しお》れています。

「……あのね？　私、本当は東都に残りたかったの。先生の怪我は私のせいだし、少しでもお傍《そば》で役に立ちたかった……」

「ティナ御嬢様……。わ、私も同じ気持ちです……。アレン先生のお役に立てるようにな

りたいです。だから、私達は、もっともっと、もーっと頑張らないといけませんっ！」

「……うん。そうね。そうよね。頑張らなきゃ！　ありがとう、エリー。なんか弱気になっちゃった。もしかするとこの数ヶ月、先生とずっと一緒だったから、離《はな》れると凄《すご》く不安なのかもしれないわね」

「わ、私も……まだ離れてから二日しか経《た》っていないのに、もうアレン先生のお声が、聞きたいですし、頭をなでなでされたいでしゅ……あぅ……」

お互《たが》いを見つめながら笑いあっていると、穏《おだ》やかな声が響《ひび》きました。

「ティナ、エリー、私なんかもっとお会い出来ていないのよ？」

「「！」」

視線を入り口へ向けます。

そこにはいつの間にか、寝間着にケープを羽織られているステラ御嬢様が立たれていました。とても優《やさ》しい御顔です。手にはノートを持たれています。き、気づきませんでした。

ステラ御嬢様は部屋に入られると、もう一脚《きゃく》だけ空いていた椅子に座られました。

……アレン先生のお椅子です。

ステラ御嬢様は、胸元《むなもと》で右手の拳《こぶし》を握られました。周囲に八片《ぺん》の白と蒼《あお》の雪華《せっか》が舞《ま》います。

何かしらの結界？　でしょうか。

「私もここでアレン様の授業を受けたかったわ。ティナ、エリー、こんな夜遅《よるおそ》くに寝室《しんしつ》を抜《ぬ》け出して出歩いたら、シェリーに怒《おこ》られてしまうわよ？」

「あぅぅ……ス、ステラ御嬢様もですぅ……」

「私はアレン様の新しい魔法式を試《ため》していただけよ。廊下で寝ずの番をしていたロランだってうまくまけたわ。きちんと夜は寝て、と何度も言っているんだけど……」

「せ、先生の新しい魔法？」「ロ、ロラン兄様に気づかれなかったんですか⁉」

ウォーカー家の中でも、お祖父ちゃんから直々に指導を受けているのに……。

驚《おどろ》く私達に、ステラ御嬢様は真新しいノートを机の上に置いて開きました。

覗《のぞ》き込むと、そこに記されていたのは、静謐《せいひつ》性を高めた光と氷属性の対探知魔法。とても綺麗《きれい》で精緻《せいち》な魔法式です。

アレン先生の字で『試製ですので、課題ではありません』と書かれています。

「ふわぁぁぁ」「す、凄いでしゅ。あぅ……」

「二人共知っていると思うけど……あの方、ああ見えてとっても厳しいのよ。私が、出来ない、と一度は思う前提の課題を選んでこのノートに幾《いく》つも書かれているわ。酷《ひど》い方」

言葉とは裏腹にステラ御嬢様が満面の笑《え》みを浮《う》かべられました。

ティナ御嬢様と良く似た前髪も、とっても嬉《うれ》しそうです。

「……御姉様」「……ステラ御嬢様、嬉しそうでしゅ」

「そうかしら？」

「そうです！　……御姉様、先生にこれ以上、近づくと、もっぉぉと、意地悪されてしまうかもしれませんよ？　その前に、離れた方がいいんじゃありませんか？」

「んー……確かに、そうかもしれないわね」

ステラ御嬢様が考えられます。ティナ御嬢様が私に目配せしてきました。

（『援護《えんご》してっ！　エリー！！！』）

あぅぅぅ……。頭を抱《かか》えてしまいます。

わ、私はティナ御嬢様の専属メイドです。

でもでも……ステラ御嬢様のことも大好きで……ど、どうすればぁ。

私の横で、くすくす、と笑う声がしました。

「む！　御姉様、困ったふりなんてしてて！　え、演技、演技だったのですね⁉」

ティナ御嬢様がむくれてしまいます。

ステラ御嬢様が悪戯《いたずら》っ子《こ》みたいな表情になられました。

「ふふ。アレン様がいたらきっと二人ともからかわれていたわよ？　でもそんな、貴女達が、アレン様は可愛《かわい》くてしょうがないんでしょうね。ティナ、確かに、あの御方はとても意地悪かもしれないけど……私は、私に『魔法』をかけてくださった魔法使いさんの指導をこれからも受けたい、と思っているわ」

ティナ御嬢様は座られながらじたばた。前髪が、ぴん！　と立っています。

「ふんだっ！　……御姉様、先生に少し似てきましたね」

「そう？　――……そうなら、嬉しいわ」

「！」

とても綺麗で、心底からの幸せを感じている表情。

あうあう……負けた気分です……。

ティナ御嬢様も怯《ひる》まれましたが、踏《ふ》みとどまれます。

「でもでも、私も、私だって、先生とは――……二人より先に進んでるし……」

そう言われてティナ御嬢様はほんのりと頰を染められました。

前髪が右に左に揺《ゆ》れています。…………これは重大容疑です。

東都であったジェラルド王子の一件は聞いていますが……戦いの場となった古い貴族の御屋敷《おやしき》内で、何があったのか、実は細かいところまでは聞けていません。

戦いが終わった後、私がリディヤ先生とティナ御嬢様から教えていただいたのは、

・ティナ御嬢様の中にいる大魔法『氷鶴《ひょうかく》』さんが仲間の『炎麟《えんりん》』さんを助ける為《ため》に、御嬢様の身体を動かして助けに行ったこと。
・アレン先生とリディヤ先生、ティナ御嬢様がジェラルド王子を倒《たお》された時、『炎麟《えんりん》』さんをリディヤ先生の中に封《ふう》じたこと。

これだけです。

この情報を私達に話すことですら、教授、学校長は難色を示されていらっしゃいました。

それをアレン先生が、

『終わった後にどうこう言うなら、御自身《ごじしん》達でどうにかすべきだったのでは？』

とぴしゃり。……か、カッコ良かったです！

でもでも、今、気になるのはそういうことじゃなくて——ティナ御嬢様が御自身の唇《くちびる》をこれ見よがしに触《さわ》られました。そして「……えへへ♪」と呟《つぶや》かれます。

——室内に風が渦《うず》を巻き始めました。

「エリー、気持ちは分かるけど、魔力を抑《おさ》えて。…………緊急《きんきゅう》事態だったのよ。きっとステラ御嬢様《おじょうさま》に注意されてしまいます。」

「は、はい」

……少しだけ魔力《まりょく》が漏《も》れてしまいました。慌《あわ》てて抑えます。

そ、そうです。どうしても仕方なく、その……キス……されたんだと思います。

それで魔力を繋《つな》――……私、まだ、アレン先生に繋いでもらったことがありません……。

頰《ほお》が勝手に膨《ふく》らんでしまいます。ティナ御嬢様が胸を張られました。

「ふふん♪　私と先生は、固い絆《きずな》で結ばれているんです！　一緒《いっしょ》に魔法も使いましたし！」

「そうね。そうだと思うわ。でも――……私だって、負けないわよ？」

ステラ御嬢様が、胸元のポケットから小さな蒼翠《そうすい》の羽を愛《いと》おしそうに取り出されました。

キラキラ、と白蒼の魔力が踊《おど》り跳《は》ねるように瞬《またた》きます。

「くっ！　た、確かに、御姉様は、先生から新しい極致《きょくち》魔法と秘伝や、二冊目のノート、蒼翠グリフォンの羽までいただいたりしていますが……わ、私は負けませんっ！」

ティナ御嬢様が両手を握りしめられて、ステラ御嬢様に張り合われます。

……私、新しい魔法も、ノートも、グリフォンさんの羽もいただいていません！

私のノートに書かれていたのは、静謐性を高めることと、浮遊《ふゆう》魔法で人や生き物を動かすこと、既存《きそん》の攻撃《こうげき》魔法をアレン先生が書き換《か》えたもの……だけです。

頰がもっと膨れていきます。御二人に文句を言います。

「ティナ御嬢様もステラ御嬢様も、ズ、ズルいです！　わ、私だって、私だって……アレン先生と魔力を繋いでみたいですし、あ、新しい魔法だって教えてもらいたいですっ!!」

「「………」」

二人のハワード公女殿下《でんか》は呆気《あっけ》に取られ、少しして、笑い始めました。

そして、私に抱《だ》き着いて来られます。

「エリー、可愛い♪」「ごめんね、エリー。許してくれる？」

こ、こんなの反則です！　私は御二人共、大大大好きなので、抱きしめ返します。

「……許しません！　御二人には罰《ばつ》として」

「「罰として？」」

「王都へ帰ったら、い、一緒にアレン先生の下宿先へ、と、泊《と》まってもらいましゅ！

……あううう」

嚙《か》んでしまいました。ど、どうして、こういう時に嚙んでしまうんでしょうか。

御嬢様方が賛成してくれます。

「当然じゃないっ！　……仕方ないから、リ、リィネも連れてね」

「どうせなら、みんなで押しかければいいんじゃないかしら？　カレンに聞いた話だと、客間も何室かあるみたいよ」

三人で笑い合います。……こんな日が来るなんて、夢みたいです。

ティナ御嬢様は凄《すご》い魔法を使えるようになりました。

ステラ御嬢様もとても柔《やわ》らかい笑みをされています。

これも、全部、全部……アレン先生のお陰《かげ》です！

私、幸せです。とてもとてもとても幸せです!!


——お互い向かい合います。

まずは、ティナ御嬢様が口を開かれました。

「御姉様、エリー、改めて言っておくけれど、私は——……本気だから」

真剣《しんけん》な表情。強い気持ちが伝わってきます。

私はしどろもどろになりながら、想《おも》いを言葉にします。

「わ、私は、その、あの……テ、ティナ御嬢様の専属メイドなんですけど……でもでも、ア、アレン先生の御傍《おそば》にも置いていただけたら……あぅぅ……」

そこまでが限界でした。両手で顔を覆《おお》います。

は、恥《は》ずかしいです！　こ、こんなのアレン先生には絶対、言えませんっ！

最後にステラ御嬢様が零《こぼ》されます。

「——ティナもエリーも、強くなったわね。あの方に感謝を」

「御姉様、お答えになっていません。せ、先生のこと、どう思われているんですか？」

「私？　そ、その……さ、最後はアレン様が、お決めになることだと思うわ……」

途中《とちゅう》から小声になられて私達へ恥ずかしそうに告げ、羽を見つめられます。

頬を薄《うっす》らと染められつつも、瞳《ひとみ》の奥にあるのは決意。

「でも、その為の努力は怠《おこた》らないつもりよ。だって……私を選んでいただきたいから。もっと、頑張《がんば》らないと！　今の私達じゃ……アレン様の隣《となり》に立つことは到底敵《とうていかな》わない。あの方の隣にはリディヤさんがいるわ」

「……分かってます。でも」「ま、負けませんっ！」

思わず大きな声が出てしまいました。

御二人が私を見つめ噴《ふ》き出されました。あううう。

ティナ御嬢様が宣言されます。

「誰《だれ》が相手だろうと私は負けませんっ！　ですが……『敵』は余りにも強大。と言うか、あんなの反則です！　ずるっ子ですっ!!」

「リ、リディヤ先生は……その……『凄い』っていう言葉自体が違《ちが》うかなぁ、って思うんです……。あと、アレン先生と何も話されなくても、通じ合っていると思います……」

「アレン様って、無意識にリディヤさんとの思い出を話されることがあるのよね……」

三人で溜《た》め息《いき》を吐《つ》きます。天井《てんじょう》を見ると、温室の硝子《ガラス》越《ご》しに無数の星。

けれど、流れ星はお願いをする前に消えてしまいました。

ティナ御嬢様とステラ御嬢様が難しい御顔をされます。

「……でも、もっと大きいのは」

「アレン様の公的地位の問題ね。そんなのは全部無視して、ララノア共和国にでも亡命してしまえば問題は解決するのだけれど」

「御姉様！　発想法がリディヤさんのそれです‼」

ステラ御嬢様が小首を傾《かし》げられます。

「あら？」

「あら？　じゃないですっ！　御姉様がリディヤさんみたいになられたら泣きます‼」

「でも、そういう考えになるのも分かるでしょう？　現状だと——……ア、アレン様と、そ、その……お付き合い……出来るのは、商家出のフェリシアだけだし……」

「い、いきなり、は、恥ずかしがらないでくださいっ！　こっちまで恥ずかしくなって……………あ、私、気づいちゃいました。そっかぁ、そうすれば良かったんだぁ♪」

「「？」」

突然《とつぜん》、ティナ御嬢様が椅子《いす》から降りられ、ぴゅんぴょん、飛び跳ねられます。とても可愛らしいのですが……困惑《こんわく》します。

「ティナ？」「あのあの、ど、どういう意味ですか？」

「ふっふ～ん♪　簡単なことですっ！　先生の社会的地位を私達が上げてしまえばいいんですっ!!　ウェインライト王家が実力主義を標榜《ひょうぼう》されている以上、先生程《ほど》、それに適任な方はいない筈《はず》ですっっ！！！」

「あうあう……で、でも……ア、アレン先生は、そ、そういうの断られると思うんですけど……」

「うっ!!!　た、確かにそうかも……駄目《だめ》かなぁ……」

「――……いえ、悪い案じゃないわ。ただし」

ステラ御嬢様が静かに呟かれました。複雑そうな御顔をされています。

「御姉様？」「ステラ御嬢様？？」

「……私達だけじゃなく、リディヤさんの協力が、不可欠になるわ」

「そ、そんなの………いえ、確かにそうですね。御姉様、ここは」

「ええ、仕方ないわ。優先すべきは、ね」

「あうぅ……ティナ御嬢様ぁ、ステラ御嬢様ぁ……」

御二人は私そっちのけで理解されています。

頭の回転が早過ぎて、全然ついていけません。

……仲間外れです。

ティナ御嬢様が噴き出されました。

「ぷふっ！　エ、エリー、そ、その顔……」

「あううぅ！　テ、ティナ御嬢様ぁぁぁ!!」

ステラ御嬢様が説明してくださいます。

「エリー、拗《す》ねないの。――アレン様は凄い人よ。だけど、正当に評価されているとはとても言えない。そんなの私は嫌《いや》だわ。リディヤさんだって、そう思われている筈よ」

「！　で、でもでも、ア、アレン先生に嫌《きら》われるのは………」

「その時の為《ため》にリディヤさんも仲間にするのよ。敵としては恐《おそ》ろしい。けれど、味方にしてしまえば……少なくともこの目標に関して、反対はされないわ。絶対に」

「仲間は多い方がいいです！　御姉様、カレンさん、フェリシアさん、リィネ、私、それにリディヤさん……先生の大学校の後輩《こうはい》さん達にも接触《せつしよく》出来るといいですね。教授に聞いてみましょうっ！」

ステラ御嬢様が頷《うなず》かれます。

「一人は知っているわ。オルグレン公爵家《こうしやくけ》のギル・オルグレン公子よ」

「ふぇ⁉　でも……これで王国四大公爵家の内、三つは押さえたも同然ですねっ！」

「あぅあぅあぅ………………」

ティナ御嬢様が張り切られます。

だけど、私の名前がありません！　酷《ひど》いです‼　アレン先生に言いつけます‼！

今晩で一番、ぷく～、と頰を大きく膨らまします。

私は拗ねているんじゃありません。怒《おこ》っているんです！！！

頭の上にステラ御嬢様の手が置かれます。

「勿論《もちろん》、エリーも加わってくれるわよね？」

「！　は、はひっ！　わ、私、頑張りますっ‼」

「ありがとう。心強いわ」

「……えへへ～♪」

ステラお姉ちゃんに頭を撫《な》でられるの大好きです。

ティナ御嬢様が胸を張られます。

「王都へ帰ったら、皆《みな》さんを招集しましょうっ！　場所は……水色屋根のカフェでっ‼」

「は、はひっ！」「カレンとフェリシアにも伝えておくわ」

ドキドキ、ワクワクしてきました。王都で、皆さんと一緒に秘密の作戦会議です！

するとくぅ～、と私のお腹《なか》が鳴りました。あぅあぅ。

ティナ御嬢様《おじようさま》が、

「エリー、お腹が空《す》いたの？　あんなに夕食を食べたのに。そんなんじゃ、大人の淑女《しゆくじよ》にはなれない……」

くく～、と公女殿下のお腹が鳴りました。

ティナ御嬢様は、瞬時《しゆんじ》に真っ赤になられると、両足を抱《かか》え込まれました。

そんな私達を見てステラ御嬢様は口元に手を当てられて、上品に笑われます。

「仲が良いわね。そろそろ、お開き――……には出来ないみたいね」

「ほぇ？」「ふ、ふぇ？」

入り口の扉《とびら》が開きました。

そこにいたのは、左手に白布が被《かぶ》さったトレイを持っている私のお祖母《ばあ》ちゃん、ハワード公爵家メイド長のシェリー・ウォーカーでした。見回り中だったのか、メイド服姿です。

……怒っています。明らかに怒っています。

私は立ち上がり、御二人の公女殿下の前に立ちます。

「テ、ティナ御嬢様、ス、ステラ御嬢様、に、逃《に》げてくださいっ！　こ、此処《ここ》は私が食い止めましゅ！　あぅ……か、噛《か》んじゃいました……」

「エ、エリー」「………」

「――ステラ御嬢様、ティナ御嬢様、こんな遅《おそ》い時間に何をしておられるんですか。エリー。貴女《あなた》は御止めする立場でしょう？」

お祖母ちゃんが近づいてきます。こ、怖《こわ》いです。と、とっても、怖いですっ！

私とティナ御嬢様は抱《だ》き合い、必死に言い訳をします。

「ち、違うのよ、シェリー。こ、これはね」「あぅあぅ。お、お祖母ちゃん。あのあの」

「言い訳無用！」

「ひゃんっ！」

ステラ御嬢様が、普段《ふだん》通りにお祖母ちゃんに話しかけます。

「シェリー、私が二人を誘《さそ》ったのよ。怒るなら私だけにして」

「！　御姉様⁉」「ス、ステラお姉ちゃん？」

「――ハワード公爵家を継《つ》がれる御方として、年下を庇《かば》われるその心意気や良し。されど！」

お祖母ちゃんがトレイを机に置きました。

……へぅ？

「少しは私を信頼《しんらい》していただきたいものです。以後、事前に御相談《ごそうだん》くださいませ。――今夜は、女だけで御菓子《かし》でも食べながら夜更《よふ》かしすることと致《いた》しましょう。王都、東都での御話を私にお教えくださいな。エリー、準備を手伝ってちょうだい」

「は、はひっ！」

私は思わず、跳《と》び上がりました。みんなで夜更かしです！

呆気《あっけ》に取られていたティナ御嬢様の前髪《まえがみ》が左右に揺《ゆ》れ、

「シェリー♪」

ステラ御嬢様もふんわりと笑顔《えがお》になられて、トレイの白布を取られました。

「ふふ。きっと楽しくなるわ」

お祖母ちゃんが持ってきてくれたのは、ハーブティーが入っている陶器《とうき》製のポットとカップ。それに焼き菓子が載《の》っている小皿でした。

――この後は四人で夜のお茶会になりました。

お祖母ちゃんとお祖父《じい》ちゃんが、出会って、結婚《けっこん》するまでのお話、とってもドキドキしました。お祖父ちゃんは、お祖母ちゃんの服も選んだりしたそうです。

その流れで、明日は北都に、新しい服を買いに行くことも決定しました！

……私達、三人で、ア、アレン先生に、王都でお見せする為の物を、です。

は、恥《は》ずかしいですけど……でもでも、可愛《かわい》い服を見つけて、いっぱいいっぱい褒《ほ》めていただきたいなって、思います。

明日は、ワルター様とお祖父ちゃんも、北都の北に位置するガロア地方から帰って来るみたいです。

私達が北都へ行く前に会えると嬉《うれ》しいです。

＊

王国北方の要《かなめ》である北都の造りは王都に限りなく似ていて大きく四区画、東西南北に区画が分かれている。多くの建物に石が多用され、屋根も角度がついているのが特徴《とくちょう》だ。

車の窓越《ご》しに街並みを見ながら『都市設計自体も王都のそれを流用したのだよ、ステラ』と今は亡《な》き祖父トラヴィス・ハワードから、小さい頃《ころ》に教えてもらったことを思い出す。

後席で、ティナがはしゃいでいる。

「あ、見て見て、エリー！　さっきのお店、凄《すご》く賑《にぎ》わっていたわよっ！　何のお店かしら⁉︎　そこの街路樹。あれは食べられる実がなる種類ね。そのまま食べても美味《お》しいし、ジャムにしても美味しいわ！　ん～……車の数は少ないわねっ！」

「テ、ティナ御嬢様、ま、前が、前が見えないですぅ～」

妹が身を乗り出し、エリー側の車窓を熱心に観察中。

ティナは薄蒼《うすあお》系、エリーは薄翠《うすみどり》系のワンピース。頭にはリボンがついたお揃いの小さな麦藁帽子《むぎわらぼうし》。

私は頭に白の布帽子。服はメイド達が選んだ水色基調のワンピースだ。

元気な妹達の様子に温かいものを感じつつ、思考を戻《もど》す。

王都と北都で明確に違《ちが》うのは当たり前だけど王宮がないこと。

公爵家の事務機関は置かれているものの、歴代の当主の意向もあって華美《かび》は出来るだけ廃《はい》され、実用性重視の頑丈《がんじょう》な建物なせいか、目立つこともない。

もう一つ違うのは、王立学校に生えている巨大《きょだい》な大樹が存在しないこと。

きっと、アレン様ならば理由も知っておられるのだろうけど、私はまだまだ浅学だ。

……教えてもらえることがまた一つ増えたのは、心が弾《はず》むくらい嬉しい。

最後に、王都を経験して此方《こちら》へ戻って実感するのは――

「そこまで高い建物がないのよね。良く言えば整然としている。屋根の色も区画毎《ごと》に違っているし、上から見たら綺麗《きれい》かも？　駅舎がいいかしら？」

「ステラ御嬢様、駅舎を登られるのは法律違反《いはん》となります」

隣《となり》で車を運転しながら、私の専属執事《しつじ》であるロラン・ウォーカーが指摘《してき》してきた。独白を、聞かれてしまったらしい。

「大丈夫《だいじょうぶ》よ。しないわ、ロラン。今日はついて来てもらって大丈夫だったの？　突然《とつぜん》決まったことだし。御仕事があったんじゃ……」

「全《すべ》て終えて来ております」

正面を見据《みす》えながら、ロランは普段通りの口調で答えた。

車を出してくれたのは、有難《ありがた》いと思っているのだけれど……ティナとエリーが、後席から顔を出した。

「御姉様、ロランには今日、重要任務があります！　そうよね？　エリー」

「は、はひっ！　ロラン兄様、頑張《がんば》ってくださいっ！」

「この、ロラン・ウォーカー、全身全霊《ぜんれい》をもって務める所存です」

――そう、私達は昨晩、約束した通り、新しい服を買う為に北都へやって来たのだ。

当初は誰《だれ》かに北都まで送ってもらい、三人で選ぶつもりだった。

なのに、朝食時ティナとエリーが突然、

『御姉様、ロランにもついて来てもらいましょう！　男の人の意見も大事ですっ！　荷物も持ってもらいたいですし。ね？　エリーもそう思うわよね？？』

『！　は、はひっ！　ロ、ロラン兄様に、き、貴重な御意見を聞かせてもらいたいです』

と言い出したのだ。

私は戸惑《とまど》った。ロランは私の専属執事ではあるものの、他の仕事も抱えているのだ。いきなり過ぎるんじゃ……。

そんな私の心配を他所《よそ》に、控《ひか》えていた青年は片眼鏡を直し、淡々《たんたん》と普段通りに一言。

『かしこまりました』

……この人はとても仕事熱心なのだろう。

昨日も随分《ずいぶん》、遅くまで見回りをしていたみたいだし、頑張り過ぎて倒《たお》れる前に休んでもらわないと。

ティナとエリーは楽しそうにお喋《しゃべ》りを継続《けいぞく》中。

「エリー、今朝の御父様とグラハムはちょっと可哀想《かわいそう》だったわね。ガロアからグリフォンまで使って帰って来られたのに、すぐにシェリーが『御仕事の御時間です』なんて」

「あのあの、き、教授様もだと思うんです……。だ、旦那《だんな》様と、お、お祖父ちゃんに捕《つか》まって……」

――私の父、ワルター・ハワード公爵《こうしゃく》とハワード家執事長のグラハム・ウォーカーは、北方のユースティン帝国《ていこく》が国境付近で行っている大演習に対応する為《ため》、かつての戦勝で得たガロア地方へこの数日、赴《おもむ》いていた。

何とかして、ティナとエリーの帰る日までには仕事を片付け、屋敷《やしき》に戻られようとされていたのだけれど……帝国南方軍は演習を土壇場《どたんば》で延長を通告。

結果、昨日、帰宅されることは叶《かな》わず。今日だって無理だったのを、書類仕事をグリフォンに括《くく》り付け、無理矢理、屋敷に帰着。

ほんの少しだけティナ達と嬉しそうに会話をし、直後、シェリーと副メイド長から拘束《こうそく》。

執務室《しつむ》へ連れて行かれる際……お腹を抱えて笑っておられた教授の両腕《りょううで》を、二人は無言で掴《つか》んだ。

『!? は、離《はな》せっ！ ワ、ワルター！ グラハム！ ぼ、僕はここに心労を癒《いや》しに来たんだぞっ!! 僕にも難題があって、ハワードの仕事をしに来たわけでは――……と、東都の件は謝ったろう!? い、嫌《いや》だっ！ 数日は休むんだっ!! ア、アンコ！ 僕を助け』

黒猫《くろねこ》姿の使《つか》い魔《ま》様は、容赦《ようしゃ》なく主を見捨てそのままメイド達の元へ。

教授は断末魔の叫《さけ》びを残されつつ玄関《げんかん》の扉は音を立てて閉まっていった。

アレン様は御手紙でぼかされていたけど、多分、東都で教授や学校長に何かを――

「ステラ御嬢様、見えて参りました」

ロランの生真面目《きまじめ》な声で、我に返る。本日の目的地が視界に入って来た。

私は振《ふ》り返り、後席の妹達に微笑《ほほえ》みかける。

「ティナ、エリー、準備をして。もうすぐ着くわよ？」

＊

北都南部にある服屋『エーテルトラウト』。

上は七階。地下は二階まである巨大な石造りの建物は、北都でも屈指《くつし》の規模だ。服を主として、それに関係する宝飾品《ほうしょくひん》、靴《くつ》、化粧品《けしょう》……ありとあらゆる物が揃《そろ》うことで名高い。

創業は魔王戦争よりも前で、二百年は優に超《こ》えている。

名前の由来は、かつて店の創業者を助けたのだという、とある魔法士の名前を一部もって付けられたのだそうだ。

そんな老舗《しにせ》服屋の一番奥の部屋。貴人専用の広い広い、特別室で私は途方《とほう》に暮れていた。

目の前の大きな大理石のテーブルにどんどん、服と宝飾品が積み重なっていく。

……私、こんなつもりじゃなかったのに。

ティナが更《さら》に追加の服を持ってきた。

今度のは淡《あわ》い黄色と橙色《だいだいいろ》のドレスと、花のリボンが付いた布帽子。

「御姉様《おねえさま》、これも似合うと思います！　どうぞ！」

「テ、ティナ、あ、あのね……」

エリーもやって来て渡《わた》してくる。

薄手で、胸元《むなもと》が大きく開いている翡翠《ひすい》色のドレス。

「ステラ御嬢様《おじょうさま》、こっちもお願いします～♪」

「⁉　エ、エリー、わ、私にこんなのは……」

「『さ、試着をお願いしますね？』」

「……………はい」

ティナとエリーに押し付けられた服を渡されて試着室へ。

かれこれ、十数着は着替《きが》えをしているが、終わる気配はない。

しかも……試着室のカーテンをずらし、外を眺《なが》める。

妹達が次々と服を選んでいるのを見守る多数の店員さん達。全員女性だ。

部屋の中にいる男性は、隅《すみ》で石像のように直立不動なロラン・ウォーカーだけ。

事前にシェリーからも連絡《れんらく》がいっていたようで、店に入るなり特別室へ案内されてしまったのだ。もっと気楽に選べる、と思っていたのに……。

ティナとエリーは特別室に案内されるなり、意地悪な顔をして、私にこう言った。

『さ、まずは――御姉様からですねぇ♪　大丈夫です☆　私とエリーが似合うのを選びますからっ！　どーせ、私服をご自身で選ばれたことないと思いますしぃ？　私達はその後、選びますっ！』

『ス、ステラお姉ちゃん、わ、私、頑張りますっ！』

図星過ぎて、私に発言権はなかった。

ティナの言う通り、私は自分で決めて服を買った経験に乏《とぼ》しい。

持っている数少ないそれは、カレンやフェリシアに選んでもらったり、お揃いの物を買っただけなのだ。

手渡された服を見やり、溜《た》め息《いき》を吐《つ》く。

こんな時、アレン様がいてくださったら……

『ステラは綺麗なのでどの服を着ても似合いますね。次はこれを着てください』

ううう～……い、意地悪されることしか想像出来ない。

でも、アレン様が選んでくださった服なら私は喜んで全部着る、と思う。

あの方がどんな服を好まれるのか、凄く凄く知りたいし……。

確か、カレンが前に『リンスターの御屋敷に行ったら、兄さんたら、私とリディヤさんにメイド服を着せたのよ!?　しかも、リディヤさんには獣耳《けものみみ》まで……。兄さんが変態になる前に妹の私が止めないといけないわ!!』って、言っていたような……。

アレン様は獣人《じゆうじん》族の中で生まれ育ったから、獣耳がお好き、なのかしら？

そ、そういう服も探せば、ある……のかも？

…………。

妹達が外から催促《さいそく》してくる。

「御姉様～？」「ま、まだですか？」

「……待って、今、着替えるわ」

現実が追いかけて来た。

姿見に映る自分を励《はげ》ます。ステラ、大丈夫よ。貴女《あなた》なら出来るわ。

私は、妹達が選んだ服に着替え始めた。


――大きな姿見に自分を映す。

似合って、いるのかしら？

試着室から出て、服を選び中のティナ達に声をかける。

「ティナ、エリー、着てみたのだけれど……」

妹達が振り返り、目を輝《かがや》かせて近寄ってきた。

ティナは満足そうに頷《うなず》き、エリーは両手を合わせ笑顔《えがお》。

「うんうん。御姉様、こういう色合いも良いですね！」

「わぁぁ。ステラ御嬢様、凄《すご》く可愛《かわい》いと思います♪」

「そ、そう……？　ア、アレン様は、気に入って下さる……かしら？」

「勿論《もちろん》♪」」「…………アレン様？」

すぐさま、ティナ、エリーが褒《ほ》めてくれた。執事《しつじ》は片眼鏡を弄《いじ》っている。

周囲にいる女性店員さん達も、とても好意的な視線。

私がまず試着したのはティナから渡された淡い黄色と橙色のドレスだ。

何となく気恥《きは》ずかしくなり、布帽子《ぬのぼうし》のつばを下ろす。

ティナとエリーがロランに要求。

「ほら！　ロランはどう思うの？？」「ロ、ロラン兄様、感想をお願いします！」

「…………とても、その……お似合い、だと、思います」

片隅《かたすみ》に佇《たたず》む執事の青年は、ちらり、と私を見た後、すぐに視線を外し、感想を口にした。

着る服の全《すべ》てを『お似合いです』と言われても、少しだけ戸惑ってしまう。

じっくり、見られるのも困るけれど……参考になる感想は欲《ほ》しいのだ。

エリーが、可愛らしくおねだりしてくる。

「ス、ステラ御嬢様、次は、わ、私が選んだ物を着てくださいっ」

「分かっているわ。その前に、ロラン」

「……はっ」

執事の名前を呼ぶと、すぐ返答があった。私は丁寧《ていねい》にお願いする。

「感想が『お似合いです』だけだと……。出来れば具体的に言ってほしいの。男性は貴方《あなた》しかいないから」

「………ステラ御嬢様は、その服を………」

「?」

珍《めずら》しく短い返答ではなくロランが何かを言いかけ、途中《とちゅう》で口籠《くちごも》る。瞳《ひとみ》には動揺《どうよう》？

私は小首を傾《かし》げ続きの言葉を待つも、長身の執事は沈黙《ちんもく》。

「？　ロラン、もしかして、具合でも悪い――あ、私ったら、ごめんなさい！　椅子《いす》に座ってくれていいから」

「……いえ。健康に問題はございません。ありがとうございます」

執事は応じ、直立不動。大丈夫《だいじょうぶ》……なのかしら？

ティナとエリーは額に手をやり、天を仰《あお》いでいる。

……良く分からないけれど、ロランのことだ。こういう風に言っておけば、次の服から

は具体的に感想をくれるだろう。

どうせ買うのなら、アレン様が一番褒めてくださる服を選ばないと！

＊

『エーテルトラウト』を出て車に乗り込むと、ティナとエリーが、後席から楽しそうに私へ話しかけてきた。

「はぁ……満足しました。御姉様は何を着せても綺麗《きれい》になるし、可愛くなるし、自分の服を選ぶよりも、着せるのとっっても楽しいです！　今度、王都でもやりましょうねっ!!」

「た、楽しかったです。ステラ御嬢様、ありがとうございました♪」

「まったくもう。次は貴女達からよ？」

「「は～い♪」」

結局、私が、悩《なや》みに悩んで店で買った物は――極《ご》淡く明るい黄色のワンピースと白の上着とワンピースと同じ色合いの布帽子。

全部、アレン様と初めて、デ、デートした時に着た服の新作だ。

王都に戻《もど》ったら、この服を着て、も、もう一度――想像するだけで幸せになってしまう。

……ティナとエリーには内緒《ないしょ》で店員さんに探してもらった寝間着《ねまき》も使えるといいな。

なお、妹達は最初の宣言通り、私よりも遥《はる》かに短い時間で服を選んでいた。

ティナはああ見えて行動力があるし、エリーはそんな妹に連れられて、よく服を買うことがあるようだ。こ、これが経験の差なのね……私も見習わないと。

車の後ろへ荷物を積んでいたロランが運転席に乗り込んできた。

「……お待たせいたしました」

「大丈夫です。ロラン、ごめんなさい、付き合わせてしまって」

「…………いえ。次回までには、女性に対する御言葉を学んでおきます」

少し沈《しず》んだ様子で、心なしか眉間《みけん》の皺《しわ》が険しくなった執事は片眼鏡を直し、車のエンジンをかけた。女性ばかりの部屋でずっと一人だったのだ。疲《つか》れるのは当然。

私が途中で『具体的な感想』なんて、言ったせいで真面目《まじめ》なこの人は考えこんでしまったのかもしれない。

あの後も、結局『……お似合い、です』としか言わなかった。休憩《きゅうけい》がいるわね。

私は振《ふ》り返る。

「ティナ、エリー、少し寄り道してもいいかしら？」

＊

そのカフェの外見は、王都で私達が行く水色屋根のカフェと何処《どこ》となく似ていた。

違《ちが》ったのは——妹達が手を止め、私を見つめて来る。

「ほねぇひゃま？」「ひゅめたぃでしゅ」

「二人共……食べ終わってから話してちょうだい」

「「ふぁい」」

目の前でティナとエリーは仲良く返事をし、氷菓子《こおりがし》との格闘《かくとう》を再開する。

二人の目の前にあるのは、硝子《ガラス》皿にうず高く積もった削《けず》られた氷の山。その上に果汁《かじゅう》や砂糖等の甘いシロップ。これは王都のメニューにはないものだ。

メイド達から『時間がお有りでしたら、是非《ぜひ》、この新しいカフェへ行ってみてくださいっ！』と強く御勧《おすす》めされたので来てみたのだけれど、確かに大変賑《にぎ》わっている。

なお、私は氷菓子を注文していない。量が多過ぎて食べきれなそうだ。

隣《となり》の席から、ソーサーに載《の》った紅茶のカップが差し出された。

「ステラ御嬢様《おじようさま》、どうぞ」

「ありがとう、ロラン。貴方も飲んでね」

「……はっ」

紅茶を完璧《かんぺき》な手際《てぎわ》で淹《い》れた執事にお礼を言い、一口飲む。良い香《かお》りで、とても美味《おい》しい。

店内を見渡《みわた》すと、内装も王都の水色屋根のカフェと似ていて、落ち着いた雰囲気《ふんいき》だ。

ティナ達が氷菓子と格闘する様を眺《なが》めながら、考える。

……アレン様と一緒だったら注文したのかしら？

『ステラ、折角ですので食べてみましょうか』

『わ、私はいいです。一人だときっと食べきれませんし……』

『なら——二人で一つ、ということで』

紅茶をもう一口。うん、あの方ならそう言ってくださるかも。

それで
『ステラ、口を開けてください』

『ア、アレン様……あの……そ、そのスプーンは……』

『融《と》けてしまいます。さ、早く食べてください。そうしないと——悪い執事になって、ステラ御嬢様に悪さをしてしまうかもしれません』

『う〜……ア、アレン様の、い、意地悪……あむ……』

きっと、きっとそうしてくださって――ティナとエリーが、手を止め私を見つめる。

「……御姉様」「……ス、ステラ御嬢様」

「な、何かしら？」

「今、先生のことを」「考えられていましたか？」「………」

「！　そ、そんなこと、ないわ……」

「じー」」

妹達の視線が突《つ》き刺《さ》さる。かしゃ、と隣からカップを置く音。

私はカップを持って、店内へ目を逸《そ》らす。

どうやら、学生達は氷菓子を、一般《いっぱん》の客は紅茶や珈琲《コーヒー》を注文しているようだ。

カウンター内にいる若い女性店員と視線が交錯《こうさく》――手を止め、近づいてくる。

あ、あれ？　も、もしかして、注文だと思った？？

こういう場所に行き慣れてない私はどぎまぎしてしまい、妹達に助けを求める。

「テ、ティナ、エ、エリー、あ、あのね？」

救援要請《きゅうえんようせい》をする前に、陽気そうな女性店員さんが顔を覗《のぞ》かせる。

「お待たせしました～☆」

「！　あ、えっと、あの……テ、ティナ、エ、エリー、お、お願い」

妹と幼馴染《おさななじみ》は私の懇願《こんがん》を受け、これみよがしな態度。ロランは沈黙している。

「ふう～。仕方ない御姉様ですねぇ」「こ、怖《こわ》くないですよ？」

店員さんが訝《いぶか》し気《げ》に尋《たず》ねてきた。

「御客様？」

ティナとエリーが如才《じょさい》なく答える。

「あ、ごめんなさい。勘違《かんちが》いみたいで。氷菓子、すっごく美味しかったです！」

「と、東都で食べた氷菓子に似てました！」

女性店員さんが驚《おどろ》く。

「東都の氷菓子を知っておられるんですか？」

「つい先日、作ってもらいました」「た、大樹の実を凍《こお》らしてです」

「⁉　そ、それは……す、凄《すご》いですね……。あの実、凄い値段…………あの、ひょっとして、何ですけど……御嬢様方はハワード公爵家《こうしゃくけ》の……？」

店員さんが小声で聞いてきた。二人が私を見る。微《かす》かに頷《うなず》く。

背筋が伸《の》び、直立不動になった女性店員さんが頰《ほお》を紅潮させる。

「おおお、お会い出来て、こここ、光栄です！　お、王都へ行かれているとお聞きしていて……わ、私の妹も王都のカフェで働いているんです。手紙で『王都、凄いよっ‼

公女殿下《でんか》を連れてくる一般平民のカッコいい少年とかいるよっ！！！！』って」

「「あ～」」

私達は同時に得心する。脳裏《のうり》に浮《う》かんだのは水色屋根の元気な女性店員さんの姿。

確かに言われてみれば似ている。

――そう言えば、あの店員さんに傘《かさ》を借りてアレン様と相合傘なんて現実にあるんだね!!

「あと『雨が降ってる日に長くて綺麗な薄蒼髪《うすおあがみ》の公女殿下と少年にお店の傘を貸したの！　いやぁ～私、凄くいい仕事した！　お姉ちゃん、褒《ほ》めて褒めて』とも書いてあり――……長くて綺麗な薄蒼髪で、公女殿下………あ、も、もしかして……ご、御本人様、ですか？」

私はただ微笑《ほほえ》む。

「――そういうお話は身内だけに留《とど》めておく方がいいですね」

「そ、ソウデスネ、あは、あはは……わ、私、仕事があるので、も、戻りますね～」

私の視線を受けて女性店員さんがカウンターへ逃《に》げていく。

あ、あの日の出来事は、わ、私とアレン様だけの秘密だったのに……でも、今は、それどころじゃない。私は机に両肘《りょうひじ》をつき、取調官になっている妹達へ向きなおる。

「……違うのよ」

ティナ・ハワード取調官が冷酷《れいこく》に告げる。

「ステラ・ハワード王立学校生徒会長には発言が許可されていません。返答は『はい』か『いいえ』のみでお願い致《いた》します。い、一時、学内で噂《うわさ》になってましたけど、ほ、本当だったなんてっ！　見てください！　ロランの魂《たましい》が抜《ぬ》けちゃってますっ！　致命傷《ちめいしょう》の致命傷ですっ‼　御屋敷《おやしき》に戻ったら、先生への御手紙にも書いておきますっ‼」

妹が隣の執事《しつじ》を指し示す。

「…………」

片眼鏡を触《さわ》ったまま、ロラン・ウォーカーは硬直《こうちょく》し、両目を瞑《つぶ》っていた。顔に生気はなく、眉間には深い深い苦悩《くのう》の皺。小さく「……想定外だ」。

私のせい？　なのかしら⁇

エリー・ウォーカー副取調官が、光を失った瞳《ひとみ》を向けてきた。

「……ア、アレン先生と、あ、相合傘、あ、相合傘…………ティナ御嬢様、始めましょう。ロラン兄様、仇《かたき》は取ります！」

この場に味方はいないらしい。

――その後、二人から散々質問を受け、同時に色々と聞き出した。やっぱり、年少のティナ、エリー、リィネさんには甘い気がする。

なお、その間、最後の最後までロランは回復しなかった。

きっと『ハワード公女殿下として好ましからず！』と思われてしまったのだろう。

慰労《いろう》のつもりで寄ったのに、悪いことをしてしまった。後で弁明しておかないと。

＊

きっと実家でも勉強しているだろうステラへ

やっと、返事を書いています。

『フェリシアは忙《いそが》しいだろうから、返事はいらない』って……どぉしてぇ、みんなみんな、そう書いてくるのっ⁉

ステラもカレンも、アレンさんも！　酷《ひど》い‼

た、確かに私は筆不精《ふでぶしょう》かもしれないけど……。

王都は概《おおむ》ね平穏《へいおん》無事。暑いよー。

水色屋根のカフェに何回か商会のメイドさん達と行ってたら、女性店員さんとエマさんがすっかり仲良くなっちゃって、今では毎日のように通ってる。

商会の仕事も順調。順調過ぎて怖いくらい。

正直言うとね……ちょっとだけ変な気分になってるの。

私、ステラやカレンには敵《かな》わない、と思ってたけど、魔法《まほう》の勉強は楽しかった。

だから、王立学校を出たら、大学校へ行くんだと思ってた。貴女《あなた》達と一緒に。

なのに、今の私はアレン商会で目まぐるしい日々を過ごしてる。

信じられない数の食物やお酒を取り扱《あつか》って、信じられない額の金貨のやり取りをしてる。

……現実なのかな？　って思う。

ねぇ、ステラ。変なことを書くんだけど……アレンさんってさ、時々、本物の『魔法使い』なんじゃないか、って思わない？

あの人と出会ってから、色々なことが一気に良い方向へ進んで……。

カレンにこんなこと書いたら、ぜったいに、笑われるから書けないけどねー。

『兄さんは兄さんよ。……フェリシア、遂《つい》に仕事をし過ぎで頭が……』とか言いそうだよね。カレンの喋《しゃべ》り方って、時々、アレンさんに似ていると思わない？

変なこと書いてごめんなさい。

ステラだったら、分かってくれるかなーって。

では、御仕事に戻《もど》るねー。

帰って来るの来週だよね？　王都でみんなの帰りを待ってます。

北と南に続き、東の品々まで扱いそうになる予感がしているフェリシアより

追伸《ついしん》
カレン、浮かれ過ぎだと思わない？

友人として、東都であったことを王都の水色屋根のカフェにて聞き出すべき！と判断しています。

あと、アレンさんも甘過ぎっ！　過保護!!　確かに小さな子供扱いしてるっ!!!

この前なんて『カレン用に』って、すっっごい物を要求してきたんだよっ!?

……何でもかんでも『兄妹《きょうだい》なので』で済むと思うなよぉ。

この件、ステラ・ハワード王立学校生徒会長はどうお考えになられますか？

＊

「ふふ……確かに聞き出さないとね」

私は自室の椅子《いす》に座りながら、灯《あか》りの下で、王都にいる親友からの手紙を読み終えた。

思わず笑ってしまう。確かにカレンは『**兄妹なので**』で押し切ろうとするところがある。

同時に『……**兄さんは私を**』云々《うんぬん》とも書いて来たし、あの子はあの子で大変なのだろう。

でも『**私も大学校へ行くわ。ステラと一緒《いっしょ》に**』と書いてきてくれたのは、嬉《うれ》しい。

――早いもので、ティナ達が帰って来てから六日が経過。今日は光曜日だ。

ティナ達が東都にいる間に届いた。カレンの手紙に書かれていた、東都の御魂送《みたまおく》りの日。

きっと、私の親友はアレン様と一緒に、いそいそ、と出掛《でか》けたのだろう。……ズルい。

……悪天候らしく、こっちには、まだアレン様の御手紙も届いてないのに。

手紙を目の前の丸机に投げ出すと、ベッドに飛び込む。カーテン越《ご》しに見える外は漆黒《しっこく》の闇《やみ》。ティナ達はもう寝《ね》ているだろう。

枕《まくら》を抱《だ》きかかえ、足をバタバタ。

「……ズルい、ズルい、ズルい」

私もアレン様と二人きりでお出かけしたい！

カレンは手紙で『**獣人族《じゅうじん》の大事な儀式《ぎしき》です。私が兄さんと行くのに他意はありません。**

兄妹なので』と書いていたけど、そ、それって、デ、デートなんじゃ……。

思わず声が出てしまい、再度、足をバタバタ。

確かに私だって、二人きりでデ、デートしたけれど、あの時はいきなりだったし。ちゃんとした形じゃなかったと思うし。枕に顔を埋《うず》める。

……私、こんな子だったかしら。

親友に、魔法以外のことでも嫉妬《しっと》するなんて。去年の手紙にだって書かれてたのに。

「……全部、全部、アレン様のせいだわ」

私はこの場にいない魔法使いさんへ悪態をつく。

顔を上げ、呟《つぶや》いてしまう。

「…………お会いしたいなぁ」

左手を伸ばし、脇机《わきづくえ》に置かれている手帳を手元に引き寄せ、開く。

ぱらぱら、と頁《ページ》を捲《めく》り、栞《しおり》にした羽を見つめ——再び枕に顔を押し付ける。

王都へ帰る汽車は来週の風曜日。

実際は雷曜日の午後着。しかも、夕方。その日の内に会うことは出来ないだろう。

帰省しているリディヤさんとリィネさん、私と同じ汽車のティナとエリーも雷曜日着。

アレン様とカレンは風曜日の夜。

カレンのことだから、きっと『妹が兄の下宿先に泊《と》まるのは義務』と言って……。

ばたばた。ばたばた。ばたばた。

私はまだ……お泊まりしたことないのに――……はっ！

わ、わ、私ったら、な、何てことを考えてっ。

顔を上げ、頭を、ぶんぶん、と振《ふ》る。

た、確かに北都で買った私服や、寝間着はお見せしたいけど……で、でも、そんなの、
そんなの、い、いけないわ。いけないことだわ。

ハワード公女殿下として、な、なんて、は、はしたない――

「うう～～！」

「！」

窓の外から大きな雷鳴《らいめい》が聞こえてきた。

私はベッドから降り、窓へ。カーテンを開け、外を眺《なが》める。

昼間は快晴だったのに今は黒くぶ厚い雲が空を覆《おお》っている――再度、雷光。

一瞬《いっしゅん》、遠くの蒼竜山脈《そうりゅう》が見えた。山頂には今年も雪。

ティナは『秋の収穫《しゅうかく》は豊作になりそうです……良かった』と安堵《あんど》していた。あの子は賢《かしこ》く優《やさ》しい子だ。そんなティナを嬉しそうに見ていたエリーも。

ようやく心が落ち着いてきた。もうすぐお会い出来るんだもの。大丈夫《だいじょうぶ》、大丈夫。

もう少しだけ課題をして——小さなノックの音。こんな時間に？

もう一度、ノック。私は扉《とびら》へ近づく。

「誰《だれ》？」

「……御姉様」「あぅぅ……ス、ステラお姉ちゃん……」

ティナとエリーだ。扉を開けると、

「御姉様ぁ！」「ス、ステラお姉ちゃんっ！」

そのまま私に飛びついてくる。

ティナの前髪《まえがみ》は萎《しお》れ、エリーは涙目《なみだめ》。二人共、震《ふる》えている。

私は寝間着姿の妹達を抱きかかえながら質問。

「ど、どうしたの、こんな時間に」

三度雷鳴。二人はますます私にしがみつく。

妹達の頭を撫《な》でる。

「まだ、雷が苦手なの？」

「エ、エリーがです。わ、私は、べ、別に」「あぅあぅ……怖《こわ》いでしゅ……」

「仕方ない子達ね。いいわ。今晩は私の部屋で寝ていいから」

「！　ほ、ほんと」「で、ですか？」

「嘘《うそ》は言わないわ」

「「やったぁ！」」

「あ、こら！　走らないの」

二人はそのままベッドへ飛び込み、ブランケットへ潜《もぐ》り込む。

小さい頃《ころ》、雷が鳴る日は私の部屋へ逃《に》げてきたりすることもあったのを懐《なつ》かしく思い出す。グラハムは過保護で、すぐに飛んできていた。

ブランケットからティナが顔を出す。エリーはもぞもぞしている。

「御姉様はまだ寝ないんですか？」

「もう少しだけアレン様のノートを読もう、と思っていたところ」

「え～。一緒に寝ましょう！　そうしましょう!!　エリーもそう思うわよね？」

「ぷはっ。は、はひっ！　ス、ステラお姉ちゃん……あの、い、一緒に寝ませんか？」

「……困った子達ね」

私は机に置いておいたノートを持ち、ベッドへ。

ティナとエリーが訴《うった》えてくる。

「お、御姉様は真ん中に寝てください」「ス、ステラお姉ちゃん、お、お願いします」

「分かったわ」

私は二人の間に潜り込む。

すると丁度そこに……今までで最大の雷光。そして雷鳴。

「～～～っ!!」

ティナが右腕《みぎうで》、エリーが私の左腕に抱き着く。

「大丈夫よ。大丈夫。ティナ、雷も作物には大事なんでしょう？」

「そ、それと、こ、これとは、は、話が別、です……ううう……」

「もう。今晩は鳴り止《や》むまでそのままでいいわ。エリー、灯りを小さくしてくれる？」

「は、はひぃ」

エリーが手を伸《の》ばし、ベッド近くの灯りの魔力《まりょく》を絞《しぼ》り小さくしていく。

部屋の中の闇が濃《こ》さを増した。……微《かす》かに根拠《こんきょ》もない不安が渦巻《うずま》く。

私はもう雷を怖がる程《ほど》、子供じゃない。けれど――このざわつきは、何なのだろう？

そんな私の様子には気が付かず、ようやく落ち着いたらしい、ティナが話しかけてくる。

「御姉様《おねえさま》、みんなが、秋の作物を収穫したら王都にも送ってくれるって言ってました。届いたら食べま――……ほえ？」

「ティナ？」「ティナ御嬢様《おじょうさま》？？」

私達の問いに答えず、妹は首を傾《かし》げ、上半身だけを起こした。

そして、ブランケットの中から自分の右腕を引き抜《ぬ》き手の甲《こう》をかざす。

――ぼんやり、と大きく羽を広げた蒼《あお》い鳥の紋章《もんしょう》が浮《う》かびあがっている。

これが、教授が言っていた意思ある大魔法『氷鶴《ひょうかく》』の紋章！

暴走の恐《おそ》れはない、とのことだったのに何で……胸のざわつきが強くなる。

ティナが左手で甲に触《ふ》れた。

「ティナ？」「だ、大丈夫、ですか？」

私とエリーも上半身を起こす。

溢《あふ》れていた光は少しずつ小さくなっていき……やがて、消えた。

妹が落ち着いた様子で呟く。

「――……大丈夫です。きっと何かを伝えようとしてくれたんだと思います。具体的には分からないんですけど……御姉様、明日、また先生に手紙を書こうと思います」

「……いいえ。王都に戻《もど》ってからにしましょう。『氷鶴《ひょうかく》』の件を、私達の暗号式を使って手紙でやり取りするのは危険だわ。こういう時、東都に電話が通じていないのは痛いわね」

「確かに……そうですね。む～！　私が『氷鶴《ひょうかく》』とお喋《しゃべ》り出来れば解決するのにっ！」

ティナは再び横になり、じたばた。私とエリーも横になる。

「明日の朝、紋章の件は教授に相談してみましょう。……時間があればだけど」

「無理だと思います！」「あぅあぅ……教授様、廊下《ろうか》で泣いてました」

父とグラハム、そして教授はティナ達が帰って来てからは執務室に籠《こも》っている。

ユースティン帝国《ていこく》が、依然《いぜん》として続けている大演習の対応に追われているのだろう。

少なくともこの十数年間、帝国がここまでハワードを刺激《しげき》することはなかった。

それなのに——雷光。

「お、御姉様……ま、また、また雷が……」「あうう……お、お姉ちゃん……」

ティナとエリーが両腕に抱きついてくる。

——更《さら》に大きな雷鳴が聞こえてきた。本格的な嵐《あらし》となるようだ。

第3章

「リディヤ御嬢様、リィネ御嬢様、お帰りなさいませ！」

「「「リディヤ御嬢様、リィネ御嬢様、お帰りなさいませ！」」」

王国の南都。リンスター家の屋敷《やしき》。

玄関《げんかん》を開けた私と姉様、そしてアンナを待っていたのは、屋敷で働いているメイド達と使用人達の出迎《でむか》えでした。

敷《し》かれている紅絨毯脇《あかじゆうたんわき》に中央階段前まで整然と列を作り、頭を下げてきます。最後列にいる少女達はメイド見習いでしょう。頬《ほお》を紅潮させ、緊張《きんちよう》しています。

この行事？　は姉様が王都から戻る度《たび》に行われていて、今回は私も、というわけなんですが……こうして実際に受けてみると、少々面映《おもは》ゆいですね。

隣《となり》の姉様が列の先頭でメイド達を率いていた、美しい黒の短髪《たんぱつ》と眼鏡が似合う褐色肌《かつしよくはだ》のメイド――約一年前にリンスター家のメイド隊次席となったロミーに話しかけられます。

「……ロミー、毎回言っていると思うけど、こういうのはやらなくていいわ」

「リディヤ御嬢様、御嬢様方をお迎《むか》えするのは、私共の喜びなのです！」

「……そう。なら仕方ないけれど。皆《みな》、ありがとう。休みの間、よろしくお願いね」

『！　は、はいっ!!』

姉様が感謝を口にされました。

集まった皆は感動。古参の者達の中には涙を浮かべている者すらいます。

きっと昔の姉様だったら、無言で何の反応も示さずに部屋へ行かれたことでしょう。

兄様の影響《えいきょう》力は絶大です！

腕組《うでぐ》みをしつつ頷《うなず》いていると、アンナとロミーが私服姿の女性を連れてやって来ました。

長い茶色のスカートに柔《やわ》らかい乳白色の長袖《ながそで》シャツ姿。耳が隠《かく》れるくらいの栗茶髪《くりちゃがみ》をした若い小柄《こがら》な女性が赤ん坊《ぼう》を抱《だ》いています。私は思わず名前を呼びました。

「マーヤ！」

「リィネ御嬢様！　大きくなられて……。リディヤ御嬢様、再び御目にかかれて……マーヤはマーヤは……！」

私の前で口元を押さえ泣いているこの女性の名はマーヤ・マト。

リンスター家メイド隊の前第三席で、三席就任前、私と姉様が小さかった頃は専属メイドを長く務めてくれた人です。

第三席就任後は専《もっぱ》ら私の祖父である先代リンスター公爵《こうしゃく》と祖母を助け、侯国《こうこく》連合との三次に及《およ》ぶ南方戦役《せんえき》の結果、我が家が併合《へいごう》した旧二侯国エトナ、ザナの統治安定にロミーと共に尽力《じんりょく》してくれた女性です。

そこで出会った旦那《だんな》様と結婚《けっこん》。メイドを引退した、と聞いていましたが……まさか会えるなんて！

姉様がマーヤに柔らかく話しかけられます。

「泣き虫は変わってないみたいね？　元気そうで安心したわ」

「……はい。はいっ」

ますます涙を流すマーヤを見て、懐かしさを覚えます。昔もよく些細《ささい》なことで感極《かんきわ》まって泣いていました。私はお母さんになった元メイドへ質問します。

「マーヤ、赤ちゃんの名前は何て言うの？」

「ぐす……この子の名前は、リネヤと言います。女の子です」

「リネヤ——凄《すご》くいい名前ね！」

「ありがとうございます。リディヤ御嬢様、よろしければ……この子を抱いていただけませんか？」

マーヤの申し出に珍《めずら》しく姉様が躊躇《ちゅうちょ》された様子を見せられます。

そうしながらも視線はリネヤに固定。よく寝《ね》ていますね。

「私が？　……でも、落としたりしたら」

「リディヤ御嬢様、大丈夫《だいじょうぶ》でございます！　私、アンナと――」「ロミーがおります」

「……そう。なら、抱いてみるわね」

恐る恐る姉様がリネヤを抱き上げます。むずがったりせずおとなしいリネヤの頰《ほ》っぺたを細い指でつつき、「貴女《あなた》はリネヤっていうのね？　私はリディヤっていうの。マーヤのお友達なのよ」と、穏《おだ》やかで幸せそうな笑顔《えがお》を向けて話しかけられます。

その様子を見たメイド達は、電流が走ったかのように身体《からだ》を震《ふる》わせると、祈《いの》りを捧《ささ》げるように両手を組んで膝《ひざ》をつきました。「リディヤ御嬢様に赤ん坊……い、いい……」「ふ、ふつくしい……」「数年後にはリディヤ御嬢様もきっとっ！」。端的《たんてき》に言って、混沌《こんとん》です。

その姿は、メイド見習いの子達も同様です。きらきらと輝《かがや》く茶髪《ちゃぱつ》を二つ結びにしている子なんて、「月神様、こんな素晴《すば》らしい場面に出会わせてくれてありがとうございますっ！」と何かに感謝して拝んでいて異様です。月神様？

当のマーヤは、

「……リディヤ御嬢様、お綺麗《きれい》になられて……こんなに嬉《うれ》しいことはございません……」

と感極まって号泣《ごうきゅう》しています。マーヤに姉様がリネヤを慎重《しんちょう》に返します。

「ほら、泣かないの。もうお母さんなんでしょう？　この子に笑われてしまうわよ？」

「はい……申し訳……ぐす……ありません」

「仕方のないお母さんね」

姉様は綺麗な純白のハンカチを取り出されると、マーヤの涙《なみだ》を拭《ぬぐ》われます。

そして膝を屈《かが》まれ、リネヤの小さな頭を撫《な》でられながら告げます。

「もしも、またメイドがしたくなったら何時《いつ》でも戻って来なさい。リンスターはマーヤ・マトを歓迎《かんげい》するわ。でも、優先順位を間違《まちが》えては駄目《だめ》よ？　『小さい子には目一杯《いっぱい》以上の愛情をかけてあげてほしいわ』。私の尊敬するお義母《かあ》様の御言葉よ。今はリネヤを最優先に考えて。でも復帰する時は――メイド長でいいかしら？」

「え!?」「リディヤ御嬢様★？」「次期メイド長は私、ロミーが務《いそ》める所存です」

涙を流して感動していたマーヤも最後の言葉には困惑《こんわく》顔。アンナが微笑《びしょう》を浮かべ、ロミーもしれっと宣言して、少しだけ緊張が走ります。

そんな中、姉様は悪い顔で評されます。

「だって、アンナは悪戯《いたずら》好き過ぎるし、ロミーはエトナとザナで暴れたみたいだしね？ここはマーヤをメイド長に任命するのが、私の将来と平穏《へいおん》を考えて良いと思うのだけれど？」

「リ、リディヤ御嬢様《おじょうさま》……わ、私如《ごと》きがメイド長は……」

「私の悪戯なんて小さきことでございます！　それもこれもひとえに深い深い、そう！　水竜《すいりゅう》海の海溝《かいこう》よりも深きリディヤ御嬢様への愛あってのこと！　それが伝わっていないとは……アンナは、アンナは、よよよ……」

「リディヤ御嬢様！　暴れたことは多少事実ですが、故《ゆえ》あっての事。それに将来とは？　はっ！　も、も、もしやアレン様との御結……、むぐっ」

「……ロミー、無駄口《むだぐち》は身を滅《ほろ》ぼすわよ？」

姉様が副メイド長の口をあっさりと押さえふさぎます。

すると――四人は顔を見合わせ、くすくすと楽しそうに笑い出しました。

何だか小さい頃《ころ》に戻ったみたいで、少しだけ嬉しくなります
昔の姉様は、マーヤやアンナなど一握《ひとにぎ》りの人間にしか心を開かなかったので……。全部、全部兄様のおかげです！　そんな事を考えていると、アンナが少しだけ真面目《まじめ》な顔になり、姉様の手を外して向き直りました。

「一点、御報告を。長く空席となっていた第三席ですが、つい先日、埋《う》まっております」

「話は聞いているわ。でも……あの子で本当に大丈夫なの？」

アンナ、ロミー、マーヤが次々に返答。

「能力的には何の問題もございません。総合的にはメイド隊最上位と判断しております」

「ただ、少々張り切り過ぎるのが……リディヤ御嬢様には、一度説諭《せつゆ》をしていただきたく」

「その、自分の欲――目的の為《ため》ならば最後に無茶をするところが……お願いします」

リンスター家のメイド、その頂点である三人がわざわざこんなお願いをするなんて……。

あの子、エトナとザナで――旧二侯国でどんな無理無茶をしてるんでしょうか。

それを聞いた姉様は露骨《ろこつ》に顔を顰《しか》められました。

「……嫌《いや》よ。あの子に会うつもりはないわ」

「そう言わずに、お願いいたします」

「い・や！」

姉様は強く否定。第三席の子と仲が悪い、というわけではありません。

むしろ、昔からよく知っていますし、かつての姉様相手でも気にせず話しかけてくれたとても頼《たよ》りになるお姉さんです。……すぐ調子に乗るので言いませんが。

姉様がここまで拒絶《きょぜつ》されるのは以前の夏休み、兄様が此方《こちら》に来た時、色々あって――すると、アンナがわざとらしく溜《た》め息《いき》を吐《つ》きました。

「はぁ……致《いた》し方《かた》ありませんね。では、ロミー」「はい、手筈《てはず》通りに」

これみよがしな二人の会話に姉様の目が細まります。

「……アンナ、ロミー、何を企《たくら》んでいるの？」

「そ・れ・は、秘密でございます★」「申し訳ありません。お話し出来ません」

「………へぇ」

姉様の怒《いか》りに呼応するように、周囲に炎羽《えんぱ》が舞《ま》い始めます——が、全《すべ》て消失。

『!?』

姉様も含《ふく》め驚愕《きょうがく》する私達に階段の上から声が降りてきます。

同時に聞きなれない靴《くつ》？　音。東都で聞いたような……。

「リディヤ、帰って早々に暴れないでちょうだい。あっちで散々暴れたのでしょう？」

「……リディヤ、屋敷がもたないぞ？」

「……御母様、御父様」「父様、母様！　ふわぁぁぁぁ」

階段をゆっくりと降りてきたのは、私の母、リサ・リンスターと赤の縮れ髪の紳士《しんし》である、私の父の、リアム・リンスターでした。

父様は普段《ふだん》通りの礼服姿ですが、母様は紅の着物姿！　履物《はきもの》も東都独特のものです。自然と感嘆《かんたん》が漏《も》れてしまいます。きっと、アンナが東都で見繕《みつくろ》って送ったのでしょう。

東都の中央駅でお義母様と話していたのはこのことだったのですね！

母様達が階段を降りると、メイド隊の皆は一斉《いっせい》に直立姿勢に。メイド見習いの子達は緊《きん》張《ちょう》しています。

彼女らに対し、母様はさっと左手を挙げて号令をかけました。

自分の母親ながら、なんて威厳《いげん》のある……。凄く格好いいです！

「皆、仕事に戻《もど》ってちょうだい。リディヤ、リィネ、お帰りなさい。頑張《がんば》ったみたいね。詳細《しょうさい》はアレンから報《しら》せてもらっているわ」

「……あいつに？」

席次持ちのメイドとマーヤ以外のみんなが仕事に戻って行く中、姉様が母様の言葉に反応します。何時《いつ》の間にそんな……父様が賞賛されます。

「彼は大した男だ。報告書が南都に届いたのは、ジェラルドとの戦闘《せんとう》があってから五日後。四日目の夜には機密指定の黒グリフォンでこちらへ送ったのだろう」

「四日目の夜？　あいつは三日目の夜に東都の病院で目を覚ました……」

父様の言葉を姉様が繰《く》り返され、ゆっくりと振《ふ》り向き――メイド長の名前を呼びました。

「アンナ？」

「アレン様の御用命《ごようめい》でしたので。ハワード公爵家にも同様の物を送っております」

「………へぇ」

控《ひか》えているメイド長の告白に、姉様が低い声で応じられます。

……私も姉様のお気持ちに同意です。

戦闘後に倒《たお》れられた兄様は、意識が戻った後すぐにリンスター、ハワード両公爵家宛《こうしやくけあて》の報告書を書き上げていたなんてっ!!

目が覚めてから、兄様の病室にはひっきりなしに人が出入りしていました。一人になる時間なんて極僅《ごくわず》かしかなかった筈《はず》なのに……頬《ほお》が自然に膨《ふく》らみます。兄様のバカ。

母様も息を吐かれます。

「今度会ったら、あの子のことを叱《しか》らないといけないわ。無理無茶をして……エリンに何て、詫《わ》びればいいのか、と頭を悩《なや》ましているところよ」

「彼は此度《こたび》の件で字義通り、王国を救った。本来、その功績は隠《かく》しようがない。だが……事が事だ。表向きには出来ぬ」

父様が顔を顰められます。

――ジェラルド・ウェインライト元第二王子と、それに付き添いし『黒騎士《くろきし》』ウィリアム・マーシャルと元王国騎士達が謀反《むほん》を企《くわだ》てた。

しかも、オルグレン公爵家のお膝元《ひざもと》でもある東都で。紛《まぎ》れもなく――大事件。

私は戦場に出られなかったので、直接剣《けん》を交えてはいませんが、装備も良かった、と兄様は言葉少なに話されていました。

明らかに……力を持つ存在が後ろについていた、と考えるのが普通です。

しかも、今、姉様の中には大魔法《だいまほう》『炎麟《えんりん》』が存在しているんです。

そして……ティナの中にも同格の存在『氷鶴《ひょうかく》』が。

歴史上、大魔法は一発で都市そのものを崩壊《ほうかい》させた、とされています。

そんな物騒《ぶっそう》な魔法が姉様とティナの身体の中にある。どうにかしないといけません。

父様が話を続けられます。

「教授達の報告書にも此度の件『可能な限り、秘匿《ひとく》すべき。また、大魔法に当面、危険はなし』とあった。私もその意見に同意だ。ワルター、教授、ロッド卿《きょう》と連絡《れんらく》を密にし、行動する他《ほか》はあるまい。陛下と二公爵には、私とワルターから内々に話をしておく。既《すで》に陛下へは書簡を送った」

話が大事になってきました。姉様が不満気に尋《たず》ねられます。

「……情報を秘匿にする、ということはあいつの功績も表には出さないんですね？」

「ああ、そうなる。今までの件と同様だな」

母様が父様の後を引き取られます。

「アレンからも申し出があったわ。一部出すならば貴女《あなた》の功績に、と。ただし、賞するのは時間を置いてとも。全てが解明されるまでは、アレンの提案に乗らざるを得ないわ」

「……バカ。バカバカ。大バカ」

小さく頰を膨らまされて姉様が呟《つぶや》かれました。私ももやもやします。

母様は、そんな姉様と私を見つつ、告げられました。

「とは言っても——ここから先は私達、大人の仕事よ」

「彼の進言を受けて、万が一も考慮《こうりょ》し、オルグレン公爵家とそれに列《つら》なる家々、王都近辺で演習をしている部隊の軍需《ぐんじゅ》物資を急遽《きゅうきょ》調べさせた。が……それぞれ、平時で精々三ヶ月程度。とても、大それた事が出来る量ではない。つまり、次の『戦場』は王宮奥。政治の場だ」

「貴女達はよく頑張ったわ。リディヤとリィネはこっちにいる間、ゆっくり休むこと」

兄様はオルグレン公爵家そのものを疑っていたっ⁉

でも、平時三ヶ月の軍需物資……。余りにも少ないです。

リンスターなら、年単位。ハワードもそうでしょう。まともな軍事行動は不可能です。

今回ばかりは杞憂《きゆう》でしょう。

……それにしても兄様は、入院されていたのに何をされているんでしょうか。私は少しだけ呆《あき》れてしまいます。

隣《となり》の姉様は、呆れる、というよりもとても不満気です。

その様子を見られていた母様が、姉様を注意されます。

「リディヤ、まさか、今回の――大魔法の件でアレンに責任を取ってもらおう、と思っていた訳ではないわよね？」

「！　…………考えていません」

「……本当に？」

「ほ、本当です」

「そう……アレンからの手紙には、『責任は取らせていただきます』とあったのだけれど」

「……えっ？　えっ？？　ええっ⁉」

母様の発せられた一言に、姉様は大混乱に陥《おちい》られました。

凛々《りり》しい普段の御様子は搔《か》き消え、年頃《としごろ》の女の子らしく右往左往しています。

お母様は、そんな様子を楽しそうに眺《なが》められた後、一言。

「でも、リディヤの意思でないなら、必要ないわね。断ってしまって構……」

「ダメっ！！！！！！！」

姉様が叫《さけ》ばれ、直後、首から上が真っ赤に染まっていき——

「うううう～～！！！！」

と呻《うめ》きながら、顔を両手で覆《おお》うとその場に蹲《うずくま》りました。更に、いやいや、と首を振られています。

実の姉ながら反応が、余りにも初々《ういうい》しいですっ！

兄様からの文言一つでこうなってしまうなんて。多分、私が同じ立場になってもこんな可愛《かわい》らしい反応は出来ません。……あれ？　私は口を開きます。

「でも、兄様なら、ティナにも同じことを書かれているんじゃ？」

姉様の動きが、ぴたり、と止まりました。

母様は苦笑《くしょう》され、右手を振られます。

「リィネ、勘《かん》が良過ぎるのも考え物ね？　アンナ、撮《と》れたかしら？」

「はい♪　もう、ばっちりっ！　でございます☆」

「あは、あはは……」

母様と映像宝珠《ほうじゅ》を構えたアンナのやり取りに乾《かわ》いた笑いしか出てきません。隣の父様は我関せずを貫《つらぬ》かれています。

可愛さの権化《ごんげ》になられていた姉様がようやく顔を上げられ、立ち上がられました。

未《いま》だに首筋は赤いままで、拗《す》ねられます。

「おかぁさまぁ……」

「ふふ。良かったじゃない。アンナも、急なお遣《つか》いですまなかったわね。御苦労様」

アンナが優雅《ゆうが》に母様へ頭を下げました。

「メイドの務めですので♪」

「ロミー、メイド見習いの子達の評価表、読んだわ。そのまま進めて。リィネにも良い経験になるでしょう。リアム、良いですね？」

「はっ！」「無論だ」

私の経験？　小首を傾《かし》げていると、母様はかつての第三席に近寄ります。

「あと、マーヤ、お帰りなさい。その子がリネヤね。可愛い子だわ」

「お、奥様……勿体《もったい》ない御言葉《おことば》を……。その節は、許可していただき有難《ありがと》うございました」

「いいのよ。でも――リディヤとリィネの名から取って良かったのかしら？　すぐに暴れる子にならないといいけど」

「なっ!?　お、御母様!!」「か、母様!?　姉様だけじゃなくリ、リィネもですか!?」

あまりの言い方に思わず抗議《こうぎ》します。私は姉様と違《ちが》って何でもかんでも斬《き》ったり燃やしたりしません！　姉妹《しまい》二人で実の母親へ視線をぶつけます。

けれど……まったく効果無しです。い、遺憾《いかん》ですっ！

私達を無視して、母様はアンナ、ロミー、マーヤへ話しかけられます。

「アンナ、そういえば第三席の件の話はついたのね」

「はい、奥様。リディヤ御嬢様《おじょうさま》はやはり拒絶《きょぜつ》をなさいました」

「そう。ロミー、あの子が抜《ぬ》けてもエトナとザナは問題ないのね？」

「はっ！　エトナに関しましてはマーヤの時代から既に安定化。治安や経済状況《じょうきょう》につい
ても、他のリンスター公爵領と変わらない水準に達しております。ザナに関しては経済状
況でまだ少し差がございますが、治安面は既に達成致《いた》しました」

「なら、予定通りね。リアム」

「既に関係各所に話はつけてある。人材は有意義に使うべきだろう」

母様と父様が頷《うなず》き合い、私達へ告げます。

「秋口にはあの子を――メイド隊第三席リリーを王都配属とします。アンナ、ロミーもよ。

今後、王都には人が今まで以上に必要となる。他家に出遅《でおく》れぬよう、他の子達の選抜《せんばつ》も急
いでちょうだい」

「「はい！」」「「えっ⁉」」

リンスターのメイド長と次席が揃《そろ》って母様へ嬉《うれ》しそうに返事をし、私達姉妹は動揺《どうよう》しま

す。アンナとロミーを王都に配属することも衝撃《しょうげき》ですが、何よりも……あの子が王都に⁉

胸がざわつきます。だって、あの子……兄様と凄《すご》く凄く仲良しなんです……。

その様子を見ていたマーヤが疑問を発しました。

「……奥様、辞《や》めた身で質問を発するのは無礼かと思いますが」

「マーヤ、貴女はリンスターに長年、献身《けんしん》してくれた。そんな貴女の問いを無下にする程《ほど》、私は驕《おご》っているつもりはないわ。言ってちょうだい」

「はい！　私は、残念ながらアレン様とお会いする機会がございませんでしたが……メイド長、副メイド長、更《さら》にはリリー様までも王都へ配属させるということは――御家はアレン様に未来を託《たく》すという御判断《ごはんだん》をされた、と認識《にんしき》してもよろしいのでしょうか？」

マーヤの問いかけに静寂《せいじゃく》が満ち、空気が緊張感《きんちょうかん》をはらみました。

姉様は兄様からの贈《おく》り物《もの》である懐中《かいちゅう》時計を取り出されて、表面に指を滑《すべ》らせています。

ほんのり、と頬《ほお》が染まっています。

勿論《もちろん》、マーヤの言う、『御家』は、姉様を指しているのでしょう。

それでも……私の名前はリィネ・『リンスター』なんです‼

長い紅髪《あかがみ》を手で払《はら》い、前『剣姫《けんき》』リサ・リンスターが返答します。

「マーヤ、そもそもの認識が違うわ」

母様は膝《ひざ》を屈《かが》められると。すやすやと寝《ね》ているリネヤの小さな頭を優《やさ》しく撫《な》でながら、私と姉様に目配せしました。──『貴女達は分かっているわね？』

そして、母様は悠然《ゆうぜん》と立ち上がられるとはっきりと宣告されました。

「リンスターがあの子を選ぶんじゃないわ。あの子が──アレンが選ぶのよ。あの子は『英雄《えいゆう》』になることを運命付けられた子。隣にい続けるのは、並大抵《なみたいてい》の子じゃ不可能よ。うかうかしていたら……間違いなく他家の子に取られてしまうでしょうね」

＊

私達が南都へ戻《もど》って早四日が経《た》ちました。本日は雷曜日です。

その間は平穏《へいおん》そのもの。でもこの数ヶ月は、ほぼ毎日、ティナとエリー、それに大好きな兄様と一緒《いっしょ》だったので、少々退屈《たいくつ》な休日となっています。

唯一《ゆいいつ》……母様に『リィネの仕事よ』と任されたこの朝の仕事を除いては。

「すー……はー……良しっ！」

深呼吸をし、おもむろに、姉様の部屋の扉《とびら》をノックします。

――……今朝もまた反応がありません。扉を開けようとしますが開かず。

「鍵《かぎ》ですか。……幾《いく》ら起こされたくないからって、ここまで魔法《まほう》で固めなくても……」

愚痴《ぐち》を言いつつも、善後策を考えます。魔法で無理矢理こじ開ける？

――無理です。この魔法、下手すると『火焔鳥《かえんちょう》』すら平然と防ぎそうな程、強固です。

では、剣技《けんぎ》で？

――もっと不可です。剣が折れそうです。悩《なや》んでいると、笑い声がしました。

「リィネ御嬢様、おはようございます♪」「お、おはようございます」

「……アンナ。シーダ」

廊下《ろうか》を歩いて来たのは、リンスター公爵家《こうしゃくけ》メイド長のアンナと、この夏季休暇《きゅうか》中だけ、『教育目的』で、私専属となったメイド見習いの少女――きらきらと輝《かがや》いている茶髪《ちゃぱつ》を二つ結びにしている、シーダ・スティントンでした。

年齢《ねんれい》は十四歳と聞いています。エリーと同い年ですね。……胸も同じくらいに見えます。

私の王立学校入学と入れ替《か》わるように、南都の屋敷《やしき》で働き始めたらしく、会ったことはありませんでしたが、三日間一緒にいての私の評価は『いい子。でも、ちょっと変わっている』です。

アンナは普段《ふだん》通り。シーダはガチガチに緊張。そろそろ慣れてほしいです。

私はメイド長に意見を求めます。

「アンナ、姉様、今朝もまだ寝ているみたいなの。このままだと、また夕方まで……。天下の『剣姫』なのに、自堕落《じだらく》過ぎると思わない？　幾ら、兄様がいないからって……」

「うふふ♪　アンナにお任せくださいませ！」

メイド長が片目を瞑《つぶ》り、私に笑いかけてきます。御手並み拝見です。

控《ひか》えているシーダは胸の十字架《じゅうじか》を握《にぎ》り挙動不審《ふしん》。小声で「……月神様、月神様。こ、こういう時はどうすればいいんでしょうか？」。……この子とも少し話をしないと。

アンナが少し強めにノックをします。

「リディヤ御嬢様。朝食の御時間でございます」

――反応無し。どうしたものでしょうか。

昨日は、アンナが『こんな事もあろうかと♪』と、レシピを聞き出しておいた、姉様がお好きな兄様特製パンケーキの匂《にお》いで、お昼過ぎに誘《さそ》い出しました。半分、寝ぼけられていましたけど。

一昨日《おととい》は、これまた兄様特製の季節の野菜のスープ。やっぱり、お昼過ぎでした。

その前も兄様特製の――メイド長がわざとらしく、声を張ります。

「おや？　おやおやぁ？　今朝も出て来られないのですかぁ？　では――リィネ御嬢様。

このぉ、アレン様からの御手紙は、私達で先に読んでしまいましょう♪」
部屋の中から音がしました。なお、アンナは何も手に持っていません。
すぐに鍵が解かれ、ガチャリ、と音を立て開きました。
「！」
私とシーダは思わず、固まります。
「……アレンから、おてがみ？　きたの……？　……えへへ♪」
明らかに寝ぼけられている姉様が顔を出されました。
心なしか幼く、かつ、ふわふわ、しているように見えます。
自分で『アレン』と口にしただけで、心底嬉しそうに顔を綻《ほころ》ばしていますし。
で、ですが……こ、これは反則に過ぎますっ！
だって、だって、姉様が……『剣姫』と称《しょう》される、王国最強剣士にして魔法士が、
獣耳《けものみみ》フード付きの淡《あわ》い紅色の寝間着を着られているんですっ！
か、か、可愛さで、圧倒《あっとう》的に、絶望的に、完膚《かんぷ》なきまでに負けていますっ!!!
こ、こんな……こんな、寝間着を姉様が着られるなんて、あり得——……私のそれなり

に出来の良い脳が、答えを導き出します。

「……兄様の、贈り物ですか？」

「ん～そう～♪　あいつ、このねまき、すきなのぉ」

姉様が何の邪心《じゃしん》もなく、心から幸せそうに微笑《ほほえ》まれます。くっ！　敗北感に膝を屈《くっ》しそうになりますが、踏《ふ》み留《とど》まります。「……月神様、私を……女の子として、完全敗北させるのは酷《ひど》いと思います……」。シーダは耐《た》え切れませんでした。

アンナがにっこりと笑い、姉様へ話しかけました。

「リディヤ御嬢様、おはようございます♪　さ、朝食の時間でございますよ～」

「………………おてがみは？」

「まだでございます★　本日中には届くかと」

「じゃあ――今日も朝食はいらな～い。昼食も、部屋に運んで～」

すぐさま、だらけそうになられます。アンナが私へ片目を瞑って目配せをしてきました。

私は理解し、これ見よがしに姉様へ告げます。

「姉様、私、兄様へ御手紙を書こうと思うんです。『**姉様は毎日毎日、午後まで寝ています。しかも……寝間着のままなんですっ**』と！」

すると、姉様の瞳《ひとみ》が大きくなり、しどろもどろに反論されます。

「リ、リィネ⁉　た、確かに、その……少しだけ、だらけているけど、き、休暇なんだし……あ、あいつもいないし……ど、どうせなら、あいつから貰《もら》った寝間着をずっと、ずっと着てたい、というか……あーあーあー！　き、着替《きが》えるわよっ！　着替えて、朝食を摂《と》ればいいんでしょう！」

「分かってくださって嬉しいです」

「はい♪　ではでは、御着替えをいたしましょうね☆」

アンナが姉様を押して部屋へ入っていき――扉が閉じました。

勝ちました！　………虚《むな》しい勝利です。これ程、虚しい勝利があるでしょうか？

姉様の台詞《せりふ》から考えると、この数日間、姉様が着られていた寝間着は、全部全部、兄様が選んだ物で、しかも贈られた物ということになります。……兄様のバカ。贔屓《ひいき》です。

私は未《いま》だ床《ゆか》に両手をついて「月神様は、虐《いじ》めっ子《こ》です……」と悪口を言っているメイド見習いの少女の手を取ります。

「ほら、シーダ。立ちなさい。いっぱい、美味《おい》しい物を食べて、元気になりますよ！　私達はこれから、これからなんですからっ！」

＊

その日の昼下がり。今、私は内庭で木製の椅子《いす》に座りながら北方から、最速の赤グリフォンで届いた手紙を読んでいます。あの子達にも丁度私の手紙が届いた頃《ころ》でしょうか。

残念なことに、兄様からの手紙はまだ来ていません。グリフォン便は配送の遅《おく》れがそうそう起きないのですが、生き物ですし、悪天候なのかもしれません。

内庭といっても、氷と水の魔石が仕込まれている屋根の下なので、暑さは感じません。それでも肌《はだ》を露出《ろしゅつ》していると日焼けしてしまうので、今日はティナとエリー達と一緒に王都で買った白色で薄手《うすで》の長袖《ながそで》シャツと白スカート姿。日焼け止めも使用しています。

王都と東都の日差しは然程《さほど》でもありませんでしたが、ここは南都。油断は出来ません！

再会したティナやエリー、そして兄様に『リィネ、ぷぷ……こ、こんがりですね……』『えっと、か、可愛《かわい》いですよ？』『よく焼けたねぇ』

……断じて、断じて、容認出来ませんっ！

私は改めて決意を固めながら手紙に目を通します。お洒落《しゃれ》な丸テーブルの上には東都の駅で兄様から渡《わた》されたノート。まだ一冊目です、後でまた練習しないと！

――ティナとエリーも帰省を満喫《まんきつ》しているようです。

北都……どんな所なんでしょう。夏なのに『蒼竜山脈《そうりゅう》の頂上には今年も雪があります！』だなんて、想像がつきません。此方《こちら》では雪自体が降りませんし。ステラ様と一緒に三人でお買い物にも行ったみたいで、ほんのちょっとだけ羨《うらや》ましく思ってしまいます。

姉様は兄様がいないと、出不精《でぶしょう》になられるのを今回の件で理解しました。

ここ数年はずっと御一緒《ごいっしょ》でしたし、王立学校入学以前は違《ちが》った意味で引き籠《こも》られていましたから……。

残念に思っていると緊張しきった少女の声が耳朶《じだ》を打ちました。

「リ、リ、リィネ御嬢様《おじょうさま》、こ、こ、紅茶をお、お、お持ちしまし、きゃっ！」

私は瞬時《しゅんじ》に立ち上がると、銀トレイに硝子《ガラス》製の紅茶ポットと御菓子《おかし》が入った小さな籠《かご》を載《の》せて運んできたメイド見習いの少女が転びかけたのをどうにか支えました。

「ち、ちょっととっ！」

トレイをテーブルに置いた私は、しゅんとしている少女を注意します。

「……シーダ。何度も言っているでしょう？　過度に緊張しないで。落ち着きなさい」

「は、はいっ！　も、申し訳ありません……」

少女が何度も頭を下げる中、私は椅子に座り直すと、カップを手に取って言いました。

「さ、紅茶を淹《い》れて。こっちにいる間、貴女《あなた》は私の専属メイドなのだから」

「リ、リィネ御嬢様……は、はい！」

少女は泣きそうになりながら頷《うなず》くと、硝子製ポットを手に取りカップへ注いでいきます。

その手が緊張《きんちょう》で震《ふる》えているのは言うまでもありません。

――いい香《かお》りが広がります。北方の紅茶も良いものです。

首席様に言うと『えっへんっ！　私も関係しているんですよ？』と自慢《じまん》してくるので、
送ってくれたエリーにしか言いませんが。

私は手紙を畳《たた》むと丁寧《ていねい》に封筒《ふうとう》へ仕舞《しま》い、兄様のノートを手に取ります。

何とか無事に注ぎ終わり、ほっとした様子で待機しようとする少女へ命じます。

「昨日も言ったわよね？　座って。お茶は二人で飲んだ方が美味しいでしょう？」

「！　……は、はい……」

おっかなびっくり、といった様子でメイド見習いの少女は私の前の椅子へ腰《こし》かけました。

私はその様子を見て、帰省初日に説明したアンナの言葉を思い出します。

『シーダは良い資質を持っているのでございます。……ただ、如何《いかん》せん卑屈《ひくつ》過ぎるのと、
すぐに信仰《しんこう》に頼《たよ》ろうとするのがいけません。リィネ御嬢様の御力をお借りしたく！』

……無理を言ってくれます。

私はソーサーの上にカップを置き、紅茶ポットを手に取りました。

それを見たシーダが慌《あわ》てた様子で立ち上がろうとします。

「お、お代わりでしたら、わ、私がお淹れ」「違うわ」

カップへ冷たい紅茶を注ぎ、少女の前へ差し出します。

手を伸《の》ばし籠の中から焼き菓子を二つ取り、一つをシーダへ。

「……え？　ええ？？　ええええ⁉」

「驚《おどろ》き過ぎ」

「で、でも……リ、リィネ御嬢様は、リンスターの公女殿下《でんか》様で……」

「実際はこんな感じよ。シーダ」

「は、はい！」

「……立たないでいいわ。座って」

直立不動の姿勢になった少女をたしなめ、座らせます。私は視線を合わせ質問。

「貴女もリンスターに仕えてもう数ヶ月経《た》つのでしょう？　幾《いく》ら何でも緊張しすぎだわ。どうして、そこまで緊張するの？　何か理由があるのなら話してみて」

「……あ、当たり前、だと思います……」

そう言うと、シーダは口籠り俯《うつむ》いてしまいました。私は返事を待ちます。

静かな時間が流れます。カップを片手にノートを開き、兄様から与《あた》えられた課題の一つである、『火焔鳥《かえんちょう》』二羽同時顕現《けんげん》用の制御《せいぎょ》式を空間へ並べ始めます。兄様の御手製です。

二羽同時顕現となると難易度が桁違《けたちが》い。補助がないと難しいかもしれません。

暫《しばら》くそうしていると、シーダがようやく顔を上げました。

「…………リィネ御嬢様は『リンスター公女殿下』です。わ、私みたいな、へ、平民が緊張しないなんて……む、無理があると思います！　み、みんな、そう言ってます……ぐすん……」

年上少女が半泣きになります。私が思っている以上に緊張していたようです。

「ほら、泣かないの。みんな？　同期のメイド見習いの子達？？」

「は、はい…………ぐすっ……」

「そう……いいわ。シーダ、魔法《まほう》はある程度使えるわね？　こっちへ来て」

「へっ？　は、はい……」

メイド見習いの少女が、私の後ろ側へ。

私は兄様考案の制御式の一部を拡大し、空間へ投映させます。少女が息をのみました。

「『火焔鳥《かえんちょう》』の為《ため》の制御式よ」

「!?　か、か……リ、リ、リィネ御嬢様、お、お使いに？」

驚いてほしいところは違うのですが。

「ええ」

シーダは唖然《あぜん》として身体《からだ》を震わせます。

私は制御式へ指を滑《すべ》らせます。

「この美しい制御式、書いたのは貴女と同じ一般《いっぱん》平民の方よ。……いえ。社会的立場だけで言えば貴女よりも下になるのかもしれない。『姓《せい》』をお持ちではないから。だけど、その方は、私だけじゃなく姉様以上の魔法士よ。何《いず》れ大陸全土に名を轟《とどろ》かす英雄《えいゆう》になられるわ、絶対に」

「！？！！！」

少女は絶句、棒立ちになりました。

とても信じられない、という顔をし「月神様……」と決まり文句を唱えます。

アンナに調べてもらいましたが、『月神』とは、侯国《こうこく》連合より東方の限られた地域で信《しん》奉《ぽう》されている古い宗教神とのこと。兄様が興味を持たれそうな話です。

魔法式を畳みシーダへ微笑《ほほえ》みかけます。兄様が何時《いつ》も、私達にして下さるように。

「この国は思ったよりもずっと広いわ。私がリンスターであっても、必死で頑張《がんば》らないとあっという間に置いて行かれてしまう位には。貴女も精進《しょうじん》して。一緒に成長していきましょう」

「………はい。リィネ御嬢様、ありがとうございました」

シーダの瞳が定まりました。そこにあるのは強い意志。

この子はこれでもう大丈夫《だいじょうぶ》──そう思った時でした。屋敷《やしき》から巨大《きょだい》な魔力反応。同時に何かが破壊《はかい》される音が響《ひび》き渡ります。

さっきまで涙《なみだ》を流していた見習いメイドが両手を広げ、私を守る態勢を取ります。

確かに、素質がある、ね！

「シーダ、大丈夫よ。……騒《さわ》がしい子なんだから」

「へっ？」

突如《とつじょ》、私達の前にあった屋敷の窓が割れ、黒のリボンを着けた長い紅《あか》の後ろ髪《うしがみ》をなびかせた少女が内庭に飛び出してきました。手に真っ白な物体を抱《かか》えています。

そのまま此方へ疾走《しっそう》。シーダが飛び出て立ち塞《ふさ》がろうとしますが──

「えいや～」「!?」

少女の直前で大跳躍《ちょうやく》し回避《かいひ》すると、空中を回転しながら着地。大きな胸が目立ちます。

また、大きくなったような……幾ら十八歳とはいえ遺憾《いかん》の極《きわ》みを表明せざるを得ません。

すると、紅髪少女は鳴らない口笛《ぶえ》を吹きながら私の隣《となり》の椅子へ着席。

淡《あわ》い紅を基調とした矢の形をした紋様《もんよう》が重なっている服に長いスカート。足には革《かわ》製のブーツを履《は》き、前髪に小さな髪留めをつけています。

持っていた白い物体――純白の狼《おおかみ》の人形を隣の席に座らせました。

！　こ、この子は……あ、姉様の御部屋から、あ、兄様の北方御土産《おみやげ》を持ちだした⁉

勝手にカップへ紅茶を注いでいる紅髪少女を詰問《きつもん》します。

「……リリー、何時、エトナとザナから戻《もど》ったの？　それとその人形……」

「ちょっとぉ～待ってくださいぃ。喉《のど》が渇《かわ》いちゃってぇ～。んぐんぐんぐ――……ぷっはぁぁぁ～。美味《おい》しいお紅茶ですぅ。リィネ御嬢様！　リリー、ただいま戻りましたぁ～」

「えっと……リィネ御嬢様、この方って……」

シーダが大きな瞳《ひとみ》を、ぱちくり、させながら質問してきました。

目の前で早くも御菓子を頬張《ほおば》っているこの紅髪少女は、エトナとザナへ派遣《はけん》されていたらしいので、シーダは会ったことがないのでしょう。私は頬杖《ほおづえ》をつき、説明します。

「リリーよ。席次はマーヤに代わって三席になったらしいわ。こんな格好をしているけれど……メイド。一応がつくけど」

「む～！　一応ってなんですかぁ！　私はメイドさんですっ‼　第三席就任祝いで、ようやく、ようやく！　メイド長と副メイド長からこんな可愛いメイド服を貰《もら》ったんですよぉ～‼　後は髪に付けるホワイトプリムだけですぅ‼」

「『メイド服？』」

思わず、シーダと一緒に聞いてしまいます。……メイド服には見えません。女学生服？　あの二人のことなので、きっと着せたい服を着せているだけ……いえ、もしかしたら古参のメイド達全員の企《くわだ》てなのかも？　皆《みな》、この子が大好きですし。

決めました。黙《だま》っておきましょう。私は別の話題へ誘導《ゆうどう》します。

「……リリー。さっきの質問に答えて」

「はい～。戻ったのはついさっきです。奥様と旦那《だんな》様に御報告をして～。もう、酷《ひど》いんですよ！　最近、アトラス侯国とベイゼル侯国の嫌《いや》がらせが多くてぇ……しかも、国境で大演習なんかしてるんです！　ここ数日は、長距離《ちょうきより》魔法通信もバシバシ使っててぇ！　しかも、明らかに侯国の使っている暗号じゃないんですぅ!!」

「はいはい。で？　結局、暗号は解けたわけ？」

「はい、は一回ですぅ～。……解読中です。東方系の古い暗号かなって。サイクス伯《はく》でも時間がかかるみたいですぅ。東方系の暗号なんて扱《あつか》ったことないですしぃ～」

サイクス伯爵家《はくしゃくけ》。諜報謀略《ちょうほうぼうりゃく》を得手とし、『必要ならば魔王でも騙《だま》して御覧にいれましょう』と嘯《うそぶ》く、王国南方諸家でも異質な家です。リチャード兄様の婚約者《こんやく》であるサーシャの実家でもあります。リリーが紅茶をもう一杯《ぱい》淹れながら、続けます。

「屋敷に着いてリディヤ御嬢様《おじょうさま》へ御挨拶《ごあいさつ》に行ったら、鍵《かぎ》を開けてくださらなくてぇ。仕方なく、御嬢様がニヤニヤしながらメモ紙を読まれていたり、抱《だ》きしめられている間に、忍《しの》び込んでこの子を拉致《らち》してきましたぁ。こうすれば御外に出てこられるかな～って☆」

「…………リリー、貴女《あなた》ね」

自称《じしよう》メイドな紅髪少女は両手を合わせニコニコ笑顔《えがお》。私は顔を引き攣《つ》らせます。

さっき屋敷でしていた破壊音はつまり――そこで再度の轟音《ごうおん》。そして、熱風。

髪を押さえ、振《ふ》り返ると、

「う、うわぁ……」

屋敷の一部が綺麗《きれい》に斬《き》られていました。

その奥には、剣《けん》を構え、長い紅髪を靡《なび》かせ憤怒《ふんぬ》の表情を浮《う》かべながらもなお美しい姉様――リディヤ・リンスターの御姿。

い、いけません！　ほ、本気で怒《おこ》ってますっ!!　私は咄嗟《とつさ》に指示を飛ばします。

「シーダ、人形を確保して！」

「えっ？　は、はい！」

「！　リ、リィネ御嬢様とメイド見習いの子!?　わ、私を見捨てるんですかぁ～!?」

シーダが狼の人形を抱きかかえるとリリーは激しく狼狽《ろうばい》。前方から殺気に満ちた魔力が近づいてきます。人形を受け取り姉様へ渡《わた》そうと……この子、兄様のお土産なんですよね。

ちらり、と近づかれる姉様を見て――

「⁉　リィネ！！！！」

叫《さけ》ばれる姉様の声を聞きながら、私は人形をぎゅーと抱きしめました。

「なっ！　なぁ⁉」「ひゅ～♪　リィネ御嬢様やりますねぇ～」「あわわわわ」

姉様が愕然《がくぜん》とされ、リリーは鳴らない口笛を吹き、シーダは動揺《どうよう》。

人形を抱きしめながら、尊敬し愛している姉様へ提案します。

「姉様、みんなでお茶を飲んでいたところなんです。御一緒《ごいっしょ》に如何《いかが》ですか？」

「………仕方ないわね。だけど、まずは『アレン』を返し――……」

沈黙《ちんもく》が私達を包み込みます。

え、えーっと……い、今、聞いてはいけない情報を……。リリーが手を合わします。

「わぁ～。リディヤ御嬢様、御人形さんに『アレン』っていう名前を付けているんですかぁ～？　相変わらずぅ～アレンさんのことがぁ～……大大、だ～い好きなんですね☆」

こ、この自称メイドは、い、命が惜《お》しくないんでしょうかっ⁉

俯かれていた姉様がゆっくりと、顔を上げられました。

とんでもない魔力の鼓動《こどう》――空間が震《ふる》え、三羽の炎《ほのお》属性極致《きょくち》魔法《まほう》『火焔鳥《かえんちょう》』が顕現。

姉様が細い指で、私達を数えます。

「……一人……二人……聞いた子は三人、ね…………？」

「あ、姉様っ⁉　は、は、は早まらないでくださいっ‼」

「つ、月神様、わ、私、な、何かいけないことをしましたかっ⁉」

シーダが錯乱《さくらん》し右腕《みぎうで》に抱《だ》き着いてきます。……胸が、やはり、私より、大きいですっ！

――この後、羞恥《しゅうち》の余り暴走された姉様を止めるのは大変でした。正直、もう死ぬかと。

でも、姉様も楽しそうだったので良し、とします。リリーは許しませんが。

…………『アレン』は今度、こっそり借りようと思います。

＊

南都に戻り早八日。今日は週の始まり炎曜日。

私達は今、南都から更《さら》に南にある、リンスターの別邸《べってい》へと馬車を走らせています。

先行する馬車には母様と父様、そして姉様が。そして、こちらの馬車には私とアンナ。

それと、私の隣で石像みたいに硬《かた》くなっているシーダが乗り、後方の馬車にはリリーを含《ふく》むメイド達が乗っています。

父様が領内の道路整備を徹底《てってい》されているので、殆《ほとん》ど揺《ゆ》れは感じません。

私はさっきから、アンナとお喋《しゃべ》りをしていますが、隣の少女は二つ結びにした綺麗な茶《ちゃ》髪《ぱつ》を震わせ、ぎゅっと目を瞑《つぶ》って十字架《じゅうじか》を握《にぎ》り、祈《いの》りの姿勢でずっとぶつぶつ。

「月神様……こ、これは急展開過ぎませんか？　リ、リンスター前公爵殿下《こうしゃくでんか》の御屋敷《おやしき》へ、わ、私なんかが……し、心臓がもちません……でも、リィネ御嬢様の、とても制服姿は可《か》愛《わい》いです！　ありがとうございますっ！」

……この子、ある意味でブレませんね。リンスター家のメイド向きです。

そんなことを考えつつも、私は目の前のアンナへ力説します。

「だからね、ほんとっ！　ティナは私の邪魔《じゃま》をするの!!　エリーはいい子だけど、私達の目を盗《ぬす》んでよく兄様に甘えるわ。カレンさんは兄様にべったり。……兄様も子供扱いし過ぎているようにも見えるから、不満もあるみたいだけど。ステラ様は最近、凄《すご》く綺麗になったと思う。兄様はお優《やさ》しいけど優し過ぎるのも問題なのよ！　あと……手紙も来ないし！　そんなに王都方面が悪天候なの？？」

「グリフォン便について、表向きはそう聞いております。仔細《しさい》は調査中でございますが……あそこは中々の秘密主義。もう暫《しば》しお待ちください。それと、リィネ御嬢様はもう少し素直《すなお》になられてもよろしいのではありませんかぁ？」

リンスター家のメイド長は私へ『知っているんですよ？』という笑みを浮かべます。

嫌な予感……こういう時の彼女はとっても、意地悪なのは経験則で学んでいます。

アンナが口を開きます。

「ティナ御嬢様が着られているドレスと同じ物を調べられたり？」

「！」

「エリー御嬢様が普段《ふだん》使われているリボンを取り寄せられたり？」

「!?」

「アレン様と行きたい店を調べ、御二人と仲良く相談されたり？」

「！？！」

「嗚呼《ああ》！　麗《うるわ》しき御嬢様方の友情！　私、大好物でございます♪」

「ううう……」

な、内緒にしてたのにぃ。アンナが上機嫌《じょうきげん》で私へ語り掛《か》けてきました。

「――リィネ御嬢様は、王立学校へ御入学されてからのこの数ヶ月で、柔《やわ》らかい表情をされるようになられました。リディヤ御嬢様を変えてくださったこともそうでございますが、御二方を見守って来た身としましては、アレン様には感謝する他《ほか》ございません」

「………兄様は『私達に何かをした』なんて考えておられないと思う」

とっても優しく穏《おだ》やかな笑みを思い返します。それだけで心が温かくなるのは、私が兄様のことを……い、いけません。首を振り、邪《よこしま》な考えを打ち消します。

た、確かに、姉様へ挑戦《ちょうせん》する決意は固めました。

で、でもだからといって、その……そ、そういうのはまだ、早いんですっ！

幸い……ではありませんが、兄様は公的な身分がありません。当分はどなたかと、そういう風になる可能性は低い筈《はず》。私にもまだ時間はある筈です。

……アンナ、そのニヤニヤした顔は何ですか？

私の隣で固まっていたシーダが、おずおず、と口を開きました。

「あ、あの……」

「何ですか？」「シーダ、質問する時ははっきりと！　です★」

「は、はいっ！　痛っうう……」

アンナの注意に立ち上がった少女は天井《てんじょう》に頭をぶつけ、涙目《なみだめ》になり座り込みました。

「それで？　何が聞きたいの？」

「は、はいっ！　きゃうっ！　ううう……ぐすん……」

「ああ、もう」

再び、立ち上がり頭をぶつけて涙ぐんでいる年上少女の頭に手を置きます。

シーダは涙を拭《ぬぐ》いながら、わたわた。

「リ、リィネ御嬢様？　わ、私なんかの頭に手を置かれるのは」

「黙って」

ゆっくりと光属性初級魔法『光神治癒《こうじんちゆ》』を発動。

シーダは目を丸くし、アンナも「まぁまぁ」と口を押さえています。

私は魔法を止め、手を離《はな》しました。

「どう？　痛くない？」

こくこく、と年上少女は何度も頷《うなず》き「あ、ありがとうございます」。

どうやら上手《うま》くいきました。

『得意属性と家系に縛《しば》られず試《ため》してみましょう。治癒魔法の初歩を使えるだけで、ぐっ、と戦術の幅《はば》が広まります』

兄様の講義を思い返します。この数ヶ月で私とティナとエリーは、家系が代々得意としてきた以外の魔法も、ある程度は使えるようになりました。これからも頑張《がんば》らないとっ！

私が意気込んでいると、アンナが拍手《はくしゅ》をしました。

「リィネ御嬢様、御見事！　でございます☆」

「ありがとう。シーダ。さっき、言いかけたのは何？」

「あ、はい！　え、えっと……」

年上少女は口籠《くちごも》りましたが、意を決した様子で口を開きました。

「ア、アレン様という御方が物凄い御方だとは何度も聞かされているんですが……どうして姓《せい》がないのかなって。そんなにたくさんの功績を挙げられても、姓すら得られないなら、頑張る人がいなくなるんじゃないかな、って思うんですが……」

私は思わず年上のメイド見習い少女を、まじまじ、と見つめてしまいます。

メイド長がメイド見習いを褒《ほ》め称《たた》えます。

「そこに気づいたのは目の付け所が良いです。よく気づきましたね」

「は、はい！　あの、でも、その……確かに私も思ったんですけど、せ、先輩《せんぱい》達も話されていて……『アレン様は今のままじゃ駄目《だめ》だ』って……」

「……ほぉ」

アンナの目が妖《あや》しく光りました。こう見えて、うちのメイド長は仕事に関してはとても厳しいです。リンスターに仕えるメイドが、血族同然の兄様に対してそんなことを……。

私達の様子にシーダが慌《あわ》てて言葉を足します。

「わ、悪口を言われていたんじゃなくて、『アレン様は私達みたいな、姓無しの獣人《じゆうじん》や移民にとっては希望そのものなの！　偉《えら》くなってもらわないとっ!!』って」

私はアンナと顔を見合わせ、笑い合います。

いつの間にか、兄様には私達以外にもたくさんの応援《おうえん》する人達が出来ていたみたいです。

アンナが馬車のカーテンを開けました。私はメイド見習いの少女へ回答します。

「シーダ、兄様が御出世されないのには事情があるのよ。……難しい、ね」

「ですが、今後は変わっていくでしょう。いえ、変わらざるを得ないかと。そして、そのことは――リディヤ御嬢様《おじようさま》は勿論《もちろん》のこと、リィネ御嬢様にも大きく影響致《えいきよういた》しますね♪」

アンナが私の後を引き取り、片目を瞑ってきました。

……事実ですけど。うちのメイド長は、すぐに私達を茶化して困ります。

私は、理解半分な表情のシーダに「今度、機会があったら兄様に会わせてあげる。そうすれば、すぐに理解出来るわ」と告げ、アンナに向き直ります。

「東都へアンナが来たのはびっくりしたわ。……兄様の件よね？」

「大変でございました。当初は奥様も出向かれると強硬《きようこう》に主張されまして……。あのように取り乱される奥様の御姿……リディヤ御嬢様とアレン様が黒竜《こくりゆう》と一戦交えた時以来かと」

「そう……」「！　こ、黒、竜っ⁉」

メイド見習いの少女が大きな瞳《ひとみ》を更に見開き、愕然《がくぜん》とし硬直《こうちょく》。次いで、あわあわ。

「竜……竜って……つつつ、月神様の遣《つか》いの⁉　わわわわ、想像力の限界だよぉぉ」

昔の私の反応を見ているようです。月神教では竜を崇《あが》めている、と。

「シーダ、落ち着きなさい。兄様と姉様の戦歴も今度、教えてあげるわ」

「は、はいっ！」

──アンナが持ってきたお義母《かあ》様宛《あて》の母様の御手紙は凄く分厚いものでした。

私自身も王立学校入学前、屋敷の内庭で心から嬉《うれ》しそうに兄様やお義母様の御手紙を読まれている母様の御姿を見て──その時、私は気づきました。メイド長へ尋《たず》ねます。

「母様と姉様を一緒《いっしょ》の馬車に乗せるのは大丈夫《だいじょうぶ》なの？　姉様、兄様からの手紙も届いていないし、昨日、懐中《かいちゅう》時計も突然《とつぜん》故障して、今朝、何度も右手の甲《こう》にも触《ふ》れられて、物凄く不機嫌《ふきげん》だったけど……」

二人が喧嘩《けんか》なんかしたら……兄様くらいしか止められません。

私の心配を他所《よそ》に、アンナがころころと笑います。

「御心配《ごしんぱい》せずとも大丈夫でございますよ。旦那《だんな》様もおられますし」

「そうかしら？　母様はこういう時、姉様に御小言をいわれるような気が……」

小首を傾《かし》げ尋ねると、リンスター家メイド長は悪い顔。

……確信犯ですか。母様は姉様に御小言を言われている、と。

脳裏《のうり》には、顔を真っ赤に染め剣《けん》を抜《ぬ》き放ち、『火焔鳥《かえんちょう》』を紡《つむ》いでいる姉様の御姿。今日は愛剣の他に、もう一振《ひとふ》り剣を腰《こし》に下げていました。

「……意地悪じゃない？」

「奥様の親心でございますよ。リディヤ御嬢様は素直になられるべきなのです！　アレン様と出会われて早四年余。その間、数え切れない程《ほど》の武勲《ぶくん》と功績を積み上げてこられ、今では王国内どころか、大陸中に『剣姫《けんき》』の盛名、轟《とどろ》いております。が——支えたのは、あの御方。足りぬのは、今や公的な御立場だけでございます」

「さっきも言ったけど、兄様は立場や地位を望まれないと思うわ。姉様が兄様を大好きなのは分かるけど……」

ちょっとだけ胸がチクリとします。

あの御二人はお似合いです。間に誰《だれ》かが割って入れるとは思えません。

……でも、このまま負けたくもありません。アンナが優しく話しかけてきます。

「大丈夫でございますよ、リィネ御嬢様♪　未来は誰にも分かりません。ただし、リディヤ御嬢様が今のままヘタレ——こほん。失礼いたしました。奥手のままであられるなら、近い将来、間違《まちが》いなくどなたかがアレン様を攫《さら》われるでしょう。私の見立てでは……」

「み、見立てでは？」

私は息を呑《の》み、前のめりになりながら先を促《うなが》します。

すると、アンナは手を組んで重々しく答えました。

「……ステラ御嬢様が侮《あなど》れませぬ。あの御方、一度決めたらやり通す、粘《ねば》り強《づよ》さを持たれています。また、フェリシア御嬢様は別方向からアレン様への距離《きょり》を近付けておられている由《よし》。そしてぇ……最も気を付けねばならぬのは、カレン御嬢様でございますね★」

「？　ステラ様とフェリシアさんは分かるけど……カレンさん？？」

確かに兄様とステラ様は心が通じ合っている感じがします。

でも、カレンさんは……血が繋《つな》がっていなくとも、兄様の妹さんです。

凄く仲良しだな、とは思いますけど、それ以上でも、それ以下でもないような？

私が首を傾げていると、メイド長は指を動かしました。

「リィネ御嬢様もまだまだお甘い……」

「ど、どういうことよ？」

アンナが悪い顔で私を見ます。

「これは極秘《ごくひ》情報でございます。アレン様の異性に対する好みを調べましたところ――」

「！　あ、兄様の、こ、こ、好み⁉」

そ、そんな、ことを調べていたなんてっ⁉

私は、ごくり、と唾《つば》を飲み――脳裏に、ティナとエリーの顔が浮《う》かびました。

「ずばり！」

私はメイド長を手で制します。

「……アンナ、言わなくていいわ。私だけ聞くのは公平じゃないもの。それに、たとえ兄様が獣耳《けものみみ》で髪《かみ》が長くて、尻尾《しっぽ》がある人が好みだとしても――最後に勝てばいいのよ！」

「まぁまぁ……まぁ！　リィネ御嬢様、御立派でございます♪」

「リ、リィネ御嬢様……カ、カッコいいです……」

アンナが驚《おどろ》き私を称賛《しょうさん》。シーダも尊敬の視線を向けてきます。

……姉様へ贈《おく》られた寝間着《ねまき》を見る限り、兄様はきっと獣耳がお好きなのでしょう。

「あ、獣耳はお好きでございますよ♪　――そして」

メイド長が私の耳元で囁《ささや》きます。

「（恋《こい》を自覚した時、乙女《おとめ》は化けるのでございます）」

「！？！！」

私は、今日一番、動揺《どうよう》します。じ、自分にも……そ、その当てはまるから、です。

で、でも……あ、兄様が、そ、そんな風にカレンさんを見ることはきっと……ない
と言い切れるのでしょうか？

今、現在、兄様とカレンさんだけが東都に残っているんです。

な、何かの拍子《ひょうし》で意識することだって――……はっ！

アンナが私を見つめ、ニヤニヤしています。

隣《となり》のシーダが頬《ほお》を赤らめ、頬に両手を添《そ》え、ニコニコ。

「…………アンナ、シーダ」

「うふふ♪　私を含《ふく》めリンスター家メイド隊一同は、リディヤ御嬢様とリィネ御嬢様のそ
のような百面――こほん。眩《まばゆ》い笑顔《えがお》を見られる限り、あの御方を支持致《いた》します！　シーダ、
理解出来ましたか？　ならば貴女《あなた》も今、この瞬間《しゅんかん》から栄《は》えある『リディヤ御嬢様、リィネ
御嬢様を陰日向《かげひなた》から御見守りする会』の一員です！」

「は、はいっ！」

シーダが仰々《ぎょうぎょう》しく敬礼。まったく。

頬を膨《ふく》らませたまま、ニコニコ顔のメイド長を睨《にら》むも効果無し。

「その表情、ありでございますっ！　シーダ、こちらへ。映像宝珠《ほうじゅ》の使い方を伝授します」

「は、はい！　わーわー……え、映像宝珠、近くで初めて見ました！」

アンナは私の怒《いか》りを受け流すと、シーダを呼んで撮影続行《さつえい》。もうっ。

窓の外を眺《なが》めます。

いつの間にか田園が途切《とぎ》れ、森林内に。かと思うと、視界が開け、一面の花畑が飛び込んできました。窓を大きく開け顔を出します。

――小高い丘《おか》の上に赤壁《あかかべ》と赤煉瓦《あかれんが》造りのリンスター家別邸《べってい》が見えてきました。

御祖父様《おじい》と御祖母様《おばあ》、お元気かしら？

＊

別邸の巨大《きょだい》かつ分厚い鋼鉄製の扉《とびら》を抜け、馬車を走らせること暫《しば》し、ようやく建物の前に到着《とうちゃく》。御祖母様と御祖父様に仕えている者達が整列しています。暑いからいいのに。

馬車を降りると、すぐに優《やさ》しい声が耳朶《じだ》を打ちました。

「おお、リィネや」

「御祖父様！」

後ろからやって来られた縮れた赤髪に白髪《しらが》が混じり、優しい笑みを浮かべられていて、背が高く痩身《そうしん》なリーン御祖父様に抱《だ》きつきます。作業をされていたのか農作業用の服を着られ、頭には麦藁帽子《むぎわらぼうし》を被《かぶ》られています。

この格好だけを見れば、この御方が前リンスター公爵《こうしゃく》リーン・リンスターとは気づけないでしょう。頭を撫《な》でられながら、御祖父様が私へ質問をされます。

「また、少し背が伸《の》びたようだ。王立学校はどうだい？　友達も出来たと聞いているが。今年も、お前が大好きな蜂蜜《はちみつ》がたくさん採れそうだ。一緒に菓子《かし》でも作ろうか？」

また、後ろからとても穏《おだ》やかな声。

「まぁまぁ、あなた様。そうたくさん聞いても答えられませんよ？　リィネ、お帰りなさい」

「御祖母様！」

「あらあら～」

御祖父様から離《はな》れて、歩いて来られたリンジー御祖母様へ今度は抱き着きます。御祖父様とお揃《そろ》いの農作業着と麦藁帽子姿。この御二人はとってもとっても仲がおよろしいんです。

変わらぬお美しく長い紅髪《あかがみ》。背は私と同じくらいで、年齢不詳《ねんれいふしょう》の若々しさ。……私や姉様の姉妹《しまい》と言われるくらいですし。けど、表情はとってもにこやかなので、安心です。

「うふふ。リィネは甘《あま》えん坊《ぼう》さんなのね。制服、似合っているわ」

「はい！　御祖父様と御祖母様、それと……兄様の前だけは」

「兄様？　ああ！　アレンちゃんね。今回は一緒ではないの？？」

「……兄様は東都に残られました。でも、いっぱい宿題をもらったんですよ！」

御祖母様から離れ、鞄《かばん》から兄様お手製の課題ノートを御二人へ見せます。

中身は私が少しだけ苦手にしている魔法《まほう》を静かに動かす方法や、『火焔鳥《かえんちょう》』の二羽同時顕現《けんげん》法等々、たくさんです！　御祖父様と御祖母様がノートを見られ、感嘆《かんたん》されます。

「おお、これは凄《すご》いな」「凄いわねぇ。リサ、彼はうちに来てくれるのかしら？」

「と、私は思っております。ただ何しろこの子が」

私達よりも先に馬車を降りられていた、緋《ひ》色《いろ》のドレス姿の母様は、不機嫌そうな様で姉様を見やった後、首を左右に振《ふ》られると、御二人に向き直って挨拶《あいさつ》。

「ただいま、戻《もど》りました、御母様、御父様」

その後方にはやつれたように見える父様の御姿。護衛官服を着られている姉様は両拳《りょうこぶし》を握《にぎ》りしめられ肩《かた》を震《ふる》わせています。こ、これは……。

アンナが日傘《ひがさ》を広げている紅髪の少女へ指示を出します。

「おやおや……リリー」

「はいぃ～。皆《みな》さん、設置ですぅ～」

『はっ！』

号令と共に、メイド達が一斉《いっせい》に馬車から椅子《いす》とテーブルを降ろし設置を開始。リリーは強力な耐炎《たいえん》結界を幾重《いくえ》にも張り巡《めぐ》らしていきます。

私達には構わず、母様が兄様のことを御祖母様へ報告されます。

「アレンは良い青年に成長しています。何《いず》れは他公爵家のみならず、王家ですら放《ほう》ってはおかないでしょう。既《すで》にハワード家は動き始めています。けれど、誰に似たのかリディヤは余りにも奥手で。……少々心配しているところです」

こ、この局面で、わざわざ、燃料を、足したっ⁉

私は、よろよろ、と椅子に腰かけます。

するとすぐさま、目の前に白い陶磁器《とうじき》製のカップが差し出されました。

シーダが緊張《きんちょう》した面持《おもも》ちで冷たい紅茶を注いでくれます。

母様の話を聞きながら俯《うつむ》き身体《からだ》を震わせていた姉様が、顔を上げ叫《さけ》ばれます。

「だ・い・じ・ょ・う・ぶ・で・すっ！　私は、あいつを誰かに譲《ゆず》るつもりなんて、毛頭考えても――……っっっっ！！！」

母様と御祖母様がそっくりの笑みを浮かべられています。

罠《わな》…………これは、姉様の本音を聞く罠だったんです。御二人は満面の笑み。

「なら、いいのだけれど」

「うふふ。リディヤはアレンちゃんのことが大大大好きなのね☆　私、早く曾孫《ひまご》の顔が見たいわぁ」

「………………」

反面、姉様は深く俯き、微動《びどう》だにされません。

けれど——周囲には無数の炎羽《えんぱ》が飛び始め、魔力で地面が鳴動。「ひっ！」シーダが悲鳴をあげ、私の背中に縋《すが》りつきます。屋敷《やしき》の分厚い窓硝子《まどガラス》にもひびが走り始めました。

姉様が顔を殊更《ことさら》、ゆっくりと上げられました。綺麗《きれい》な笑み。あ……ま、まずい！

「ア、アンナ！」

「はい♪　大旦那様《おおだんなさま》、旦那様、こちらへ☆」

「おお。分かったよ」「………ああ、分かった」

御祖父様と父様が此方《こちら》へ避難《ひなん》されてきました。

麦藁帽子を外され、それを両手に持たれた御祖母様がアンナへ質問されます。

「アンナ、私はこっちでいいの？」

「大奥様はそちらにて。御帽子、御預かり致します」

「うふふ、ありがとう♪」

アンナが御祖母様から麦藁帽子を受け取りました。

メイド達も耐炎結界の陰《かげ》に退避《たいひ》。「わわわ！」シーダが驚《おどろ》いている間にも、無数の石壁と水壁が重なっていきます。姉様のやけに明るい声。

「御母様。先程《さきほど》来……私とあいつは釣《つ》り合わない、とか、違《ちが》う女の子に盗《と》られるとか、今回、ついて来てくれなかったのは呆《あき》れられたから、だとか……少し、御言葉が過ぎるのでは？」

母様の朗《ほが》らかな駄目《だめ》出し。

「そうかしら？　アレンはどんどん成長しているのに、貴女ときたら四年前から、剣《けん》と魔法が成長しただけ。それだけで、あの子の隣にい続けることは出来ないのよ？　分かっているの？？」

炎羽《えんぱ》が結界に触《ふ》れ、周囲に飛び散ります。

周囲を見渡《みわた》すと、アンナやリリーを始めとする古参のメイド達は普段《ふだん》通りですが、シーダを含め、新人メイドやメイド見習い達は蒼褪《あおざ》め、ガチガチ、と歯を鳴らしています。

姉様が母様に叫ばれます。

「わ、分かっていますっ、く、口を出さないでくださいっ!!」

「いいえ、出すわ。リディヤ、貴女、アレンに少し甘え過ぎよ。はぁ……このままだと、ステラか、もしくはフェリシアに」

母様が言い終わる前に、何の溜《た》めもなく『火焔鳥《かえんちょう》』が飛翔《ひしょう》しました。

『～～～!!!』――シーダ達は声も出ません。

全《すべ》てを燃やし尽《つ》くす炎《ほのお》の凶鳥《きょうちょう》。リンスターを象徴《しょうちょう》とする炎の極致《きょくち》魔法。


ですが、それを――母様は手刀で両断、消失させました。


『なっ⁉』

極《ご》一部のメイド達を除き、余りの光景に私も含め驚愕《きょうがく》し、絶句します。

隣で見られていた御祖母様は「まぁまぁ。二人共、やんちゃねぇ」と一言。

……や、やんちゃ、の枠《わく》が、広過ぎる、と思います。

舌打ちし、姉様は双剣《そうけん》を華麗《かれい》に引き抜《ぬ》かれました。母様は肩を竦《すく》められ、

「仕方ない子ね。アンナ！」

「はい、奥様♪」

リンスターのメイド長が何時《いつ》の間にか持ってきていた純白の日傘を投げ渡《わた》します。

美しい動作でそれを右手に取った母様が、その先端《せんたん》を姉様へ向けられました。

「アレンがいれば剣を使うのだけれど、貴女だけならこれで十分」

「……上等ですっ!!」

姉様が双剣を構え突撃《とつげき》態勢。母様は余裕《よゆう》の笑みで待ち構えられています。

私は思わず溜め息を吐《つ》き、いつの間にか私の前に座った年上の自称《じしょう》メイドへ提案します。

「はぁ……毎回、毎回、どうして母様と姉様は。リリーも参加する？」

「え～イヤですぅ～。御二人の御相手なんてぇ、命が幾《いく》つあっても足りないですぅぅ」

「リィネ御嬢様《おじょうさま》、御見《おみ》逃《のが》しなきよう、始まります」

アンナが私へ注意喚起《かんき》。視線を前方へ向けます。

姉様が凄《すさ》まじい速さで疾走《しっそう》。瞬間《しゅんかん》『火焔鳥《かえんちょう》』が、母様の真上から急降下。日傘が広がり、激突。炎の凶鳥が四散。

姉様は跳躍《ちょうやく》されると、一回転しながら双剣を斜《なな》めに振り下ろされます。

「御母様、覚悟《かくご》っ！」「実の母親に、そんな口をきくなんてっ！」

母様は先程、炎を払《はら》った日傘を再度畳《たた》まれると、双剣を受け止められます。その重さで地面が陥没《かんぼつ》。衝撃《しょうげき》で幾つかの水壁、石壁が吹《ふ》き飛びます。防がれた後も姉様は攻撃《こうげき》を続行。

凄まじい速さの斬撃《ざんげき》も母様は難なく受けられていきます。

横薙《よこな》ぎからの両突《りょうづ》き。両突きからの変化斬撃。まるで生きているかのような双剣の動き。

私だったら最初の攻撃も受けとめられなかったでしょう。

……でも、あの日傘って。

アンナが私のカップだけに紅茶をゆっくり注ぎつつ首肯《しゅこう》。リリーが「疲《つか》れましたぁ」と言いながら、身体を伸ばしました。……やっぱり、胸が大きいですね。遺憾《いかん》ですっ！

メイド長はリリーの胸を感情のない瞳《ひとみ》で凝視《ぎょうし》しながらも、説明してくれます。

「王都にて、アレン様に選んでいただいた極々普通の日傘でございますね。受けられているのは、奥様の技量と魔力によるものかと」

「…………姉様、結構、本気だと思うんだけど？」

アンナが、続けて私の疑問に答えてくれます。

「双剣を使われるのは新しき技《わざ》ですが……リディヤ御嬢様の強さは、アレン様がどれだけ傍《そば》におられるか、で大きく左右されます。ああなるのも無理はないかと」

「あ、分かるかも。兄様の隣《となり》にいる時の姉様って、字義通り『私、今、無敵だから』って無言で周囲に宣言してるけど、兄様いないと自堕落《じだらく》になられるし……」

テーブルに上半身を投げ出している、リリーも同意します。

「リディヤ御嬢様はアレンさんがいないと、別人みたいですぅ～。案外と寂《さび》しがり屋さんでぇ～この前もメモ紙を読まれながら、机に突っ伏《ぷ》されて『……あいたいよぉ……』って」

「うわぁ……」

わ、私の中の姉様像が大きく崩《くず》れていきます。いえ、可愛《かわい》らしくはあるんですが。

勿論《もちろん》、兄様がいない時でも姉様はとてもとても御強いんですが……母様程の使い手が相手となると、いる時との差は相対的に大きく感じてしまいます。

埒《らち》が明かないことを理解されたのか、姉様が距離《きょり》をとられます。

母様は日傘を再度開いて差されると、待ち構える御様子《ごようす》。この隙《すき》にメイド達が石壁と水壁を補強。仕事が早いですね。

今まで、にこにこ、と眺《なが》められていた御祖母《おばあ》様も尋《たず》ねられます。

「あらあら。リサもリディヤも楽しそうね。私も交ぜてもらっていいかしら？」

うわぁ……御祖母様までやる気になるなんて……。

あぁ……兄様！　やっぱり一緒《いっしょ》に来てほしかったですっ！

姉様がちらり、と御祖母様を見られた後、双剣を油断なく構えられつつ母様を睨《にら》みつけられます。

「……私にも、私なりの考えがあるんです。御母様は黙《だま》っていてくださいっ」

「私はリアムを十六で攫《さら》ったわよ？　で、リチャードが生ま」

『火焔鳥《かえんちょう》』が再飛翔。母様に襲《おそ》い掛《か》かりますが素手《すで》で頭を握《にぎ》りつぶされます。

「！？！！！」シーダはもう声も出ないみたいで、私の後ろでふらふら。他の新人メイド達も気絶しそうになっていますね。

一方で古参メイド達は「リディヤ御嬢様の御勇姿！」「しかも、奥様と大奥様まで!!」「こんな機会、得られないわよっ！　撮影《さつえい》を!!!」『はいっ！！！！』。順応が早いです。

姉様が地団駄《じだんだ》を踏《ふ》まれます。

「あーあーあー！　御母様!!　ど、ど、どうして、そういうことを口にされるんですかっ!!　リンスター公爵《こうしやく》夫人としての自覚をお持ちになってくださいっ!!!」

「持っているわ。持っているからこそ、こういう話をしているのだけれど？　貴女《あなた》だって、アレンの下宿先に泊《と》まる時、少しは期待しているのでしょう？　ああ、言っておくけど、あの子には釘《くぎ》を刺《さ》してあるから、手は出してもらえないわよ？」

「う、ぐっ……」

『剣姫《けんき》』リディヤ・リンスターがここまで追い込まれる姿、まず見られません。

……あ、あと、て、手を出す、というのは……そ、その、まだダメですっ！

御祖母様も立てかけてあった箒《ほうき》を手に取ると、クルクルと回しながら口を挟《はさ》まれます。

「私もリーンを攫ったのは～十六の時だったわねぇ。リディヤは彼が嫌《きら》いなの？？」

「!?　違いますっ!!　私があいつのことを嫌いになることなんか、世界が滅《ほろ》びてもあり得ないっ！！！！　あいつは、アレンは私にとって、世界で一人しかいない――……」

姉様は双剣を振《ふ》り回しながら捲《まく》し立て、はっとし、顔を真っ赤にされ沈黙《ちんもく》しました。

真っすぐで何処《どこ》までも強い兄様への想《おも》い……。母様と御祖母様が論評されます。

「答えは出てるじゃない。意気地がない子」「恋愛《れんあい》は押して押して、更《さら》に押してよぉ？」

「ううううう………」

俯《うつむ》き、身体《からだ》を大きく震《ふる》わされ、羞恥《しゅうち》に耐《た》えておられる姉様。

母様と御祖母様を前に、兄様なしの姉様では口でさえも圧倒《あっとう》されてしまいます。

つまり、この後待っているのは。

「アンナ！　アンナ‼」

「はい～アンナさんですよ～」

映像宝珠《ほうじゅ》を持ち、撮影を継続《けいぞく》しながらメイド長が近づいてきました。私は命令します。

「急いで耐炎《たいえん》結界や石、水壁を増強してっ！　私も手伝うからっ‼」

「かしこまりました。リリー、御仕事です」

「はぃぃ～」

私の横でまったりと休憩《きゅうけい》していた年上の少女が立ちあがりました。

それだけのことで……胸が、胸が揺《ゆ》れますっ！　くっ……。

敗北感を覚えた私や、リリーの胸部を親の仇《かたき》のように見ているアンナや過半数のメイド達には気づかず、リリーが見事な耐炎結界を更に重ね掛《が》けしていきます。

我に返り私も手助け。メイド達も水壁と石壁を更に分厚くしていきます。

作業が終わるのとほぼ同時に——……姉様が顔を、ゆっくり、と上げられました。

張り付けたかのような笑《え》み。……本気で、怖《こわ》いです。

双剣を無造作に振るわれると無数の炎羽《えんぱ》が舞《ま》い散り変化、炎の短剣となって水壁と石壁に接触《せっしょく》。数十枚を易々《やすやす》と貫通《かんつう》、耐炎結界の半ばまでを切り裂《さ》き消えました。

で、出鱈目《でたらめ》な魔力《まりょく》です。

「〜〜っっっ、はぅ……」

遂《つい》にシーダが限界を迎え気絶し、次いで新人メイド達も倒《たお》れていきます。それを古参メイド達は映像宝珠片手に介護《かいご》。嫌《いや》な慣れですね。

姉様が母様に明るく告げられます。

「御母様、今日という今日は、もう、容赦《ようしゃ》いたしません」

対して母様と御祖母様は平然。

「へぇ」「あらあら。凄《すご》い魔力ね♪」

「……有象無象《うぞうむぞう》の男からの婚姻《こんいん》申し出を却下《きゃっか》していただいているのは感謝しています。ですが！　それと、私とあいつとの、その……結婚……の件は……えっと……」

「リディヤ、聞こえないわよ」

「リサ、そう言わないの～。本当は一日でも早く彼と一緒になりたいし、子供も小さな楽団が組めるくらいって思っているのよ。うふふ♪　リディヤったら、大胆《だいたん》ね☆」

「～～～～～～！！！！！」

姉様が双剣《そうけん》を交差させ、直上へ掲《かか》げられました。『火焔鳥《かえんちょう》』が顕現《けんげん》。急降下。

炎が姉様を呑《の》み込み集束。背中に炎の双翼《そうよく》が生まれ、二振りの剣が紅光を放ちます。

リンスター公爵家が秘伝――『紅剣《くけん》』を双剣で!?

それを見た母様は、額に手を置かれ溜め息。御祖母様はにこにこ。

「はぁ……母親相手に『紅剣《くけん》』まで向けるなんて」

「まぁまぁ。随分《ずいぶん》と上達したのね♪」

「……御母様、御祖母様。もう、泣いても許してさしあげません……」

う、うわぁ……か、完全に怒《おこ》ってます。百以上の耐炎結界を貫《つらぬ》き、肌《はだ》が焼けます。

兄様がいれば『リディヤ、止《や》めよう』と言ってあっさりと止めて下さるんですが……。

はっ！　そ、そうです。ここには御祖父様と父様がいます！

前リンスター公爵と現リンスター公爵がいれば、きっと止められ……あ、あれ？

二人共、ど、何処《どこ》へ？　困惑《こんわく》する私を見て、アンナが説明してくれます。

「大旦那様と旦那様でしたら――」『この場で我等に出来ることは何一つとしてない。夕食前には終わらすよう伝えておくれ』『私達は日頃《ひごろ》の疲れを癒《いや》すとしよう』との事でした。リンスターの殿方《とのがた》は代々、女性を御見守りになられる系譜《けいふ》。見事な御判断。私達も見習わないといけません！」

メイド長は相変わらず斜め上な発想をしています。

すると屋敷《やしき》の中から薄青髪《うすあおがみ》のメイドが出てきてリリーに話しかけました。「え？　エマからぁ？？」「はい。お急ぎを」

驚《おどろ》いた様子で年上の少女は長い紅髪《あかがみ》をはためかせながら屋敷へと駆《か》けて行きます。

エマは、うちのメイド隊第四席でフェリシアさんを補佐《ほさ》しています。王都で何かあったんでしょうか？

――膨大《ぼうだい》な魔力の奔流《ほんりゅう》。

私が視線を戻《もど》すと姉様が双剣を後方へと構え、前傾《ぜんけい》姿勢に。炎翼《えんよく》の勢いが増します。

対して母様はこれ見よがしに開いた日傘《ひがさ》を突き出されました。

「仕方ない子。だけど――いいの？」

「？　今更《いまさら》、命乞《いのちご》いをされても」

「この日傘は王都でアレンが選んでくれた物よ？　その一撃を受けたらもたない。今度会った時、私はこう言うわ。『あの日傘はリディヤが痼癪《かんしゃく》で燃やしてしまったのよ』って」

姉様の身体が大きくよろめきます。

「！　っぐっ……ひ、卑怯《ひきょう》ですっ！　あ、あいつを盾《たて》にするなんてっ!!」

「剣を向けてきたのは誰《だれ》かしらね。さ、かかってらっしゃい。来ないなら」

母様が一歩踏み出され――次の瞬間《しゅんかん》には姉様の目前へ。

畳《たた》んだ日傘が神速で突《つ》き出されます。姉様は怯《ひる》んだ御様子で後退。

「あらあら。リディヤ、注意力散漫《さんまん》よ？」

御祖母様が箒を掲げられ、深紅《しんく》の『火焔鳥《かえんちょう》』を解き放たれます。

大きい。余りにも大き過ぎますっ！　それに、速いっ!!

これが『緋天《ひてん》』の異名を持ち、かつて、旧エトナ侯国《こうこく》を僅《わず》か三日で亡国へと追いやったリンジー・リンスターの『火焔鳥《かえんちょう》』！　回避《かいひ》すらままならず、真正面から姉様と激突《げきとつ》。

しかし、そこは天下無双の『剣姫』。

凶鳥《きょうちょう》を双剣で両断。炎が舞《ま》い踊《おど》り、耐炎結界の幾《いく》つかを崩壊《ほうかい》。私は片端《かたはし》から補強。

リリーは何を――屋敷から飛び出して来た年上の紅髪少女はアンナへ耳打ち。

二人の顔に……憂《うれ》い？

眼前では姉様が体勢を整えられようと、更に後退。御祖母様が褒《ほ》め称《たた》えます。

「あんな簡単に斬《き》るなんて！　リディヤは本当に成長したのねぇ。彼のお陰《かげ》かしら？」

「同時に弱さです。リディヤ、後ろががら空きよ？」

「っっ!!」

母様が既《すで》に回り込まれていました。振り返った姉様は、咄嗟《とっさ》に炎翼で迎撃《げいげき》されようとしましたが、母様の日傘で散らされ――そこに分け入ったのはメイド長とリリー。

……え？

アンナとリリーは母様と姉様の手を掴《つか》んだまま、蒼褪《あおざ》めた顔で口を開きました。

「……御無礼、御許しください」「一大事、一大事です～!!!」

二人のただならぬ様子にまずは母様が日傘を退《ひ》かれ、次いで姉様も炎翼を消されて双剣も仕舞《しま》われました。母様が問われ、御祖母様が心配されます。

「何があったの？」「リリー、大丈夫《だいじょうぶ》～？　顔が真っ青よぉ？」

姉様は落ち着かれない様子で取り出された、昨日、故障してしまったらしい懐中《かいちゅう》時計の蓋《ふた》を開けたり、閉めたりされています。

アンナが重い口を開きました。

「……どうか、どうか……どうか、心を御《お》鎮《しず》めになってお聞きください」

――話を聞き終えた時、さっきまで賑《にぎ》やかだったこの場所を沈黙が支配していました。

身体が勝手に大きく震えてきます。

そんな……う、嘘《うそ》、でしょう？　どうして、何で、あの家がそんなことを。

王都が。それに……それに……………。

話の途中《とちゅう》から、懐中時計をただじっと見つめていた姉様は突然、蓋を閉めると、屋敷に背を向けていきなり駆け出されました。

「リディヤ、何処へ行くつもり？」

そんな姉様の細い左腕《ひだりうで》を母さまが摑んで引き留めます。私達も急いで近くへ。

「……決まっています――東都へ。あいつの、アレンの元へ。私がいるべき場所へ」

必死に激情を抑《おさ》えられつつ、姉様は告げられます。

母様が諭《さと》されます。その瞳《ひとみ》にあるものもまた……激情。

「分かっているでしょう？　もう……もう、遅《おそ》いわ。今は……情報収集を優先すべき時よ」

姉様は左腕を振り払《はら》われ、呟《つぶや》かれます。

「……分かっています、そんなことは。ですが……ですがっ……ですがっ！！！！！」

「……リディヤ」

　母様が真正面から姉様の震えている両手をそっと握《にぎ》られます。

「落ち着きなさい。大丈夫……大丈夫よ。大丈夫だから。アレンは強い、誰よりも強い子だもの。そのことは貴女《あなた》が一番よく知っているでしょう？」

　――姉様の頬《ほお》を一筋の涙《なみだ》が伝っていきます。

　そして、振り絞《しぼ》るように――……心からの問いを発せられました。

「……御母様、私、あいつが……アレンが、いなくなったら……これから先、どう、生きていけば、いいんです、か？　あいつがいない、真っ暗な世界を……どう、歩けばいいんですか？　……あいつは、あいつはっ、あいつはっっ！！！！！　……私の、私にとって……………こんな、こんな私を救ってくれた……この世界で、たった一人の……………………一人しかいない……」

　そこまでが限界でした。

　姉様は……『剣姫《けんき》』と謳《うた》われ、誰よりも強く、気高く、凜々《りり》しく、美しかったリディヤ・リンスターは、その日、一人のか弱い少女に戻り泣き崩《くず》れました。

――齎《もたら》されたもの、それ、正しく凶報。

『オルグレン公爵《こうしゃく》を首魁《しゅかい》とせし貴族守旧派謀反《むほん》。王都王宮炎上《えんじょう》。リチャード公子殿下《でんか》率いる近衛《このえ》残置部隊及《およ》び『剣姫の頭脳』、東都において叛乱《はんらん》軍相手に勇戦……生死不明』

第4章

「へぇ～『新市街を人族が歩くのは危険』と聞いていたけど、綺麗《きれい》な街だね、アレン」

「昼間の大通りは大丈夫です。路地は危ないですが。どうして、紺の甚平《じんべい》なんです？」

御魂送《みたまおく》りを今宵《こよい》に控《ひか》えた本日は光曜日。時刻はお昼前。

僕は東都で休暇《きゅうか》中の、近衛騎士《きし》団副長にしてあいつの実兄でもあるリチャード・リンスター公子殿下の要望で、東都東部に位置する獣人《じゅうじん》族の新市街へやって来ていた。

縮れた赤髪の近衛副長がその場で一回転。怪我《けが》はすっかり治ったようだ。

「似合うだろう？　深紅にしようと思ったんだけど、部下達からの反対が激烈《げきれつ》でねぇ」

「なるほど、己《おのれ》を曲げた、と」

「!?　ア、アレン、その言い方は酷《ひど》いんじゃないかな？」

あーだこーだ、と馬鹿《ばか》話をしながら大通りを歩いて行く。行き先は知り合いの商家。カレンもついて来る気満々だったのだけれど、遠慮《えんりょ》してもらった。偶《たま》には男同士もいい。

「で、今から行く所の主人が、アレンの知り合いなのかい？」

「そうですよ。幼馴染《おさななじみ》？　なんですかね？　部隊用のお酒も買えます」

「ふむ。また、リディヤに恋敵《こいがたき》が。しかも幼馴染……アレンもやるね」

　勝手に話をあらぬ方向へ持っていった公子殿下へ事実を告げる。

「……そいつ、男ですよ？」

「な、ん、だって⁉」

　赤髪近衛副長はのけぞり、呻《うめ》いた。前方を歩いていた狐《きつね》族の女性に連れられた幼女二人が僕等を見つめ、真似《まね》っ子《こ》。小さく手を振《ふ》ると振り返してくれた。

　リチャードが聞いてくる。

「と、歳《とし》は何歳なんだい？　アレンは『天性の年下殺し』。これで年齢《ねんれい》が年下なら」

「十九です」

「ば・か・なっ⁉」

　赤髪近衛副長は大袈裟《おおげさ》に身体《からだ》を動かす。幼女達が楽しそうに再び真似。

「ほら、子供達が見てますよ」

「ん？　しまった！　もっと派手にやれば良かった‼　でも、応援《おうえん》ありがとう‼」

　近衛副長は幼女達へ大きく手を振った。幼女達はさっきよりも大きく振り返す。む。

　僕は左の人差し指を曲げ、ちょっとした魔法《まほう》を発動。

ぷかぷか、と浮《う》かぶ幾つもの虹色《にじいろ》の気泡《きほう》を生み出し空中へ。幼女達がキラキラした視線を向けるのを確認《かくにん》。気泡の形を変化させ、様々な動物やグリフォン、竜《りゅう》、建物、汽車に。

「「わぁぁぁぁぁぁ〜〜♪」」

幼女達が飛び跳《は》ね、歓声《かんせい》。僕はそれらを消し、頭を下げる。周囲からも大きな拍手《はくしゅ》。

……あ、あれ？　あの子達を喜ばす為《ため》にやっただけなんだけど。リチャードが苦笑《くしょう》。

「そういうところは他の子達に見せてあげなよ」

「……早く行きましょう」

気恥《きは》ずかしくなり、歩みを再開。

幼女達も母親らしき女性も笑っていたし。良しとしよう。


「こんにちはー」

古い木造のお店の暖簾《のれん》をくぐり、挨拶《あいさつ》。表の屋号は『スイ商店』。

奥から「痛っ!!」「急がないでください」。男性と知らない女性の声。

バタバタ、と走る音がして、眼光の鋭《するど》い長身の狐族の青年が飛び出してきた。取り繕《つくろ》うように着物を整える。

「だ、誰かと思えば、ア、アレンかよ」

「スイ……先日、水路で約束したから来たんですよ？　忙《いそが》しいなら出直します」

「待て！　取り敢《あ》えず上がれ。美味《うま》い酒が、偶々《たまたま》……そう、偶々手に入ったんだ」

青年は尻尾《しっぽ》で床《ゆか》を、ぺちぺち、と叩《たた》く。

「今晩は御魂送りですよ？　自警団で出張るのでは？　こちらはリチャード・リンスター公子殿下。東都に滞在《たいざい》されているんです」

「おまえ、俺と酒が……い、今、何て言った⁉　リ、リ、リンスターの公子殿下！？！！」

青年は絶叫《ぜっきょう》し、放心。僕は拍手。リチャードも苦笑する。

「その反応、初々《ういうい》しくて素晴《すば》らしいです。リチャード、狐族のスイです。食物のことなら、任せて問題ありません。スイ、今日はですね。……スイ？」

狐族の友人は沈黙《ちんもく》したまま。衝撃《しょうげき》を与《あた》え過ぎたようだ。

「仕方ありません。リチャード、ここはある商人の恋《こい》の話でも」

「……お前の餓鬼《がき》の頃《ころ》の話をしてやろうか。師父に体術を習った時のこととかな」

ようやくスイが反応。肩《かた》を叩く。

「東都の獣人なら、みんな知ってる話ですよ。『俺はお前が欲《ほ》しい！』でしたっけ？」

「っぐっ！　よ、用件を言え！」

頭を掻《か》きむしり、スイは話題を強制転換《てんかん》。

「用件は二つです。一つは、夜の前に東都西部郊外《こうがい》にある近衛騎士団駐屯地《ちゆうとんち》へお酒を持って行ってください。リチャード、人数は」

「総員百十七名。明後日《あさって》には王都へ戻《もど》るし、皆《みな》の慰労《いろう》でね」

「⁉ お、おい……今日は御魂送りなんだぞ？ 馬車は禁止だ」

赤髪《あかがみ》近衛副長は逆提案。

「大丈夫《だいじょうぶ》。うちの力自慢《ちからじまん》を連れてくるよ」

「……二つ目は？」

スイが僕へ呪《のろ》いの視線をぶつけてくるも受け流し、懐《ふところ》から畳《たた》んだ紙を差し出す。

受け取った友人は睨《にら》みながら聞いてくる。

「？ 注文票？？ どーせ大した量じゃ――……アレン」

狐族の青年は頭を抱《かか》え蹲《うずくま》ってしまった。次の瞬間《しゆんかん》、飛び上がり、僕の胸倉《むなぐら》を摑《つか》む。

「なななな、何なんだ、この量は⁉ し、しかも、納品先は王都の『アレン商会』だと⁉

どど、どういうことだよ‼」

「旦那《だんな》様、御声《おこえ》が大きいです」

涼《すず》やかな声と共に、奥から人族の女性が出てきた。

漆黒《しつこく》の艶《つや》やかな長い黒髪とやや浅黒い肌《はだ》。南方系で長身。花柄《はながら》の着物を身に纏《まと》い、スイを見つめる視線は何処《どこ》までも穏《おだ》やか。年齢は二十歳《はたち》前後だろうか。頭を下げる。

「初めまして、アレンです」

女性は笑《え》みを浮かべ、晴れやかに名乗ってくれる。

「モミジ・トレットと申します。御名前は旦那様から毎日のように。先程《さきほど》も『アレンの奴《やつ》、退院したらしい。良かった。……だけど、薄情《はくじょう》な奴だ。話したいことが山程あるのに』など……むぐ」

「モ、モミジ！」

「トレット家と言えば、東都発祥《はっしょう》の名の知れた大商家。しかも『旦那様』ですか。スイ……僕に隠《かく》していることがあるのでは？」

黒髪美人さんの口を押さえているスイが視線を逸《そ》らす。その隙《すき》にモミジさんが脱出《だっしゅつ》。

「もう、旦那様ったら。この肌と髪の色を見ればお気づきでしょうが……私にトレットの血は流れていません。幼き頃に拾われた身の上です。養親にも、先日『家を出ろ』と……」

今まで快活だった黒髪美女が俯《うつむ》き力をなくす。左手で右の手首の腕輪《うでわ》に触《ふ》れている。

友人が自然に手を握る。モミジさんの顔から憂《うれ》いが消えた。スイは優《やさ》しい男なのだ。

僕は疑問を発する。

「でも、いきなり『家を出ろ』だなんて、乱暴な話ですね？」

狐族の友人は少しだけ辛《つら》そうに顔を歪《ゆが》ませた。

「……俺が獣人だからなのかもな。いきなり『娘《むすめ》を引き取れ』『王都に来ることを禁ずる』って言ってきて、それきりだ。王都の御屋敷《おやしき》にも行ったんだが……会えず仕舞《じま》いだ。少しばかり、おかしくもあった」

「おかしいとは？」

スイがモミジさんの頭を自然な動作で撫《な》でながら、頷《うなず》く。

「扉越《とびらご》しではあったんだが、声が聞こえたんだよ。向こうのお義母《かあ》さんが泣いていた」

トレット家は代々、人種に関係なく人材を登用することで知られ、オルグレン公爵家とも関係が深い。話を聞く限り……モミジさんを王都にいさせたくなかった？

話を聞いていたリチャードが切り込んだ。

「それで、スイ君とモミジ嬢《じょう》は、もう結婚《けっこん》したのかな？」

「っ⁉」「婚約は致《いた》しました」

「なるほど、なるほど。──だってさ、アレン」

赤髪近衛副長が話を振ってくる。

「僕は御魂送りが終わったら王都へ戻ります。その注文書は御祝儀《ごしゅうぎ》だと思ってください」

「……値段が書いてないぞ？」

「言い値でいいですよ」

「……なら、断るっ！」

青年は注文票を僕に突《つ》き返すなり、腕《うで》を組んでそっぽ。すると、

「失礼致します」

モミジさんが注文票を手に取って考え込むと、懐からペンを取り出し、注文書にささっと何かを書きこんで差し出してきた。

「アレン様、これで如何《いかが》でしょうか？」

目を通す。端的《たんてき》に言って破格。

「……この金額だと利益が出ないのでは？」

「出すのが商人の技量かと。その代わり、条件付きですが」

「お、おい、モミジ」

「スイ様、少しお静かに」

「……はい」

この二人の力関係が見えた。モミジさん、強し。リチャードが目頭《めがしら》を押さえている。リンスターでの日々を思い出したのだろう。黒髪美人さんへ確認する。

「条件とは？」

「商品は必ず。その代わり――私と旦那様の結婚式に御参列をお願い致します」

スイが字義通り飛び上がる。

「モミジ⁉」

「分かりました」

「アレン⁉」

「ありがとうございます。では、この注文、お引き受け致します。詳細《しょうさい》は、王都のフェリシア・フォス様にお尋《たず》ねすればよろしいのですね？」

「はい、お願いします。強敵です。健闘《けんとう》を」

「旦那様ならば、問題ございません」

「…………おい……無視しないでくれよぉ……」

狐族の青年は、しゅん、としている。昔と変わらない。

僕と黒髪美女は顔を見合わせ、笑う。モミジさんが友人の後ろに回り込み、抱《だ》きしめた。

「スイ様、ごめんなさい。こんな私を許してください」

それでも無視。モミジさんが嗜虐《しぎゃく》を浮かべる。

「アレン様。旦那様は本当に貴方《あなた》様を尊敬されているのですよ？　先程も古い御本をお読みながら『アレンが読んでいた本なんだ。赤の信号弾《だん》の意味は』と、むぎゅ」

「ば、ばらすな！　用が済んだら、帰れっ！」

スイは将来の御嫁《およめ》さんの口を押さえ、真っ赤になりながら怒鳴《どな》った。僕は手をひらひら。

「よろしく。リチャード、行きましょうか」

「……ちっ」

腕組《うでぐ》みをしながらスイは不機嫌《ふきげん》そうに舌打ち。それでいて、尻尾は寂《さび》しそう。

僕は店の外へ出る直前で振《ふ》り向きながら言う。

「ああ、そうだ」

「！　な、何だよ」

年上とは思えない程、目を輝《かがや》かせ、尻尾は右へ左へ。

懐から小さなノートを取り出し、走り書き。一枚破り、浮遊魔法《ふゆうまほう》でスイの手元へ。

「僕の王都での下宿先です。新婚《しんこん》旅行、招待します。王都を案内させてください」

「なっ！　ア、アレン!?」

「モミジさん、僕の弟子《でし》をよろしく」

「承《うけたまわ》りました。私の命に懸《か》けまして！」

黒髪の女性は力強く首肯《しゅこう》した。……強い既視感《きしかん》。誰《だれ》かにも言われたな。

そう思いながらリチャードの後を追う。この後も幾《いく》つか店を巡《まわ》らないと。

王都にいる人見知りで眼鏡な番頭さんは、僕にだけは厳しいのだ。

まぁ、僕も色々と頼《たの》んでいるし、おあいこだけれども。例の物、目星はついたかな？

＊

「兄さん、まだですか？」

部屋の外からカレンの焦《じ》れた声がする。僕は姿見に自分を映し最終確認《かくにん》。どうかな？

「いいですね？　入ります！」

許可なしに浴衣《ゆかた》姿の妹が部屋へ侵入《しんにゅう》。無言。

「似合って」「似合ってます！　勝利です‼　完全勝利です!!!」

突然《とつぜん》、興奮した妹は飛び跳《は》ねベッドへ。嬉《うれ》しいのか枕《まくら》を抱え、ゴロゴロ。

――今、僕はこの前の夏祭りでは着られなかった浴衣姿になっていた。

色はやや薄《うす》い黒色。先日、父さんの伝手《つて》で手に入れた古着を母さんが夜鍋《よなべ》して仕立て直してくれたのだ。母さんがアンナさんから預かった映像宝珠《ほうじゅ》を片手に顔を覗《のぞ》かす。

「うふふ♪　いいわ～！　私の息子《むすこ》、カッコいい～♪　折角の御魂送りだものね」

「………ありがとう」

頬《ほお》を掻きながら御礼を言う。未《いま》だ転がっているカレンの手を取り、起こす。

「うふふ～♪　兄さんの浴衣姿は～私しか見てない～♪　完全勝利～♪」

「変な歌を歌わないの」

上機嫌《じょうきげん》なカレンをたしなめつつ、懐中《かいちゅう》時計を確認。そろそろ夕刻だ。

「本当に、母さんと父さんは大樹前の大広場へ行かないの？」

「私達は近くの水路でするわぁ～。カレンもきっとそっちの方が嬉しいだろうし♪」

「！　そ、そんなこと」

「「そんなこと？」」

「………………あります、けど。……も、もうっ！　か。からかわないでくださいっ！」

妹を母さんとからかっていると、父さんが顔を出した。

「アレン、カレン、まだ行ってなかったのかい？　うん、二人共、良く似合っているね」

「……ありがとうございます」「ありがとうございます」

少し照れ臭《くさ》くなりながら、父さんにも御礼を言う。母さんが胸を張った。

「うふふ～♪　当然よ。ナタンが選んだんですもの～♪」

「それもそうだね。何しろ――エリンが選んだのだから」

「ナタン～♪」「エリン」

父さんと母さんが二人の世界へ。うちの両親は仲良しで、しかも未だに熱々なのだ！

カレンが左手を、ぎゅっ、と握《にぎ》ってきた。

「兄さん、行きましょう」

「そうだね。父さん、母さん、行ってきます」

両親は僕達、兄妹《きょうだい》を慈愛《じあい》の視線で見つめた。

「「行ってらっしゃい。気を付けて」」

東都の御魂送《みたまおく》りの歴史は約二百年前に遡《さかのぼ》る。

元々は、各家庭で行われる季節行事だったらしく、目の前の水路の中に蠟燭《ろうそく》に火を点《つ》けた紙灯篭《どうろう》を流すだけだったそうだ。にもかかわらず、今や東都の獣人《じゅうじん》達にとって秋の収穫《しゅうかく》祭と並ぶ一大行事になっているのは何故《なぜ》か。

端的に言えば、それは、二百余年前の魔王戦争、その最終決戦である『血河《けつが》会戦』において、獣人族が大英雄《えいゆう》『流星』を始め多くの勇士を喪《うしな》ったからだ。

――その戦場で散った勇士達の御魂が、この日だけ大樹へと帰還《きかん》する。

根拠《こんきょ》はない。おそらく、最初は単なる鎮魂《ちんこん》目的だったものが、長い時間をかけて今の形に辿《たど》り着いたのだろう。でも――構わないと思う。人には無条件で信じるものが必要だ。

大樹前の大広場へ続く西の連絡橋《れんらくきょう》を渡《わた》りながら、考えていると、左肩《ひだりかた》に頭が乗った。

「考え事禁止です。可愛《かわい》い妹を放《ほう》っておく兄さんに文句を言う資格は……」

「カレン？」

「あ、カレンー！」「カレンちゃん～」

人混《ひとご》みから、片手に提灯《ちょうちん》を持っている栗鼠《りす》族と豹《ひょう》族の少女達が妹の名を呼んだ。カヤとココだ。カレンが僕を見つめる。頷く。

「大広場で合流しよう。僕の魔力は追えるね？　不安なら魔法生物の小鳥を……」

「もうっ！　子供扱《あつか》いしないでくださいっ！　大丈夫《だいじょうぶ》です。必ず合流します」

副生徒会長様は宣言し、人混みを縫《ぬ》い二人へ近づいていく。カヤとココに手を振る。少女達も手を振り返してくれた。

一人になり、少しずつ橋を渡っていく。橋の下には灯《あか》りを点けたたくさんのゴンドラや小舟《こぶね》。万が一、誰かが東西の連絡橋や大広場から転落した場合に備えているのだ。

視線を戻《もど》すと、群衆の中に並んで歩く小熊《こぐま》族のトマさんと兎《うさぎ》族のシマさんを見つけた。なんと……手を繋《つな》いでいる！　ようやくかぁ。お目出度《めでた》い。

──大広場に到着《とうちゃく》。入り口では自警団が手に乗る程度の小さな紙灯篭を手渡《てわた》し中。

並んでいると「トマ!?」「お前っ！」「裏切り者めっ!!」自警団の男性団員達のやっかみ。

「シマさん、おめでとう」「良かったぁ」「男共、仕事に戻れ！　分団長、おめでとうございます」次いで女性団員達の祝福。二人は自警団の団員さんなのだ。

僕の順番になり、傘《かさ》がついている小さな紙灯篭が差し出される。

「おお！　アレン。お前に相談した用水路。調子が良いぞ！」

「ありがとうございます、ロロさん」

自警団団長で本業は建築士な豹族の男性——ロロさんが笑う。

今の獣人族にかつての精強さは最早《もはや》ない。自警団も獣人街の治安維持《いじ》が主任務だ。総団員数は約五百名。僕は念《ねん》の為《ため》、確認。

「……何かおかしなことは」

「特段ない。……いや、妙《みょう》なことがあったな。オルグレン公爵家《こうしゃくけ》から、今宵《こよい》の御魂送りに自警団は参加するのか、と数日前に問い合わせがあった」

確かに妙な話だ。自警団が毎年、御魂送りを警護しているのは公爵家も既知《きち》な筈《はず》。なのに、わざわざ確認をするなんて……。ロロさんが僕の背中を押す。

「なに、大方、担当者が変わったのだろうさ。さぁ、先へ進んでくれ」

釈然《しゃくぜん》としないものの大橋へ。櫓《やぐら》等に通信宝珠が取り付けられている。

——いきなり、僕が持っていた紙灯篭に火が灯《とも》った。目の前に狼《おおかみ》族の少女。

「おかえり、カレン。カヤとココは？」

「大広場から落とすそうです」

「そっか。よっと」

「あ……」

僕はカレンの持っていた紙灯篭に火を灯す。すると妹は左腕《ひだりうで》に抱《だ》き着いてきた。

「……ありがとうございます。兄さんが知っているとは思いませんでした。『紙灯篭を互《たが》いに点けあった男女は生涯《しょうがい》』……何でもありません。今のは忘れてください」

カレンは途中《とちゅう》で口籠《くちご》る。軽口を叩《たた》く。

「『紙灯篭を互いに点けあった男女は生涯、幸せになれる』っていう噂《うわさ》があったね」

「………兄さん、妹虐《いじ》めは大罪中の大罪なんですよ？」

「僕はカレンに幸せになってほしいよ」

「私だって兄さんに幸せになってほしいです。ですが……リディヤさんはダメです！」

「？　何でリディヤ――あ、時間みたいだね」

連絡橋、大広場、大橋の街灯、人々が持っている提灯の灯が消えていき、紙灯篭のぼんやりとした灯りだけとなる。

それを合図に街灯近くに据《す》え付けられた通信宝珠から威厳《いげん》ある声が響《ひび》く。

『──今年もこの日がやって来た』

狼族長兼《けん》獣人族取《と》り纏《まと》めであるオウギさんの声だ。

『今より二百余年前、我等は多くの勇士を喪った。黙禱《もくとう》を』

静かに目を閉じる。暗闇《くらやみ》の中、カレンが手を握って来たので、握り返す。

暫《しば》しの静寂《せいじゃく》。

『では──灯篭を大水路へ。勇士達の魂《たましい》に鎮魂あらんことを』

大橋の欄干《らんかん》から、持っている紙灯篭を下へ。ぼんやりとした灯りが、ふわふわ、とゆっくり落ちていき着水。水面が花畑のようになっていく。とても幻想《げんそう》的な光景だ。

それに混じり、淡《あわ》い翡翠光《ひすいこう》が飛び交《か》う。

この光が魂だ、と思われたのだろう。正体は大樹の魔力が漏《も》れ出たもの、と言われているけど……楽しそうに踊《おど》っているようにも見える。

幼き日、この光景を見て──僕は精霊《せいれい》を信じたのだ。静かに祈《いの》る。

左腕に痛みが走った。視線を向けると細目な妹が、つねっていた。

「……兄さん、今、何をお祈りしていましたか？」

「父さんと母さんとカレンが幸せでありますように。ティナ達と元気で会えますように」

「少しは御自身《ごじしん》のことも祈ってください。兄さんの分は私が祈っておきました」

「カレンは――……本当に優《やさ》しい子だね。僕の自慢《じまん》の妹だよ。ありがとう」

電流が走ったかのように浴衣姿の妹はよろめき、腕を離《はな》し後退。

手を胸に押し付け、たどたどしく文句。

「っ！　そ、そういう風に、い、いきなり真面目《まじめ》な御顔《おかお》になるのは卑怯《ひきょう》です。反則です。そ、そんな兄さんは、兄さんなんて、私は兄さんのことが――大好き――」

後方の大樹から花火が打ち上がり、大橋を光で染め上げた。

「花火、綺麗《きれい》だね。さ、帰ろうか。カレン。最後、何て言ったんだい？」

「……………秘密です。兄さんのバカ」

――この後、大広場でお酒を飲んでいたトマさんとシマさんに見つかり、散々絡《から》まれた。

更《さら》に仕事を終えた自警団の団員さん達も逐次《ちくじ》乱入。

結局、夜更《よふ》けまで宴会《えんかい》が続き、寝《ね》てしまったカレンをおぶって帰ることに。

帰宅した僕が、母さんに叱《しか》られたのは言うまでもない。

＊

基本的に僕は眠《ねむ》るのが好きだ。折角、実家なのだし少しは寝坊《ねぼう》もしたい。でも、

「普段《ふだん》通りに起きてしまうんだよなぁ」

呟《つぶや》きつつ、手を伸《の》ばして枕元《まくらもと》の懐中時計を取って確認《かくにん》。……やはり定刻通り。

ベッドから降りて静かに洗面台へ。まだ早朝過ぎ。早起きな母さんですら寝ているし、外からは鳥の鳴き声しかしない。起こさないようにしないと。

顔を洗い、歯を磨《みが》く。鏡で顔を確認。問題なし。静かに部屋へ戻り、着替《きが》えて内庭へ。

準備体操をし、魔法《まほう》の基礎《きそ》訓練に取り掛《か》かる。

まずは、旧八属性の魔法球を何度も何度も生み出しては消しを繰《く》り返す。緊急《きんきゅう》時でもすぐに使えるよう魔法式を確かめ、静謐《せいひつ》性を高めていく。次いで二属性、三属性、四属性、五属性……と属性を増やし繰り返す。コツは焦《あせ》らないこと。

次いで試作している魔法式を幾《いく》つか実験。一通り試《ため》した後、最後の魔法。

右手を振《ふ》り魔法生物の小鳥を十数羽生み出し、空へ放つ。

小鳥を媒介《ばいかい》に雷《かみなり》、風、光魔法で広域探知を実行。前方空間に投映。

東都全域図の一部に建物の形と動いている存在が浮《う》かび上がっていく。

「僕の魔力量じゃこれ以上の精度は難しいか。カレンかエリーに教えて…………え？」

思わず気の抜《ぬ》けた言葉を発する。

——全域図には、新旧獣人街へ迫《せま》りつつある複数の軍隊が表示されていた。

一部隊ではなく複数。数は数千、下手すれば万を超《こ》えるだろう。思考が混乱。

ここはオルグレン公爵家のお膝元《ひざもと》である東都。

そこにこれだけの軍勢が何故――……最悪の結論に辿り着き、皮膚《ひふ》が粟立《あわだ》つ。

違《ちが》う。これはオルグレン自身の叛乱《はんらん》！　王都じゃなく……東都でもかっ!!

両手を振り数十羽の小鳥を生み出し、全速力で関係各所に急報を伝えるべく空へ解き放つ。このままじゃ手遅《ておく》れになる。僕は家族を起こすべく家の中に戻ろうとし――真横へ跳躍《ちょうやく》。前後から飛来した数本の片刃《かたば》の短剣《たんけん》と鎖《くさり》が庭の地面を抉《えぐ》り突《つ》き刺《さ》さった。

前方の空中にはフード付きの灰色ローブを身に着けた魔法士が五名。奇妙《きみょう》な魔法式で空間から鎖を生み出し空中に立っている。後ろにも気配。屋根の上にも四名……囲まれたか。

手の土埃《つちぼこり》をはたきながら、尋《たず》ねる。

「どなたかとお間違えではありませんか？　僕の名は」

「『獣擬《けものもど》き』……『剣姫《けんき》の頭脳』。我等と一緒《いっしょ》に来てもらおう。我が主《あるじ》がお前を欲《ほっ》している」

先頭にいる隊長格の男が短剣を構え、部下達もそれにならって一斉《いっせい》に構える。

彼らは、皆《みな》一様に片刃の短剣とフード付き灰色ローブ。過去に読んだ文献《ぶんけん》を思い出す。

「ここまで気配がない灰色の暗殺者。『鎖』を用いる魔法式。聖霊《せいれい》教の暗部……異《い》端審問官《たんしんもんかん》。この叛乱劇には聖霊教が関わっている、と。ジェラルドへ大魔法やその他の資金、武具を渡したのも貴方方《あなた》ですね？　いや、おそらくはもっと以前から接触《せっしょく》を……」

「黙《だま》らせよ！」

冷たく隊長格が叫《さけ》び、短剣と鎖の嵐《あらし》が四方から殺到《さっとう》してくる。

僕は風属性初級魔法『風神波《ふうじんは》』を上空から発動。短剣を地面に叩き落とし、鎖の魔法式に介入《かいにゅう》、消失。表情は見えないものの、灰色ローブ達が動揺《どうよう》。隊長格へ再度、問う。

「まだ答えを聞かせてもらっていませんが？」

「早く黙らせよっ!!」

隊長格が怒鳴《どな》り、部下達が突っ込んできた。僕は用意していた魔法を発動。

灰色ローブ達を雷属性初級魔法『雷神弾《らいじんだん》』で死角から撃《う》ち抜いて意識を刈《か》り取り、闇属性初級魔法『闇神糸《あんじんし》』で拘束《こうそく》。瞬時《しゅんじ》に鎖を消失させ隊長格を地面へ叩き落とす。

どさり、と八名の魔法士達が庭に転がり、着地した隊長格が後ずさる。フードが外れた。

男の顔立ちからして東方系。頬《ほお》には奇妙な紋様《もんよう》が刻まれている。

「魔法の発動気配なく……し、しかも、魔法を打ち消した、だと？　ば、化け物めっっ！」

「……失礼ですね。さ、話してください。何が目的なんです？」

男は震《ふる》え、更に後退《あとずさ》り、

「………………ア、レン？」

「！」「母さん‼」

縁側《えんがわ》には起きてきた母のエリン。男は母さんへ躊躇《ちゅうちょ》なく短剣を投擲《とうてき》。

僕は全力機動で回り込み迎撃《げいげき》。視線を向けるも、空中に鎖を生み出し駆《か》けて行く男の姿。

逃《に》げられたか――雷鳴《らいめい》が轟《とどろ》き男に雷が直撃。内庭へ落下。

僕の隣《となり》に寝間着《ねまき》姿のカレンが立つ。髪《かみ》の毛が急な雷魔法で逆立っている。

「……兄さん、いったい、何が？」

「……母さん、父さんを急いで起こしてきて。時間がないんだ」

「え？　あ、うん。わ、分かったわ」

呆《ほう》けていた母さんが駆けて行き、残されたのは僕とカレン。そして、意識を失い、庭に転がっている八名の灰色ローブと隊長格の男。地面に伏《ふ》している隊長格へ問う。

「質問の続きです。何が目的なんです」

「……………くっくっくっ……誰《だれ》が、話す、ものかよ」

「なっ！　私の雷を受けて意識があるのですか⁉」

男が顔だけを上げて嘲笑《ちょうしょう》。カレンは僕の左腕を摑《つか》んで少し怯《おび》えている。

「……『剣姫の頭脳』。貴様は危険だ。我が主が興味を持たれるのも、理解、出来る。故《ゆえ》に――ここで！」

「カレン！　魔法障壁《しょうへき》最大展開!!」「は、はいっ！」

男と意識を失っている筈の灰色ローブ達が禍々《まがまが》しい光を放ち始めた。

魔力が膨《ふく》れ上がり、男達が空中に浮かび上がっていく。自爆《じばく》する気か!?

干渉《かんしょう》しようとするも難解な暗号式！　しかも、一人ずつ違う!!　隊長格が絶叫《ぜっきょう》。

「我、信仰《しんこう》を守護せし者なり！　聖女様が、聖霊が、それを、望んでおられるっっ!!」

男達の身体《からだ》が一気に膨れ上がり、人を保てる許容量を超えていく――爆発する！

しかし、次の瞬間、身体は爆発することなく、灰となって崩《くず》れ出した。

隊長格の男の顔には心底からの疑問。

「な、ぜ、起爆、しなかっ……？」

九人の暗殺者は塵《ちり》となり、消えた。

……あの魔法式、起動するように構築されていなかったようだ。ぽつり、と呟く。

「聖女、か」

大魔法『蘇生《そせい》』を操《あやつ》り、世界を癒《いや》したとされる古《いにしえ》の英雄《えいゆう》の名。

英雄の称号《しょうごう》で継《つ》がれているのは『勇者』の――あの優しい少女だけの筈《はず》なのに。

小鳥達が状況《じょうきょう》を伝えて来る。もう一部の獣人《じゅうじん》街が襲《おそ》われ始めている。王国の聖霊教と異なり、本家の聖霊教は獣人を『獣』と教義し……人扱《あつか》いしていない。左袖《ひだりそで》を引かれる。

「に、兄さん……」

不安そうに僕を見上げている妹の頭に手を置き――家の中から魔力反応。

「アレン、カレン！　こっちへ来て!!　ナタンが、ナタンがっ!!!」

遅《おく》れて母さんの悲鳴。僕とカレンは慌《あわ》てて家に飛び込んだ。

＊

「それじゃ、父さん、母さん」

「……アレン」「…………」

僕は玄関《げんかん》で二人へ挨拶《あいさつ》。父さんは右足を若干《じゃっかん》引きずっている。

父さんは、裏口からも忍《しの》び込んでいた一人の灰色ローブに気づき、手製の護身用魔道具で撃退。しかし拘束する際、隠《かく》し持っていた短剣で足を抉《えぐ》られてしまったのだ。

しかも、拘束した男は父さんの目の前で自爆し灰に。…………僕がいながらっ！

治癒《ちゆ》魔法はかけたものの、僕とカレンの魔法では即《そく》完治、とまではいかず。

カレンと魔力を繋《つな》げばいいのだろうけど……そうしたら、ついて来てしまう。父さんには申し訳ないけど、このままでいてもらおう。

母さんの隣にいる魔法防御《ぼうぎょ》性能の高い王立学校の制服へ着替えた妹へ頼《たの》む。

「カレン、父さんと母さんをよろしく。大樹で会おう」

「……兄さん……や、やっぱり私達と一緒に！　もしくは、私もっ！」

「今、動けば多くの人を救える。見過ごすことは出来ないよ。ついて来るのも駄目《だめ》だよ。

僕が行こうとしているのは――戦場だ」

「っっっ！　兄さんは、そうやって、私を何時《いつ》も何時もっ!!」

「……父さんは足を怪我《けが》しているんだ。カレン、お願いだ」

「…………はい」

妹が叫びかけ、心配そうな母さんと脂汗《あぶらあせ》をかいている父さんを見て、止まる。

僕はリディヤが置いて行った王宮魔法士の杖《つえ》にかかっている布を外す。

先端《せんたん》に結び付けられている紅《あか》と蒼《あお》のリボンが朝の光を吸い、輝《かがや》く。

「アレン！」

背中に母さんの心配でたまらないという声。僕は手を挙げ、戦場へと向かった。

裏路地を植物魔法も活用しつつ、ひたすらに駆ける。

東都が……『森の都』が燃えていた。

旧市街のあちこちから黒煙《こくえん》が立ち上り、何かが焼ける悪臭《あくしゅう》。けたたましい半鐘《はんしょう》の音。

小鳥達の情報が次々と届く。襲撃《しゅうげき》を受けているのは、新旧獣人街のみ。

人族の街は沈黙《ちんもく》しているが、東都駅の大時計塔《とう》が鳴り続けている。

近衛騎士《このえきし》団と獣人族の自警団主力は奇襲《きしゅう》を免《まぬか》れ、一部の自警団は大樹前の大広場に急造陣地《じんち》を構築中。指揮しているのは——シマさんか。頼《たよ》りになるお姉さんだ。

リチャード達、近衛とロロさん率いる自警団主力は旧市街の住民達を救出中。新市街も自警団分団が住民を東連絡橋《れんらくきょう》に誘導《ゆうどう》している。スイからは『任せろ！』との連絡あり。

各族長達からの返信は無し。情報の取捨選択《せんたく》に手間取っているのか？　反面、ダグさんやデグさんといった前族長や前副族長達の返信は早い。獺《かわうそ》族を中心にしたゴンドラ、小《こ》舟《ぶね》乗り達は水路を活用し住民達を避難《ひなん》させる、とのこと。植物を伝い、建物の屋根へ。

大樹からは大音量と共に引っ切り無しに信号弾《だん》が上がっている。

色は——漆黒《しっこく》。

『敵襲。直ちに大樹へ避難せよ！　子供、女、老人を見捨てるな!!』

獣人学校で信号弾については習ったけど……実際に見ることになるなんて。

旧市街の大通り中程《ほど》が見えてきた。

既《すで》に数十名の近衛騎士団が大楯《おおたて》で壁《かべ》を作り、百前後の叛乱軍《はんらん》とやり合っている。壁の後ろには避難している数百名の獣人達の姿。怪我人多数。子供達まで……見境なしかっ。

「リチャード！」

「！　アレン！　オルグレンの謀反《むほん》だ‼　ジェラルドとの繋がりを示す書簡が」

「話は後です！」

叫び合いつつ僕は屋根から跳《と》び、後方より叛乱軍部隊を強襲。

軍旗からして――オルグレン配下、ゲクラン伯爵《はくしやく》部隊の先遣《せんけん》隊！

杖を振り地面より氷の蔦《つた》を走らせ数十名を拘束。混乱を惹起《じやつき》させる。

最後方で馬に乗っている太った騎士が慌てた様子で、指揮棒で僕を指し示した。

「何をしているっ！　相手は一人」

兵士達を飛《ちようやく》び越《こ》え伯爵の顔面に雷《かみなり》属性初級魔法『雷神弾《らいじんだん》』を叩《たた》き込み、落馬させる。

再度、跳躍《ちようやく》しながら今度は水属性初級魔法『水神波《すいじんは》』を敵陣中央で複数発生させ、上空で発動。兵士達を水浸《みずびた》しに。そして風魔法で自らを空中制御《せいぎよ》。

近衛騎士団の最前列へ降り立ち石突《いしづき》をつく。

雷属性初級魔法『雷神波《らいじんは》』が地面を走り。敵陣全体に炸裂《さくれつ》。ばたばた、と叛乱軍の兵士達が倒《たお》れ、呻《うめ》き声があがる。残ったのは避《さ》けた馬だけ。リチャードに話しかける。

「では質問を」

「……あのねぇ。いや、君はリディヤの相方。この程度、窮地《きゅうち》にすらならないよね」

近衛騎士団副長様は勝手に納得《なっとく》している。周囲の騎士さん達も同様。

僕は肩《かた》を竦《すく》め――赤髪の近衛副長へ頭を深く下げる。

「すいません……近衛騎士団には無理をしてもらうことになってしまいそうです」

「僕達の方こそ急報がなかったら奇襲を受けていた。お陰で戦闘不能者は大樹へ後送出来たよ。部下達の命を救ってくれて、真《まこと》に有難《ありがと》う。また、君に借りが出来たね」

「？　また、ですか。……書簡とは？」

「昨晩遅《おそ》くに突然《とつぜん》、何者からか投げ込まれた。グラント・オルグレンとジェラルドとのやり取りが書かれた物だ。……アレン、この叛乱」

僕は首肯《しゅこう》。

「オルグレン公爵家《こうしゃくけ》だけじゃありません。王国東方の主だった貴族守旧派が立ったと考えるべきです。今頃《いまごろ》はきっと王都も。聖霊《せいれい》教の暗部も入り込んでいます。僕も襲われました」

周囲の近衛騎士達がざわつく。王国内で宗教組織が俗世《ぞくせ》に関わることは極《きわ》めて稀《まれ》だ。

――小鳥が数羽帰ってきた。僕は顔を顰《しか》める。

この状況下で『オルグレンとの対話を模索《もさく》』だって？　族長達は何を考えて……。

意識を切《か》り替え、赤髪の近衛副長に話しかける。

「リチャード、遅滞戦闘《ちたいせんとう》をしつつ大樹前の大広場へ退《ひ》きましょう。旧市街において軍勢の戦列を構築出来る幅《はば》があるのは大通りのみ。他は自警団に任せるしかありません。住民達も、非常時は大通りから大樹を目指す手筈になっています」

「了解《りょうかい》だ。皆《みな》、知っているとは思うが改めて紹介《しょうかい》する。アレンだ。彼の言葉を聞かなかった場合、死んでも文句は言えない。肝《きも》に銘《めい》じるように！」

『はっ!!!』

近衛騎士達が一斉《いっせい》に胸甲《きょうこう》を叩く。僕は思わず頰《ほお》を掻《か》き、照れ隠しに指示を出す。

「では、皆さん、手始めにまずは陣地を構築しましょう。この戦い……長期戦になります」

＊

剣《けん》の一撃を杖で受け、突《つ》き出された槍《やり》も身体を捻《ひね》り躱《かわ》しつつ、雷魔法《かみなりまほう》を乗せた蹴《け》りを相手の騎士の腹へ叩き込む。

「がっ！」

髭面《ひげづら》の顔が苦痛に歪《ゆが》み膝《ひざ》をつく。僕はその顔を足場にし跳躍。家屋の屋根へ着地。

直後、無数の攻撃《こうげき》魔法が殺到《さっとう》。屋根の部材が砕《くだ》かれる中を駆《か》け、敵戦列の最後衛にいる

魔法士達を光属性初級魔法『光神矢《こうじんや》』で連続狙撃《そげき》。悲鳴。

「こ、こいつ」「後衛ばかり狙《ねら》いやがって！」「人族が獣《けもの》を守るなっ！」。前衛を形成している騎士達が僕へ悪態を吐《つ》く。旗印からして、オルグレン公爵家が幕下の一角、レドロ子爵家の軍だ。兵力は先程よりも多く二百名前後。これで相手にするのは三隊目。

小鳥の偵察《ていさつ》情報も合わせて鑑《かんが》みるに——主力は温存。中小貴族達を矢面《やおもて》に立たせている。

僕は屋根の上を味方陣地の方に向かって後退、ほくそ笑《え》む。

——典型的な戦力の逐次《ちくじ》投入。

大兵力で蹂躙《じゅうりん》されたら終わりだった。オルグレン公爵家らしからぬ戦術だ。

上機嫌《じょうきげん》になりつつ杖を回転。『氷神鏡《ひょうじんきょう》』を八連発動。叛乱軍の攻撃魔法を乱反射させながら跳《は》ね返すと騎士と魔法士達が防御《ぼうぎょ》にかかり切りになる。僕は赤髪《あかがみ》近衛副長を呼ぶ。

「リチャード！」

「近衛騎士団、前へ！」

『応っ‼』

陣地に籠《こも》っていた近衛騎士達が赤髪近衛副長を先頭に飛び出し、一糸乱れぬ突撃を敢行《かんこう》。

あっという間に叛乱軍は戦列を崩《くず》されていく。

屋根の上から近衛騎士団の暴れっぷりを眺《なが》めつつ、小鳥達の報告を確認《かくにん》。

……良い話はなし。

族長達は未《いま》だ大混乱中。信号弾を上げたのも、大広場にいる自警団の独断だったらしい。旧市街、新市街共、住民の避難を進めているものの……時間が必要。しかも、

「『大樹防衛の為《ため》に自警団を大広場へ退かせる』『オルグレン公爵家へ、『古き誓約《せいやく》』に基《もと》づき交渉《こうしょう》を要求する』だって？」

心が重くなる。近衛騎士団単独では細かな路地に叛乱軍が入り込んだ場合、対応しきれない。まして、この状況《じょうきょう》において『古き誓約』を持ち出しての交渉なんて……埒外《らちがい》過ぎる。

通りでは近衛騎士団が勝鬨《かちどき》をあげている。僕は小さく呟《つぶや》く。

「前方には分別すらない叛乱軍。後方には現実を見ることを拒絶《きょぜつ》する族長達、か。リディヤ……今日程、君がいてくれなくて心細い、と思ったことはないよ」

レドロ子爵軍を敗走させた僕達は第一陣地に多数の罠《わな》を配置し放棄《ほうき》。連絡橋により近い位置に構築させた第二陣地への後退を決定。都度、罠を仕込んでいく。

リチャードと共に部隊の殿《しんがり》を務めていると、後方から大声がした。

「自警団団長を務めている豹《ひょう》族のロロだ！　アレンがいると聞いている！　何処《どこ》か‼」

赤髪近衛副長と僕は視線を合わせる。通りに敵軍の姿は見えない。小鳥の偵察情報によ

ると敗走した部隊が待機していた別部隊へなだれ込み、陣形に乱れがあるようだ。

周囲の近衛騎士《このえきし》達が胸甲を叩く。

「リチャード、アレン様、行ってください」「殿は俺達が！」「部隊の殿……騎士の華《はな》だな！」「……大概《たいがい》、死」『この男を黙《だま》らせろっ!!』。赤髪公子殿下《でんか》が笑う。

「仕方ないな。――僕とアレンは少し外す。任せた」

『応っ!!!』

僕達は殿を近衛騎士達へ任せ、通りを進む。家々から持ち出されたテーブルや椅子《いす》で構築された第二陣地では、軽鎧《けいがい》を身に着け戦斧《せんぷ》を持ったロロさんがリチャードの副官役――確か、ベルトラン様と難しい顔で会話中。僕は手を大きく振《ふ》る。

「ロロさん！」

「アレンっ！」

良く通る大声。周囲にいる数名の獣人《じゅうじん》達も僕へと手をあげたので、振り返す。近づき、本業建築士の団長さんに挨拶《あいさつ》。

「御無事《ごぶじ》で何よりです」

「お前の連絡のお陰《かげ》だ。……族長達の命は聞いたな」

「ええ。ロロさん、こちらはリチャード・リンスター公子殿下です。近衛騎士団副長を務めておられます」

「獣人族の自警団団長を務めている豹族のロロだ。……敬語でないとまずいか？」

「ここは戦場。遠慮《えんりょ》は無用に。リチャードです。大事な話があるのでしょう？」

「……助かる。各通りと路地に団員を張り付けさせている。浸透《しんとう》されることはない筈《はず》だ」

僕とリチャードは無言で同意を示す。ベルトラン様に目配せすると熟練の騎士は頷《うなず》いてくれた。

僕達は近くの家の中へ。玄関《げんかん》に入るなり、僕は対盗聴《とうちょう》用魔法を展開。

「ロロさん、リチャード、話しても大丈夫《だいじょうぶ》です。自警団への撤退《てったい》命令の件ですね？」

「……そうだっ。我等にさっさと退け、と矢のような催促《さいそく》が来ている」

「住民の大樹接収は終わっていないようですが？」

リチャードが発した疑問に、屈強《くっきょう》なロロさんの表情が歪む。

「……旧市街も新市街も終わっていないっ！　族長達は大樹の会議室に籠り切りで、協議、協議だっ！　御魂送《みたまおく》り明けで、全員が揃《そろ》っているのに碌《ろく》な命令はしてこないっ！」

……族長達が混乱を増幅《ぞうふく》させているなんて。息を吐き、ロロさんへ告げる。

「自警団は住民の皆さんを守りながら、命令通り大広場へ退いてください。リチャード、近衛からも人を出せますか？　そうすれば安心感が増して、多少、早くなる筈です」

「なっ⁉」「道理だね」

「アレン!!!　……お前、まさか、死ぬ気」

「じゃないですよ。ここは僕の死に場所じゃありません」

ロロさんが両肩《りょうかた》を摑《つか》み、激高しかけたのを制す。

「僕は可愛《かわい》い教え子四人と人見知りで眼鏡をかけている番頭さん、僕には厳しい腐《くさ》れ縁《えん》と王都で再会する約束をしているんですよ。妹とも約束をしています。『大樹で会おう』と。だから――僕は死ねないんです」

「…………分かった。リチャード・リンスター公子殿下」

ロロさんは背筋を伸《の》ばし、直角になるまで頭を深々と下げた。

「この場で初めて会った貴方《あなた》に不躾《ぶしつけ》な願いだとは分かっているが……アレンをどうか、どうか、どうかお頼《たの》み申します。この男は……狼《おおかみ》族の……否《いな》！　獣人族の未来をも変えてくれる男なのです。このような……このような、馬鹿《ばか》げた………」

その後は続かず、ただ玄関の地面に大粒《おおつぶ》の涙《なみだ》が染《し》みを作っていく。ロロさんの身体《からだ》は大きく震《ふる》えている。胸甲を叩く音。

「ロロ殿《どの》、万事《ばんじ》お任せを！　リチャード・リンスターの名に懸《か》けて、アレンは絶対に死なせません」

「リチャード殿っ……」

自警団団長は顔を上げ、再度、赤髪近衛副長へ深々と頭を下げる。

顔を上げ、肩にロロさんの手が置かれた。痛い位に握《にぎ》りしめられる。

「……アレン。死ぬな！　住民を避難《ひなん》させたらすぐに戻《もど》る。必ず戻る!!」

瞳《ひとみ》を真っ赤にした豹族の建築士さんへ返す。

「ありがとうございます。大丈夫ですよ。何とかします」

小鳥が玄関から入って来た。休憩《きゅうけい》の時間は終わりらしい。

二人で頷き合うと外へ。ロロさんはすぐさま、団員達の元へと走っていった。

僕はリチャードを難詰《なんきつ》。

「……どうして、あんなことを言ったんですか？『アレンは死なせない』だなんて」

「だって、ああ、言わないと納得してくれないだろう？——本心だしね。さ、僕等も行こう。仕事の時間だ」

赤髪公子殿下が外へ。釈然《しゃくぜん》としないものを感じつつも、僕はその後を追った。

「副長！　アレン様！」

第二陣地《じんち》に戻るとベルトラン様が飛んできた。リチャードが指示を出す。

「ベルトラン、若い連中で一個分隊を抽出《ちゅうしゅつ》してくれ。自警団と一緒《いっしょ》に大樹へ退かせる」

「はっ！　既《すで》に選抜《せんばつ》しています。ですが、皆《みな》ごねています。特にライアンが……」

「ったくっ！　アレン、少し話をしてくるよ」

近衛副長は若い騎士達へと歩き出す。すると熟練の騎士が話しかけてきた。

「アレン様は退かれないのですか？」

「アレンでいいですよ、ベルトラン様。誰《だれ》かが残らないといけませんしね」

「私こそ、ベルトラン、と。貴方様が残らなくても良いのでは？」

片目を瞑《つぶ》り、返答。

「ここだけの話に。『友人に見捨てられても、自分から友人を見捨てるな』。昔、父にそう教わりました。そして、僕はリチャード・リンスター公子殿下を、社会的地位の違《ちが》いこそあれ——友人だと思っています。こんな馬鹿げた戦場で喪《うしな》えやしません」

「⁉　こ、このような戦場で、貴方様はリチャードのことを……！」

絶句する壮年《そうねん》の騎士にメモ紙を手渡《てわた》す。大通りに構築する予備陣地の地点だ。

「ベルトラン、構築準備をお願いします」

「……はっ！」

熟練騎士は僕に見事な敬礼。駆けだし、騎士達を集め動き始めた。

前方の通りでは叛乱軍《はんらんぐん》の軍旗がはためき、集結中。伯爵家《はくしゃくけ》本隊以上の投入が始まったか。

本番はここからだ。ロロさんの言葉を思い出す。

『死ぬな』か。

自然と笑ってしまう。止められない。

ロロさん、無理がありますよ。絶望はしません。けど、ここを乗り越《こ》えてもきっと。

それでも……杖《つえ》を真横に振り、前方にはためく無数の軍旗を『風神波《ふうじんは》』で薙《な》ぎ倒《たお》す。

――友人を、家族を、子供達を逃《のが》す為ならば、命を賭《と》しましょう。

僕へ向け、無数の石壁《いしかべ》と大盾《おおたて》の合間から叛乱軍の剣《けん》や槍《やり》が突《つ》き出される。一介《いっかい》の家庭教師相手に御大層《ごたいそう》なことで。何故《なぜ》か周囲の近衛騎士達からも、畏怖《いふ》の視線。虚仮《こけ》脅《おど》しですよ？

リチャードが疲《つか》れた表情で戻ってきた。

「アレン、今のもリディヤ仕込みかい？　若い連中はどうにか行かせた」

「お疲れ様です。ベルトラン様に予備陣地構築をお願いしました。あと、世間一般《いっぱん》では、貴方も僕も十分若い部類なのでは？」

「ああ確かにね。――おや？　そろそろかな？　策はあるかい？」

前方の戦列からは強い戦意。今までの相手とは明らかに格が違う。

近衛副長の問いかけに僕は首を振る。

「何も。住民の避難が終わるまで、ただただ、勇戦あるのみです」

「それは豪気《ごうき》だ！　胸が高鳴るねッ！　武勲《ぶくん》の稼《かせ》ぎ時ってやつだ」

「張り切っていきましょう。――最悪の場合、僕が残ります。貴方は退いてください」

後半部分を小声にして提案。近衛副長は前方の叛乱軍を眺《なが》めながら沈黙《ちんもく》。懐《ふところ》から煙草《たばこ》を取り出すと、惚《ほ》れ惚《ぼ》れする動作で火を点《つ》け、紫煙《しえん》を吸い込み、吐《は》き出す。一瞬《いっしゅん》の静寂《せいじゃく》。

煙草を炎《ほのお》で消し炭にすると、リチャード・リンスターは僕を見ずに大声をあげた。

「嫌《いや》だね。絶対に嫌だ。そんなのは聞けないね。やなこったっっ！」

「……貴方は次期リンスター公爵。こんな所で命を賭す必要はない」

リチャードは公爵家の象徴《しょうちょう》である、極致魔法《きょくちまほう》『火焔鳥《かえんちょう》』も秘伝『紅剣《くけん》』も使えない。けれど『近衛騎士団を立て直した』という実績がある。何《いず》れは公爵を継《つ》ぐべき人なのだ。

近衛副長が少し怒《おこ》った顔を僕へ向けた。

「アレン、リンスターの家訓に『友を見捨てて武勲を得る』なんてものは存在しないんだよ。だいたい、僕は君に大恩がある」

「恩、ですか？」

号令と共に敵戦列が前進を開始。リチャードが剣を抜《ぬ》き放ち、魔法を紡《つむ》ぎ始める。

「君は部下の命を救ってくれた。そして、君は僕の妹を――リディヤをも救ってくれた。誰もが諦《あきら》めかけていたあの子の闇《やみ》を取り払《はら》い、光になってくれた。妹の命を救ってくれたんだっ！　あの子の兄として恩は返すさ。育ちがいいんでね――近衛騎士団、出るぞっ！弱者を逃《に》がす為《ため》、この身を盾にして時間を稼ぐ！　正しく騎士の為《な》すべきことじゃないか。総員、僕達が騎士になった理由を思い出せっ‼」

『応っっっっ！！！！！！！！！』

近衛副長の檄《げき》に騎士達も剣と長槍《ちょうそう》、大楯を構え呼応。……困った公子殿下だ。

――『友』か。僕はリチャードと並ぶ。

「仕方ない人ですね。お互《たが》いこんな所では死ねない、ということで」

「了解《りょうかい》、だよっ！」

リチャードが騎士剣《けん》の切っ先から炎属性上級魔法『灼熱《しゃくねつ》大火球』を発動。

敵戦列が止まり、長杖《ちょうじょう》が突き出され次々と耐炎《たいえん》結界を形成――崩壊《ほうかい》。

『！？！！』

戦列後方にいる敵魔法士が混乱。数百、数千の暴力には勝てなくても、数十人相手なら魔法介入《かいにゅう》は有効だ。そのまま大火球が敵戦列の騎士達を吹《ふ》き飛ばし、大穴を穿《うが》つ。

「今だ！　近衛《このえ》騎士団、突撃《とつげき》せよっ‼」『応っ！　応っっ‼　応っっっ‼』

リチャードの号令で一斉《いっせい》に近衛騎士達が陣地を離《はな》れ、突撃を開始。

——ここでは勝つ。

だが敵は圧倒《あっとう》的大勢。何れは数で圧倒されてしまうだろう。……それでも、

「守ってみせるさ。こんな所じゃ死ねないんだ！」

決意を呟《つぶや》き、僕は走り出した。

＊

『アレン！　聞こえるか⁉　旧市街の全住民は橋を渡《わた》り終えた！　お前達も急ぎ撤退してくれ‼　援護《えんご》が必要ならば——この場にいる自警団全員で助けに行くっ‼』

待望の連絡《れんらく》が耳朶《じだ》を打ったのは、主力投入を開始した叛乱軍攻勢《こうせい》第四波を粉砕《ふんさい》し、一息入れている時だった。既に橋前の最終陣地へと撤退済み。

有《あ》り体《てい》に言って——全員ボロボロ。

奇跡《きせき》的に死者は零《ゼロ》なものの、重傷者と魔力が切れた騎士達は無理矢理、大広場へと後退させた。その際、皆一様に『まだやれますっ！』と叫《さけ》んだ。近衛騎士団、とんでもない。

僕は右腕《みぎうで》に続き左腕にも包帯を巻きながら、通信宝珠《ほうじゅ》へ返答。

「ロロさん、待ちかねました。新市街の方は？」

『新市街はまだだ。ほぼ渡ったと思うんだが……』

「了解です。援護は不要です。大広場の陣地構築を。あそこはご存《ぞん》じの通り材質的にまず落とせません。僕等が退いた後、西の連絡橋は族長の命令がなくても落とします」

『分かった。待っている』

通信が終わり、僕は白鎧《はくがい》を自らの血で汚《よご》した赤髪《あかがみ》近衛副長へ話しかける。

「リチャード、旧市街の獣人《じゅうじん》全住民、退避《たいひ》、完了《かんりょう》したようです。退きましょう」

「……いや、アレン。それは無理みたいだ」

「何を──……そういうことですか」

僕は叛乱軍の戦列後方にひるがえった二本の軍旗。

一本は王国四大公爵、オルグレン公爵家のそれ。遂《つい》に主力中の主力が投入されたか。

だが、問題は並んでいる軍旗に象《かたど》られているものだろう。

『鎖《くさり》の巻かれた小さき杯《さかずき》に短剣』の紋章《もんしょう》。四方に十字。

リチャードの隣《となり》に立ち、額に包帯を巻いているベルトラン様が軍旗を見て呻《うめ》く。

「と、東方の、聖霊騎士《せいれいきし》団が、何故、何故、東都に……」

僕はその言葉を受け、吐き捨てる。

「オルグレン公爵家が招き入れたんですよ。オルグレンは……王国を売りましたっ！」

『！！！！！』

一騎当千の近衛《このえ》騎士達が衝撃《しょうげき》に立ち竦《すく》む。

王国四大公爵家は建国以来、幾多《いくた》の敵から王国を守護してきた。

その公爵家が他国の軍を招き入れる――天地がひっくり返ってもない、と思っていたことが起きたのだ。衝撃を受けない方がおかしい。この期《ご》に及《およ》んで一連の動きが全《すべ》て繋《つな》がる。
・ジェラルドの一件では終始、非協力的だったオルグレン公爵家。
・『光盾《こうじゅん》』はともかくとして『蘇生《そせい》』の乱造品と『炎麟《えんりん》』の存在。
・王家と三公爵家の詰問勧告《きつもんかんこく》を、唯々諾々《いいだくだく》と受けたグラント公子。
・フェリシアからの手紙にあった『軍需《ぐんじゅ》物資』関連の異常な動き。
・北方の帝国《ていこく》、南方の侯国《こうこく》連合の国境付近での大規模演習の実施《じっし》。
・『剣姫《けんき》の頭脳』と名指しし、僕を襲撃《しゅうげき》した聖霊教暗部異端審問官《いたんしんもんかん》。

・容赦《ようしゃ》なく無防備な獣人達を襲《おそ》い、躊躇《ためら》わなかった叛乱軍の行動。
ギルが見舞《みま》いに来なかったのもそれに付随《ふずい》して……馬鹿《ばか》過ぎるな、僕は。

深呼吸をし、騎士剣を握《にぎ》りしめている赤髪近衛副長へ話しかける。

「──……リチャード」

「……アレン、僕はこれでもね、自分の姓《せい》に誇《ほこ》りを持っていたんだ。『王国を守護せしは公爵家の責務である』。父や祖父に何度言われたことかっ！　それを、それを、それをっ!!」

剣を握る手に力が入り過ぎて、血が滲《にじ》んでいる。

リチャード・リンスター公子殿下《でんか》は、真に公爵家を継ぐに足る人物だ。

整然と敵戦列が割れ、総白髪《そうしらが》の偉丈夫《いじょうふ》が一人進んできた。

年齢《ねんれい》はもう老年と言っていいだろうに足取りは堂々としている。右手には片刃《かたば》の槍。身体《からだ》には重厚な騎士鎧《よろい》を纏《まと》っている。

広場の半ばまでやって来たその偉丈夫は獅子《しし》吼《く》した。

「我が名はヘイグ・ヘイデン。オルグレン公爵が臣である！　指揮官と話がしたい!!」

僕はリチャードと目配せ。声を張り上げる。

「天下の大騎士様に申し訳ありませんが、断固、御断《おことわ》りします！　貴方《あなた》方は売国奴《ばいこくど》であり、わざわざ御霊《みたま》送《おく》りの翌日に、無防備な獣人達へ剣を向けた卑怯《ひきょう》者だ。そんな騎士崩《くず》れと話す言葉は持っていない！」

『っ！！！』

後方にいる騎士達が激し、武具が音を立てる。

全員、共通の片刃の長槍にオルグレンの紋章が象られた大楯。

――『紫備《むらさきぞな》え』と並《なら》び称《しょう》される、オルグレン公爵家親衛騎士団。

老騎士は僕の発言を聞き、目を細めた。

「………………若き魔法士殿《どの》。我等の軍が臣民を襲った……とは？」

「知らなかったとは言わせません。無防備な人々に、剣を、槍を突き付け、魔法を放ってきたのはオルグレン幕下の貴族とその兵達だった！」

「…………そのような、そのようなこと、知らぬっ！」

肺腑《はいふ》から吐き出されたような苦渋《くじゅう》の言葉。……まさか、本当に？

呆気《あっけ》に取られていると、割れた戦列からもう一人の騎士がやって来た。

四角い兜《かぶと》で顔は見えず、重鎧の中央に象られているのは『鎖の巻かれた小さき杯に短剣』。

聖霊騎士。右手の巨大《きょだい》な大剣を肩《かた》に乗せている。嘲《あざけ》り笑うかのような指摘《してき》。

「ヘイデン殿、このような問答に意味はない。我等が果たすべき任務は大樹の奪取《だっしゅ》だ」

「……ゴーシェ殿、口を出さないでいただきたい」

「獣の一匹《ぴき》や二匹、死んだところで問題はない。これから数百、数千と死ぬことに、っ⁉」

我慢《がまん》の限度。怒《いか》りが沸点《ふってん》に達した僕は陣地《じんち》を飛びだし、全力で魔法を発動。

土属性初級魔法『土神沼《どじんしょう》』でゴーシェと呼ばれた聖霊騎士の足下《あしもと》を沼《ぬま》に変え拘束《こうそく》。

鎧の隙間《すきま》を狙《ねら》い、炎属性中級魔法『炎神槍《えんじんそう》』と氷属性中級魔法『氷神槍《ひょうじんそう》』を打ち込み、杖《つえ》の先端《せんたん》へ雷の穂先《ほさき》を形成。間合いを詰《つ》め、跳躍《ちょうやく》。

魔法の着弾《ちゃくだん》と同時に一回転しながら長杖を振《ふ》り下ろし――中級魔法を見もせず消失させた聖霊騎士の左手に止められる。

「……『獣擬《けものもど》き』があぁぁ！！！」

「っっっ‼」

陣地へ叩《たた》きつけられそうになったのを、どうにか浮遊《ふゆう》魔法で受け緩和《かんわ》。

あの男の纏っている鎧、耐魔性能が高い。僕が使える魔法じゃ貫通《かんつう》は至難。

僕は立ち上がり杖を構え、老騎士へ冷たく告げる。

「……貴方は守るべき者に剣《けん》を向けた。今更《いまさら》、何を言っても遅《おそ》い！」

「………確認《かくにん》すべきことがある。ゴーシェ殿、ここは退《ひ》かれよ」

「断る！　大樹の奪取が我が任！　聖霊が、聖女様がそれを望んでおられる!!」

「確認が先だ！」

老騎士と聖霊騎士とが睨《にら》みあう。

ここでも、聖女、か。頭の中にメモしつつ、打開策を必死に考える。

目の前の聖霊騎士一人ならともかく、聖霊騎士団や親衛騎士団を今、相手にするのはまずい。数で圧倒されてしまう。……僕は本当に度し難《がた》いな。

自分の浅はかさを罵倒《ばとう》していると、リチャードが陣地から出てきた。狼狽《うろた》え、叫ぶ。

「リ、リチャード、何してるんですか!?」

「いやね、怒《おこ》るアレン、っていう世にも珍《めずら》しいものを見れたせいか、身体が軽いんだよ。もう一暴れくらい出来そうさ。リディヤとリィネ、母上とアンナに良い土産《みやげ》話が出来た」

リチャードが未《いま》だ睨み合っている老騎士と聖霊騎士へ叩きつけるように叫ぶ。

「ここは戦場！　語るなら剣で語れっ！」

「ぬう……」

「ふ……無《む》信仰《しんこう》の徒にしては良き心がけだ。この私、聖霊騎士団第四部隊長ゴア・ゴーシエが貴様等の相手をしてやろう。——手出し無用！」

『諾《だく》』

ゴーシェが振り返り聖霊騎士団へ向け怒鳴《どな》ると、一斉に返答。

「貴殿《きでん》等はどうぞお退きください。我等はこの者共を蹴散《けち》らし、大樹を奪取しましょう」

恐《おそ》ろしく規律が整っている。厄介《やっかい》な。聖霊騎士は老騎士をねめつける。

「……貴殿に出来るとは思わんがな」

「ふんっ！」

老騎士の台詞《せりふ》にゴーシェは、肩に大剣を置き鼻白む。

立ち去るヘイデンと一瞬《いっしゅん》、視線が交錯《こうさく》――そこにあったのは、強い強い悔恨《かいこん》？

親衛騎士団が老騎士と一緒《いっしょ》に退いていくのを確認した聖霊騎士は、いきなり大剣を地面へ振り下ろした。派手な土煙《つちけむり》が巻き起こり挑発《ちょうはつ》が降って来る。

「さぁ！　かかってくるがいいっ!!　無信仰の徒と獣擬きめっ!!!」

「いやまぁ」「動くよね」

僕とリチャードは何の打ち合わせもなく、土煙の中を左右別方向から疾走《しっそう》。

『闇神糸《あんじんし》』で左腕を縛《しば》り上げ、足下に『氷神棘《ひょうじんきょく》』を発動。

「ひ、卑怯な！」

ゴーシェが叫び、どちらの魔法《まほう》も少し遅《おく》れて鎧からの干渉《かんしょう》、消失。

それでも一瞬、拘束出来たことで隙《すき》だらけ。長杖の穂先に炎《ほのお》を纏わせ、肩から腰《こし》まで鎧の隙間を狙い連続突《づ》き。「うぐっ！」聖霊騎士が呻く。手応《てごた》えあり！

右からはリチャードも剣を瞬《また》かせ、圧倒的な剣技を披露《ひろう》。僕と同じで鎧の隙間に刃《やいば》を通しているが、鋭《するど》さがまるで違《ちが》う。これだから、リンスターはっ！

近衛《このえ》副長が剣の切っ先に『灼熱《しやくねつ》大火球』を発動。

「喰《く》らえ！」

「ぬぅぅ!!」

至近距離《きより》で大火球を叩きつけられたゴーシェは大剣で受け止めつつ、後退。

鎧の紋章が光り輝《かがや》いている。あれが魔法障壁《しようへき》を発生させている、と。謎《なぞ》の一つは解けた。

もう一つの謎——どうして、ゴーシェは相当な傷を受けても平気なんだ？

僕は隣で剣を構える赤髪の近衛副長に問う。

「リチャード、手応えは？」

「ばっちり、だよ。立っていられる筈《はず》ないんだけどね」

「むぅぅうん！！！」

潰《つぶ》れる音と共に、大火球が消失。聖霊騎士が僕達へ大剣を突き付ける。

「奇襲《きしゆう》とは卑怯なり！　恥《はじ》を知れっ!!」

「正に奇襲攻撃《こうげき》をしている貴方方に言われても」「痛くも痒《かゆ》くもないね」

「ふんっ！　我等のこれは聖戦。貴様等、無信仰の徒には未来永劫《みらいえいごう》理解出来まいぃぃ!!」

「――！」

ゴーシェは大剣を両手で掲《かか》げ――直後、まるでバリスタの弾《たま》のように飛翔《ひしょう》。足下から鎖《くさり》!?　僕とリチャードは全力で魔法障壁を展開、近衛騎士達も攻撃魔法を速射。

「ふはははは‼︎‼︎　無駄《むだ》だぁぁぁ‼︎‼︎」

魔法障壁が干渉を受け薄《うす》くなり、攻撃魔法も弾《はじ》かれる。

魔力を大きく使ってしまうが、ここは氷魔法を地面から――勝ち誇る聖騎士。

「獣擬きがぁぁ‼︎‼︎　聖霊の、聖女様の為《ため》、貴様はここで捕」

「――……誰《だれ》が獣擬きですか？　私の兄さんを侮辱《ぶじょく》するなっ‼︎‼︎」

走ったのは字義通りの閃光《せんこう》。

遅れて雷鳴《らいめい》が轟《とどろ》き、土煙が舞《ま》い上がり、近くにあった街灯が衝撃で破損する。

上空遥《はる》かから降り注ぎ、空を切り裂《さ》いた雷《かみなり》属性上級魔法『雷帝乱舞《らいていらんぶ》』は、僕やリチャードの攻撃が通じなかったゴーシェを完璧《かんぺき》に捉《とら》え地面へ叩きつけた。突風《とっぷう》が吹き荒《あ》れ、鎖を引き千切り、消えていく。僕とリチャードは陣地前まで後退。振り返らず礼を言う。

「ありがとう、カレン。……でも、来ちゃったか」

「御見事！　カレン嬢《じょう》、近衛騎士《きし》に興味はないかい？」

「近衛騎士に興味はありません。……兄さん」

僕等を間一髪《かんいっぱつ》で救ってくれたのは、大樹へ避難《ひなん》した筈のカレンだった。声色《こわいろ》が冷たい。

あっという間に僕の前へやって来た妹は、獣耳と尻尾《しっぽ》を逆立てている。

「無理無茶しましたね？　自分だけでっ!!」

「いや……その、ね？　が、頑張《がんば》ったと思うんだけど……」

「そんなことは聞いていませんっ！　もうっ!!」

カレンは僕へ無数の治癒《ちゆ》魔法をかけ始めた。身体の痛みが引いていく。

隣《となり》のリチャードや近衛騎士達にも治癒魔法が降り注ぐ。近衛副長が感嘆《かんたん》。

「へぇ……いや、やっぱり近衛に来てほしいね！」

「中級の治癒魔法をこの人数に……」「天才の妹もまた天才か」「とんでもないな」。歴戦の近衛騎士達も賛辞。兄としては嬉《うれ》しい。嬉しいのだけれども……。

「も、もう大丈夫《だいじょうぶ》だよ？　傷は癒《い》えて」

「ダ　メ　で　す」

余程《よほど》怒っているらしい。仕方ないから好きなようにさせて――禍々《まがまが》しい魔力反応。

「カレン！」「きゃっ！」

咄嗟《とっさ》に妹を抱《だ》きかかえ、リチャード達を風魔法で地面に押し倒《たお》す。

さっきまで僕等の首があった位置を灰色の光線が通り過ぎていく。

射線上にあった広場の木材が悉《ことごと》く抉《えぐ》り取られ、灰に。

光線を放ったのは——鎧《よろい》を黒焦《くろこ》げにし、兜が外れ素顔《すがお》を見せたゴーシェ。唇《くちびる》は削《そ》げ落ち、鼻は潰れ、頭に髪《かみ》はなく焼《や》け爛《ただ》れたような跡《あと》。カレンの雷魔法で受けた傷ではない。

そして——顔の左半分は灰色の魔法式に覆《おお》われ、生き物であるかのように蠢《うごめ》いている。

「ジェラルドと同じ……聖霊《せいれい》騎士団は大魔法『蘇生《そせい》』を既《すで》に復元しているのか⁉」

ゴーシェの残った右目が僕を捉えた。濁《にご》った左目に魔力が集束していく。

「リチャード‼」「任せて、おくれよっ‼」

頼《たよ》りになる近衛副長はすぐさまゴーシェの前へ四重炎の魔法障壁を発動。

僕も立ち上がり、試製二属性探知阻《そ》害《がい》魔法『白蒼雪華《はくそうせっか》』を最大展開。魔力感知を妨害《ぼうがい》。

ジェラルドとやり合った際のことを思い出し、対応策を考える。

ゴーシェは『光盾《こうじゅん》』も『炎鱗《えんりん》』も持っていない。けれど、あの時はリディヤもティナもいた。大魔法『蘇生』を使う相手に僕とリチャードだけじゃ……襟《えり》を摑《つか》まれた。

「カレン？」

妹は僕を、じーっと見つめ、俯《うつむ》く。声をかけようとし——光線が何度も上空に放たれる。

幾発《いくはつ》かは大樹の枝を掠《かす》め、枝を粉砕《ふんさい》し葉を舞《ま》い散らさせる。遠距離でもあれ程の威力《いりょく》か。

僕はリチャードと視線を合わせ、頷《うなず》き合う。近衛副長が近衛騎士団に怒鳴る。

「現陣地は放棄《ほうき》！　お前達はカレン嬢を連れて大広場まで後退せよ!!　僕とアレンは、あの化け物を倒す。僕達の魔力反応が消えたら——以後の指揮は、ベルトラン、お前が執《と》れ！　ロロ殿《どの》は信頼《しんらい》出来る。よく連携《れんけい》を!!」

「リチャード！！！！」

先程までの激戦場においても冷静沈着《ちんちゃく》だった熟練騎士が、叫《さけ》ぶ。

リンスター公子殿下《でんか》が嘯《うそぶ》く。

「上官としての最低限の責務さ。『これは命令だ』なんて、言わせないでくれよ？」

「つぐ！　………撤収《てっしゅう》だ！　急げっ!!」

ベルトラン様は言葉をのみこみ、近衛騎士達に号令を下した。騎士達が退いていく。

僕は年上の友人へ片目を瞑《つぶ》り、俯いている妹へ向き直る。

「カレン、一生で一度のお願いだ。行っておくれ」

「………嫌《いや》です」

「カレン」

「嫌です！！！！」

僕は膝《ひざ》を曲げ、妹と視線を合わせようとするも、突然、カレンの右手が僕の襟を強く握《にぎ》り、引き寄せた。至近。瞳《ひとみ》には大粒《おおつぶ》の涙《なみだ》。

「兄さんは……兄さんは、何時《いつ》になったら私を見てくれるんですか？」

「？　僕はカレンを何時も見て」「見てませんっ！」

全力の否定。妹が言葉を叩《たた》きつけて来る。

「兄さんの中の私は小さい頃《ころ》のままですっ！　私は、私はっ!!　強く、強くなったんですっ!!!　もう、貴方《あなた》に助けてもらうだけの存在じゃないっ！！！！　私を、今の私をちゃんと見てください。私を、兄さんの、貴方の傍《そば》にいさせてくださいっ………」

「………カレン」

ぽろぽろ、と涙を零《こぼ》す妹。……僕は駄目《だめ》な兄だ。

近衛副長が退いて行く近衛騎士達へ叫んだ。

「さっきの話を訂正《ていせい》する。僕とアレンと――カレン嬢はあいつを倒す！」

「リチャード⁉」

「アレン、君の負けだよ。僕の経験則からして、敗北はとっとと認めた方がいい」

「ですが！　っ!!」

衝撃《しょうげき》と共に炎の四重障壁が打ち破られ、雪華が舞い散る。大剣《たいけん》を持ったゴーシェが咆哮《ほうこう》。

「無信仰者《しんこう》共がぁぁぁぁぁぁぁぁぁぁ！！！！！！」

ジェラルドと異なり、この段階になっても意識はあるようだ。『蘇生』の研究が進展している？　リチャードが一歩を踏《ふ》み出し、ニヤリ。騎士剣《きしけん》を横薙《よこな》ぎ。

「少しは止めるよ。さっさと話をするように！」

近衛副長はゴーシェへ炎《ほのお》属性上級魔法《まほう》『紅蓮炎槍《ぐれんえんそう》』を多重発動。

深紅《しんく》の炎槍《えんそう》が次々と半ば人間を止《や》めた聖霊騎士へ襲《おそ》い掛《か》かる。

「舐《な》めるなぁぁぁぁぁ！！！！！！」

ゴーシェが大剣と灰光を用いて迎撃《げいげき》、拮抗《きっこう》。周囲一帯に凄《すさ》まじい音と熱風が吹き荒れ、木製の広場が瞬く間に炎上《えんじょう》し始める。僕は腕《うで》の中の妹へと視線を落とす。

「カレン」

「……分かっています。これは我《わ》が儘《まま》です。でも、兄さんは私の兄さんなんですっ！　リディヤさんやティナやステラのじゃありませんっ！　だから……だから……！」

前方ではリチャードの弾幕《だんまく》をゴーシェが一歩一歩、前進。

妹を抱きしめ、語り掛ける。

「僕がここまで頑張ってこられたのは、カレンがいたからだよ？」

「……本当ですか？」

「本当だよ。僕がカレンを守らなきゃ！　って、ずっとずっと、思ってきた。でも――今からは、一緒《いっしょ》に進んで行こうか。……さっきの雷魔法凄《すご》かった」

「……えっ？　に、兄さん？？」

妹から離《はな》れ、杖《つえ》をくるりと回し、左手を伸《の》ばす。

「とっととあいつを片付けよう。力を貸してくれるかい？」

「！……は、はい！　はいっ!!　はいっ!!!」

カレンは獣耳と尻尾を大きくし、心底嬉しそうに揺《ゆ》らしながら僕の左手を両手で掴んだ。

――浅く魔力を繋《つな》げる。

妹が僕の手を離し『雷神化《らいじんか》』。短剣を放《ほう》り投げ十字の雷槍《らいそう》を形成。二人で頷き合う。

リチャードが魔法の発動を止め、僕等の傍まで後退。

「もう大丈夫かい？」

「ええ」「無問題です！」

「そっか。なら……選手交代だ。僕の火力じゃ倒しきれないようだからね」

近衛副長は少し悔《くや》しそうに呟《つぶや》いた。ゴーシェは炎を振《ふ》り払《はら》い、大剣を振りかざし絶叫《ぜっきょう》。

「無信仰の徒がぁぁぁ！！！！　聖霊が、聖女様が望んでおられるのだぁぁあ！！！！！　大人シク、大樹ヲ我、我等、我等ニィィィィ！！！！！！！」

途中《とちゅう》から言葉が覚束《おぼつか》なくなってゆき、大剣が零れ落ち地面に突《つ》き刺《さ》さった。

心臓から灰光が溢《あふ》れ始め、身体《からだ》が四足獣《じゅう》の異形と化し、鎧が砕《くだ》けていく。

聖霊教もしくは聖霊騎士団は『蘇生』の乱造品を量産することに成功。

けれども完璧《かんぺき》には程遠く、使った者には代償《だいしょう》が必須《ひっす》……か。

この状況下《じょうきょうか》になってなお後方の聖霊騎士団は動かず、むしろ──

「映像宝珠《ほうじゅ》を使っている？」

騎士達に守られた灰色ローブの魔法士達が宝珠で異形と化したゴーシェと僕を撮影《さつえい》している。……実験観察をするかのように。寒気。

長杖《ちょうじょう》を振り、魔法士達の宝珠を『光神矢《こうじんや》』で全《すべ》て狙《ねら》い撃《う》ち破壊《はかい》。

更《さら》にゴーシェと騎士団の間に巨大《きょだい》な氷壁《ひょうへき》を形成。『白蒼雪華《はくそうせっか》』を再発動。これだけの厚み。

そうそう壊《こわ》せはしない。

ゴーシェだった存在が絶叫。灰色だった光はどす黒く濁り始めている──濃《こ》い闇《やみ》の鳴動。

『オオオオオオオオ！！！！！　聖霊ト聖女様ノ御為《おんため》ニィィィィ！！！！！』

カレンは雷槍の穂先《ほさき》に『雷帝乱舞《らいていらんぶ》』を三つ準備中。けれど……大魔法を用いる相手に並の上級魔法が効くかどうか。二度の戦闘《せんとう》では極致《きょくち》魔法と秘伝の攻撃力《こうげき》が『光盾《こうじゅん》』『蘇生』の回復力を上回り、使い手はリディヤとティナ、という圧倒《あっとう》的な魔力の持ち主だった。

今回は僕とカレンのみ。妹の魔力量も常人とは比較《ひかく》にならない程多いものの、あの二人には負ける。しかも、後方には聖霊騎士団。力尽《ちからつ》きるのを待つような長期戦は不可能。

一撃で決着をつけるしかないか——カレンが僕を見つめる。頰《ほお》が赤く染まり、獣耳《けものみみ》と尻尾が緊張《きんちょう》。

「……兄さん。も、もっと、深く魔力を繋げれば、諸問題は解決するんじゃないでしょうか。つまり、具体的には——……こ、こうです！」

「!?」「わぉ」

——カレンは僕の額にキスをした。

魔力がより深く繋がり、妹の雷《かみなり》が更に活性化。

僕はニヤニヤしているリチャードを睨《にら》みつけながら、長杖の石突《いしづき》で地面を打つ。

試製氷属性上級魔法『八爪氷柱《はっそうつらら》』がゴーシェを上下から容赦《ようしゃ》なく貫《つらぬ》き、縫《ぬ》い留める。

既に痛覚すらないのか、聖霊騎士だった存在は悲鳴すらあげず左半身から幾本もの黒灰色の鎖《くさり》で作った『手』を伸ばし氷柱を抜《ぬ》こうと藻掻《もが》く。妹に抗議《こうぎ》。

「……お兄ちゃんは妹をこんな子に育てたつもりはないんだけどな」

「妹は兄を守るんです。それが世界の理《ことわり》であり、大樹との誓約《せいやく》です。――行きます!!」

そう言うと、カレンは雷槍を構え凄まじい速さで閃駆《せんく》。突撃《とつげき》を敢行《かんこう》。

僕は足に試製三属性上級魔法『氷雷疾駆《ひょうらいしっく》』を発動させて追随《ついずい》する。

ゴーシェだった存在は未《いま》だ氷柱に拘束《こうそく》されているものの、左目に魔力が集束。


『獣、死スベシ!!!!!!!!』


黒灰の禍々《まがまが》しい光線がカレンに向けて放たれる。させないっ!!!

『氷神鏡《ひょうじんきょう》』を多重発動。光線を乱反射させ、打ち返す。

ゴーシェは二発目の光線を速射。跳《は》ね返した光線と相殺《そうさい》。衝撃波《しょうげきは》が周囲の構造物を破壊していき、土煙《つちけむり》の中から、更に無数の黒灰鎖の手が襲《さ》い掛かってくる。

僕は試製炎属性上級魔法『紅炎燎原《こうえんりょうげん》』を発動。悉くを焼き尽くし、同時に試製二属性上級補助魔法『天風飛跳《てんぷうひちょう》』を僕とカレンにかけ大跳躍《だいちょうやく》。ゴーシェの頭上へ。

空中に氷鏡を生み出し足場とし、雷槍を二人で握りしめる。この後は――妹を呼ぶ。

「カレン」「伝わっています!」

間髪《かんはつ》入れずの返答。視線を半瞬《はんしゅん》合わせ——直後、氷鏡を強く蹴《け》り、一気に急降下。
異形へと墜《お》ちたゴーシェは藻掻きながらも、憎悪《ぞうお》を叩きつけて来る。
『我ガ信仰ノォォォォォ！！！！！　糧《かて》トナレェェェェェ！！！！！　!?』
瞳に魔力が集束し——紅蓮《ぐれん》の炎に包まれる。リチャードの炎槍！　絶妙《ぜつみょう》だっ！
ゴーシェはそれでも身体中から無数の黒灰鎖を生み出し、上空の僕等を迎撃。
カレンが裂帛《れっぱく》の気合いを放つ。
「兄さんと一緒で無敵なのは私であることを——今日、ここで、証明します！！！！」
雷槍の穂先に準備されていた三発の『雷帝乱舞《らいていらんぶ》』が解き放たれる。
禍々しい鎖の群れを打ち払い、血路を切り開く。ゴーシェの背中が——見えた！
僕は雷槍と長杖を重ね——ティナ達とカレンの為《ため》に試製した上級魔法を付与《ふよ》。
『八爪氷柱《はっそうつらら》』『烈風散月《れっぷうさんげつ》』『迅雷牙槍《じんらいがそう》』……氷・風・雷三属性複合。
一属性増やすごとに、威力の桁《けた》が跳ね上がっていく。
この時点までは、カレンもステラとの模擬《もぎ》戦時に経験している。が、凄まじい負荷《ふか》。
これ以上は……僕の手に爪を立て、見つめてくる。『続けてください』

両目をほんの一時だけ閉じ――四つ目以降の試製上級魔法を次々と付与。

『紅炎遼原《こうえんりょうげん》』『滅水滅花《めっすいめっか》』『穿壁土槌《せんぺきどつい》』『光芒瞬閃《こうぼうしゅんせん》』『冥闇影斧《めいあんえいふ》』

全八属性上級魔法《まほう》が合わさり、虹彩《こうさい》を放ちながら渦巻《うずま》き、軋《きし》む雷槍を兄妹《きょうだい》で必死に制御《せいぎょ》。

威力《いりょく》はもう――……秘伝や極致魔法を明らかに超《こ》えている！

身体中が悲鳴。なのに、カレンから流れる感情は『嬉《うれ》しい！　嬉しい!!　嬉しい!!!』。

この非常時に笑ってしまいそうになる程《ほど》の純粋《じゅんすい》な歓喜《かんき》。


『我ガ信仰ガ、聖女様ニ選バレシ我ガコンナ所デ負ケルモノカァァ！！！！』

ゴーシェは絶叫すると、背中全体から無数の黒灰鎖を放出。集合し、一本の黒灰槍に
虹槍《こうそう》と黒灰槍が激突。光を放つ螺旋《らせん》上の虹《にじ》と禍々しい闇とが鬩《せめ》ぎ合う。
カレンの瞳は更に濃く深い紫《むらさき》へ。紫電《しでん》が光り輝《かがや》く雷となる。二人で叫《さけ》ぶ。

「「いっけぇぇぇぇぇぇぇ！！！！！！！！」」

虹槍《こうそう》の穂先が一瞬、吠《ほ》え猛《たけ》る雷狼《らいろう》となり、均衡《きんこう》が――――崩《くず》れた。

黒灰槍を消滅《しょうめつ》させ、必殺の虹槍《こうそう》は異形の背に突き刺さり——魔力を解放。

直後、感じたのは大衝撃。媒介《ばいかい》だった短剣が耐《た》え切れず砕け、後方の氷壁が崩壊《ほうかい》し、広場に亀裂《きれつ》が入っていくのが視界に入る。

吹《ふ》き飛ばされながらも僕はカレンを抱《だ》きかかえ魔法障壁《しょうへき》を最大展開。崩壊した陣地《じんち》内へ。

視界が少しずつ晴れていき——僕と近衛《このえ》副長は慄《おのの》く。

「……とんでもないですね」「化け物にも程がある！」

ゴーシェはその場に立っていた。異形から人の形へと戻《もど》り、僕達を睨んでいる。

口元が動き「聖女様が……聖霊……」そこまでだった。

目が窪《くぼ》み、歯が抜け、肉が削《そ》げ、皮と骨だけの姿になり——倒《たお》れた。やった、のか？

後方の聖霊騎士《せいれいきし》団が自分達の部隊長が敗《やぶ》れ去ったにも拘《かか》わらず、声すらあげず。戦列から数名の巨軀《きょく》の騎士が出て来ると、ゴーシェを回収。強攻もせず、整然と退いてゆく。

そんな中、後方の灰色ローブ達が何事かを話し合っているのが辛《かろ》うじて見えた。

「……『血』の実験は半ば成功」『鍵《かぎ》』『欠陥《けっかん》』『最後』だって？」

「アレン？」

「……いえ。リチャード、僕等も退きましょう。連絡橋《れんらくきょう》を落とさないと」

「そうだね？　それと……離してあげないと、カレン嬢《じょう》が死んでしまうよ？」

「え？」

僕は自分の状態を確認《かくにん》。

カレンは僕に抱きしめられたまま、真っ赤になって硬直《こうちょく》していた。

慌《あわ》てて離《はな》し、繋いでいた魔力も切る。妹が唇《くちびる》を尖《とが》らす。

「………い、いきなり、そ、そんなに強く抱きしめるのは、き、き、禁止です！」

「い、いや、今のは不可抗力《ふかこうりょく》だと思うんだけど……なら、今度からはしないように」

「ダメです」

「え、えーっと……」

「ダ　メ　で　す」

カレンが真顔で僕へと迫《せま》ってくる。ただならぬ迫力《はくりょく》。思わず僕は頷《うなず》いてしまう。

それを見ていた赤髪《あかがみ》近衛副長は大爆笑《だいばくしょう》。ぬぐぐぐ……。

「アレン！！！」

橋の方から大声が聞こえる。見やると、ロロさんと自警団、更には退避《たいひ》した筈《はず》の近衛騎士団までも集まり手を振っていた。リチャードと顔を見合わせ、苦笑《くしょう》。

赤髪近衛副長は橋の方へ歩き出し、部下達へ「君達、命令違反《いはん》だぞ！」。良い上官だ。

さて、僕等も——カレンが僕の左肩《ひだりかた》へ頭を乗せた。

「兄さん、私、御役《おやく》に立てました……よね？」

「勿論《もちろん》。僕とリチャードだけじゃ勝てなかった。カレンのお陰《かげ》だ。ありがとう。確かに、もう、子供扱《あつか》いは出来ないね」

妹は、ぴくり、と身体を震《ふる》わせた。そして、囁《ささや》くように呟いた。

「なら――……私、また髪を伸《の》ばそうと思います」

僕はまじまじと、妹の大人びた横顔を見る。

「今の私に兄さんの隣《となり》を歩く資格がないのは理解しています。でも、私は負けません！」

長杖《ちょうじょう》の紅《あか》と蒼《あお》のリボンに触《ふ》れ――僕の胸倉《むなぐら》を掴《つか》み、顔を寄せてきた。

「だって、兄さんに髪を結《ゆ》ってもらったのも、杖《つえ》にリボンを付けたのも、一番は私なんです！　リディヤさんでも、ステラでも、ティナでもないんですっ！　そのことを、忘れないでくださいね？　髪が伸びたら――……また兄さんだけに結ってもらいます」

そう言うと、妹は僕の返答を待たず手を離し、連絡橋に向かい始めた。

「…………ドキドキしてしまった」

妹にそんな感情を抱《いだ》いたことを懊悩《おうのう》しつつ、僕は小鳥を生み出す。

――旧市街はどうにかなった。でも、新市街はどうなんだ？

＊

「何を言っておられるんですかっ！　貴方方《あなた》はっ!!」

大樹上層部にある大会議室。円卓《えんたく》に座っているのは各部族の族長達。

普段《ふだん》は温厚なリチャードの顔は殺気立ち、額の包帯には血が滲《にじ》んでいる。

「『新市街の一部住民が避難《ひなん》できていないから、東の連絡橋は落とせない』。理解しましょう。ですが、その住民の方々と守っている自警団が、新市街で重包囲下にあることは既《すで》に判明している。判断に時間をかけている暇《ひま》などない！」

――ゴーシェの猛攻《もうこう》を凌《しの》いだ僕達は広場と西の大橋を落とし大広場へ撤退《てったい》。

その間、新市街を小鳥で偵察《ていさつ》したところ、狐《きつね》族の一部住民が何故《なぜ》か大樹へ向かわず、内陸の高台へ退避。結果、敵軍に包囲されていることが判明。

大広場の指揮をロロさんに任せ、急ぎリチャードと一緒《いっしょ》に族長達へ報告を持ってきたのだけれど……赤髪近衛副長が両手で机を叩《たた》いた。

「なのに……『住民を助ける為に自警団を動かすかは、これから協議を行う。近衛騎士団と逃《に》げてきた他種族が行う分には止めはしない』？　正気ですか？」

「なっ！」「い、幾《いく》ら、リンスターの公子と言えど」「わ、我等にも考えがある」「そうだ」

「人族が許可なく大樹へ入るな！」「無断ではないか」「戦闘《せんとう》を拡大させるな」

苦衷《くちゆう》と疲労《ひろう》の表情を浮《う》かべている旧市街の族長達は沈黙《ちんもく》し、新市街の族長達が口々にリチャードを詰《なじ》る。唯一《ゆいいつ》、狐族の女族長だけは俯《うつむ》いたままだ。僕は静かに呟《つぶや》いた。

「リチャード。時間の無駄《むだ》かと」

「……………そうだね」

僕と赤髪近衛副長は族長達へ背を向け、出口へ。

中央に座る狼《おおかみ》族族長兼《けん》取り纏《まと》めのオウギさんが僕を呼び止めた。

「アレン、待て！　どうする気だ！」

立ち止まり背中越《ご》しに、淡々《たんたん》と述べる。

「新市街の人々を救います。逃げ遅《おく》れた住民の過半数は女性、子供です。そして、包囲している部隊の一角には聖霊騎士団。急がないと……取り返しのつかないことになる」

「……………っ！　だ、だが……」

オウギさんが口籠《くちごも》り、狼狽《ろうばい》した新市街の族長達が止めてくる。

「ま、待て」「お、お前如《ごと》きが口を出す問題ではない」「ま、まだ交渉《こうしょう》の余地はある筈だ」

『『古き誓約《せいやく》』がある』「大体、お前は人族ではないか！」「そうだ、人族だ！」「立ち去れ」

「おい…………いい加減にしろよ？」

『!?』

僕へ悪口雑言を投げかけた新市街の族長達に対し、リチャードが憤怒《ふんぬ》。炎《ほのお》で肌《はだ》が焼ける。

「…………アレン、暫《しば》しでいい、待てないのか？」

疲《つか》れ切ったオウギさんが懇願《こんがん》。僕は首を振《ふ》り、冷たく拒絶《きょぜつ》。

「協議の時間はあった筈です。……オルグレンとの『古き誓約』は既に死んだんですよ？」

円卓を見渡《みわた》す。族長会議は『オルグレン公爵家謀反《こうしゃくけむほん》』という未曾有《みぞう》の事態を前に、アトラが亡《な》くなった事件以来、燻《くすぶ》り続けていた人族への不信が噴出《ふんしゅつ》、思考停止状態にある、か。

……ごめん、リディヤ。僕はこれから無茶をする。わざとらしく肩《かた》を竦《すく》め通告。

「『決められない』が決定なのでしょう？　なら、好きにやりますよ。僕は獣人扱《じゅうじん》いされていないようですし……ふふ。確かに僕は――……『獣擬《けものもど》き』ですね」

『っ！！？』「アレン！！！」

旧市街の族長達が激しく動揺《どうよう》。オウギさんが顔面を蒼白《そうはく》にし、立ち上がる。

僕は深々と御辞儀《おじぎ》。

「――今まで有難《ありがと》うございました。これで失礼します。リチャード、行きましょう」

エピローグ

大樹を出てすぐに、僕は立ち止まった。赤髪の公子殿下《でんか》が訝《いぶか》し気《げ》に聞いてくる。

「アレン？　どうしたんだい？？」

「少し……疲れました。陣地構築や近衛騎士団、自警団への説明はお任せしても？」

リチャードは僕の肩を叩いて歩いて行った。

……多分、最後にこの風景を眺《なが》めたいのを気づかれた。気が利《き》く人なのだ。

僕は杖を抱《かか》えて座り込み、左右の腕《うで》の包帯をとっていく。母さんに見つかったら大変だ。

周囲には多くの獣人達と少数のドワーフ、エルフ、人族が行き来している。

重傷者は大樹内に収容され、ここにいるのは軽傷者か無傷の人達だけのようだ。既に簡易テントが幾つも設営済み。人々は、人種、種族関係なく助け合っている。

そこには僕が大会議室で感じた、旧市街と新市街の対立や、人族への憎悪《ぞうお》はない。

……族長達が会議室に閉じこもらず、この光景を見てくれたのなら。

そんなことを思っていると、先日、新市街で出会った狐族の幼女が一人で駆《か》けてきた。

大きな瞳《ひとみ》には涙《なみだ》を溜《た》めている。

「ん？　……お姉ちゃんはどうしたんだい？」

「…………」

無言のまま抱き着いて来たので、背中を撫《な》でる。幼女の身体《からだ》は大きく震えていた。

「イネ！」

狐族の女性が橋の方向から血相をかえて駆けてくるのが見えた。幼女のお母さんだ。頬《ほお》と右腕の白布には血が滲んでいる。僕は幼女に「お母さんが迎《むか》えに来たよ」。

しかし、離れてくれない。視線を合わす。泣き嗄《か》れた声。

「……あのね、あのね…………お姉ちゃん…………まだ、はしのむこうなの……」

「！　……そっか。うん、でも、大丈夫《だいじょうぶ》。大丈夫だよ。僕が迎えに行くからね。約束だ」

「約束？　……うん、わかった！」

幼女は笑顔《えがお》になり母親の元へ。母親は泣きながら娘《むすめ》を抱《だ》きしめる。

杖を手に取り、立ち上がると群衆の中に寄り添《そ》い合う父さんと母さんを見つけた。

駆け寄りたくなる気持ちを押さえつけ——僕は大橋の方向へ歩き出す。

その間、多くの人達に会った。

正式命令がない為《ため》、大樹内には入らず怪我《けが》人を救護している猫《ねこ》族の女性治癒《ちゆ》魔法《まほう》士や犬族の男性魔法薬士。それを補助している白髪混《しらがま》じりの若い人族の女性。

大鍋《おおなべ》で温かいスープを作り配っている栗鼠《りす》族のお婆《ばあ》ちゃんと、エルフ族のお爺《じい》ちゃん。

大樹内で使わない椅子《いす》やテーブルを大広場へ運んでいく牛族とドワーフの人々。

昨晩、王都から此方《こちら》へ到着《とうちゃく》し、いきなり巻き込まれたグリフォン便の鳥人達。フェリシアの手紙と頼《たの》んでおいた物を受け取れたのは、こんな状況《じょうきょう》では僥倖《ぎょうこう》だった。

族長達に避難《ひなん》状況を報《しら》せる為、一旦《いったん》、大樹へやって来ていた前獺《かわうそ》族族長のダグさんとも少し話すことが出来た。老獺は、「……無理をさせる」と言い残し、大樹へ入って行った。

自主的に動いてくれている人達のお陰で混乱は最小限に収まっている、か。

そうこうしている内に、大橋が見えてきた。

逃げてきたらしい群衆の中に見知った顔を見つけ、僕は後ろから肩を叩く。

「トネリ」

「⁉ な、な、何だ……て、てめぇか……ちっ……」

そこにいたのは、狼族族長オウギさんの息子《むすこ》であるトネリとその取り巻きの少年達だった。服は汚《よご》れておらず、怪我もしていないようだ。何故か酷《ひど》く動揺……いや、怯《おび》えている。

僕は怪訝《けげん》に思い、問い質《ただ》そうとし――その時だった。東の空に三発の信号弾《だん》。

その色は鮮《あざ》やかな――赤、赤、赤。

再度、空を駆ける――赤、赤、赤。

周囲にいる大人の獣人達がざわつき始め「お、おい！」「ああ、あの色は……」「馬鹿野《ばかや》郎《ろう》共がっ！」「族長達へ伝えないと……！」。次々と大樹へ向かい、全力で走っていく。

……族長達は即断《そくだん》出来ないだろう。

そして、その時間は取り残された人達の命を危険に曝《さら》す。予定に変更《へんこう》は無し。大橋へ。

トネリが苛立《いらだ》ちと怯えが混じった様子で叫《さけ》んだ。

「お、おい！　ど、何処《どこ》へ行く気だよ‼」

「ん？　決まってるだろう？　新市街の人達を助けに行くんだよ」

大人達が目を見開き、激しく動揺。トネリやその取り巻きの少年達は呆然《ぼうぜん》。

狼族の少年が舌の回らぬ口で聞いてくる。

「お、おま……あの色の意味を知ら、知らねぇ、のかよ⁉」

「赤が三つ。意味は『罠《わな》あり。来るな。見捨てよ』。そんなのは知ってるよ。でも――それがどうかしたのかい？　獣人は家族を見捨てない。僕には獣耳も尻尾《しっぽ》もない。けれど、獣人族の一員なんだ。義務を果たす時は今さ。……たとえ、認めてもらえなくてもね」

「っっっ！？！！」

絶句するトネリを捨て置き、僕は歩を進める。

先に戻《もど》ったリチャードに反対された場合は僕一人で——小さな、けれど、この場では誰《だれ》よりも大きく見える人が、大橋の前で両手を広げ、僕の前に立ち塞《ふさ》がった。

「行かせない！　行かせない‼　今度は絶対にっ………行かせないっ!!!」

「………母さん」

今まで見たことがない悲痛な表情でそこにいたのは——僕の母のエリンだった。

必死に走り先回りをしたのだろう。片足は裸足《はだし》で、足袋《たび》には血が滲《にじ》んでいる。

母さんは大粒《おおつぶ》の涙を滲ませ、詰《つ》め寄ってきた。

「アレン、貴方は……私の、私とナタンの、この世界に一人しかいない息子なのよ？　私には、私達には、貴方しか……貴方しかいないのよ？　その意味を、貴方は分かっているの？」

言葉が突《つ》き刺《さ》さる。王宮魔法士を落ちた後、東都へ帰らず、夏休み中に二回も母さんを泣かせるなんて、僕はとんでもない親不孝者だ。それでも……笑顔で告げる。

「大丈夫。行って戻ってくるだけだから。そんなに危なくもないよ」

しかし、僕の精一杯《せいいっぱい》は母さんに通じなかった。強く強く抱きしめられ、胸を叩《たた》かれる。

「嘘《うそ》！　嘘!!　嘘!!!　……何もかもを一人で背負おうとしないで！　貴方《あなた》は、まだ十七歳……たった十七歳の子供なのよっ!?　私は……私達はっ、貴方に………こんな、こんなことをさせるつもりで、王都へ行かせたわけじゃないっ！！！！！！」

「……母さん」

小さな、けれど誰よりも温かい手をそっと両手で包み――ありったけの感謝を告げる。

「ありがとう……ありがとうございます。その言葉だけで、もう十分……もう、十分です」

「ア、レン？」

母さんの涙に濡《ぬ》れた瞳が僕を見つめる。

――昔、泣いてばかりいた僕を守ってくれたのは、この人と父さんだった。

微笑《ほほえ》み、続ける。

「僕は母さんと父さんの息子になれたことを、今日まで心の底から誇《ほこ》りに思ってきました。貴女《あなた》達の息子であることが――ここまで僕を前に進ませてくれたんです。だからこそ」

心を落ち着かせ、敬愛する母に決意を伝える。

「子供達を、友人を、家族を助けに行きます。『自分の大事な人を見捨てるな』。僕はそう、母さんと父さんに教えてもらいましたから」

「アレン……駄目《だめ》よ！　駄目っ!!　…………駄目!!!」

母さんが大粒の涙を零《こぼ》しながら止めてくる。

……この人は僕のことを、血の繋《つな》がらない僕のことを……獣人《じゅうじん》ではない僕のことを心から愛してくれた。感情が決壊《けっかい》。涙が溢《あふ》れてくる。

「小さい頃《ころ》……毎日のように虐《いじ》められて泣いていた僕を、飽《あ》くことなく抱きしめてくれた母さんの温かさと頭を撫でてくれた父さんの優《やさ》しさが、僕を今日まで生かしてくれました。あの温かさと優しさが、その後、僕をどれだけ……どれだけ勇気づけてくれたか！　忘れたことなんかありません。あの頃は毎晩、『生まれ変わっても、どうか二人の息子で生まれさせてください』って、何度も、何度も大樹へお願いしていました。その気持ちは――今でも変わりません」

「ならっ！　行かないでっ!!　お願い、お願いだから……行か、ないでっ……」

母さんが、涙で瞳を真っ赤に染め僕へ翻意《ほんい》を迫《せま》る。後方からは慣れ親しんだ優しい魔力《まりょく》。

……僕は世界で一番幸せ者だ。

「僕は、母さんと父さんの息子になれて幸せでした。本当に、本当に幸せでした。貴女達こそが僕の道を照らし、歩く勇気をくれた最初の、けれど決して消えない灯火《ともしび》でした。でも——今度は僕が照らしてあげる番がきたんです。ありがとう。愛しています、母さん」

「ア、レン…………っ！！！」

その場で母さんの小さな身体が崩《くず》れ落ち、両手で顔を覆《おお》い啜《すす》り泣き始める。

僕は、ふっ、と息を深く吐《は》き、

「父さん、行って来ます!!」

振《ふ》り返り、まだ足が痛むだろうに、ここまで来てくれた汗《あせ》だくの父のナタンへ挨拶《あいさつ》。

「……アレン」

「大丈夫です。これでも、『剣姫《けんき》の頭脳』なんて過ぎたる異名で謳《うた》われた身なんですよ？」

わざと軽口を叩く。対して、父さんは何かを押し殺すような声を出した。

「……僕には祖先達のように戦場を駆ける力はない。だが、多くの書物を読んできた。そして、歴史は僕へ『息子を戦場へ絶対に送るな』と告げている。……告げているんだっ！」

「父さん……今、はっきりと分かりました」

右手でリディヤの杖《つえ》を強く強く握《にぎ》りしめ、左手の袖《そで》で涙を拭《ぬぐ》う。

笑顔を見せる。これが……最後になるかもしれないから。

「僕はきっと、今日、この場にいる為、父さんと母さんの息子になったんですよ。自分の為《な》すべきことを為します。貴方達からいただいた——この名と命に懸《か》けて」

「アレンっ！！！！！！！！」

初めて聞く父さんの叫び。母さんの泣く声が大きくなる。

——僕は立ち止まらず、大橋を渡《わた》り始めた。


大広場の半ばには、持ち出された机や椅子、木材を使った野戦陣地《じんち》が構築されていた。

最前線には近衛騎士団《このえきし》が、予備陣地には自警団と義勇兵の人達が陣取っているようだ。

既《すで》に新市街側の落とせなかった橋上には叛乱《はんらん》軍の軍旗が多数。

旗の紋章《もんしょう》からして……オルグレンの正規部隊。その数、約二千前後。

橋という限られた地形故《ゆえ》に正面兵力が限定されるとはいえ、著《いちじる》しく劣勢《れっせい》だ。

……何処まで粘《ねば》れるか。

「兄さん！」

予備陣地内でリチャードと話していたカレンが僕を見つけ、ぶんぶん、と手を振る。

歩いて行くと周囲の騎士達が次々と僕へ敬礼。戸惑《とまど》う僕の隣《となり》に自慢気《じまんげ》なカレンが立つ。

「……リチャード、何ですか？　これは？？」

「総指揮官殿《どの》に敬礼するのは当然だろう？　ああ、僕もしないと。アレン殿、御命令《ごめいれい》を！」

「……怒《おこ》りますよ？」

リチャードは大仰《おおぎょう》な動作で両手を掲《かか》げた。周囲の近衛騎士も苦笑《くしょう》。

「ちょっとした茶目だよ。実際に君が総指揮官なのは変わらない。ですよね！　ロロ殿？」

「ん？　ああ！」

少し離《はな》れた場所で指示を出していた自警団団長である豹《ひょう》族のロロさんが首肯《しゅこう》。見知った団員達――小熊《こぐま》族のトマさんや兎《うさぎ》族のお姉さんであるシマさんも親指を立ててきた。

……その中にスイの姿はない。リチャードへ聞く。

「信号弾は確認《かくにん》しましたか？」

「うん。意味もカレン嬢《じょう》に聞いたよ。……アレン、どうする？」

一帯に音がなくなる。僕の言葉を周囲の近衛騎士達、そして自警団員、義勇兵の人達が注視。意味は皆《みな》、知っているらしい。僕は通達する。

「助けに行きますよ。ただし――行くのは僕と近衛の一部のみです」

一瞬《いっしゅん》、陣地内が静まり返り、直後、近衛騎士達は次々と装具の点検を開始。

自警団員達が憤怒《ふんぬ》の表情で僕へ詰め寄ってきた。先頭にいるのは小熊族のトマさんだ。ロロさんは歯を食い縛《しば》っている。

トマさんが本気の怒声《どせい》。

「アレン‼　てめぇ……俺達を排除《はいじょ》するとはどういう了見《りょうけん》だっ！！！」

「族長達から自警団を救援《きゅうえん》の為《ため》に動かす許可をいただいていません」

「なっ⁉　な、なら、お前はどうなんだっ！　お前だけ行くなんて、そんなの……」

「僕は」「大丈夫《だいじょうぶ》です。私も行きます」

カレンが横から遮《さえぎ》って来た。僕は妹を睨《にら》む。

けれど、カレンは僕を無視し、淡々《たんたん》と状況《じょうきょう》を説明する。

「現状、族長達は即断すべきことを即断出来ず、自家中毒状態に陥《おちい》っています。なら、私も好きにします。私と兄さんがいれば何の問題もありません！」

「お、おぉぅ……なら、ならよぉ……アレン、俺達も！」

「トマさん、駄目です。こういう時こそ団結を！　カレンも口が過ぎるよ」

僕は妹をたしなめる。ロロさんとも視線を交錯《こうさく》。頷《うなず》く。

団員達が持ち場へ散っていき、この場に残ったのは僕と妹だけ。腕組《うでぐ》みをし拗《す》ねている。

……さて、と。

「……さっきは認めてくれたじゃないですかっ！　私も一緒《いっしょ》に行きます！」

「駄目だ。さっきと今じゃ、状況が大きく異なる。……さっきはまだ『後ろ』があった。だけど、今回は『前』に出ないといけない。退《ひ》けないんだ。第一……」

僕はカレンの左足の鞘《さや》を指さす。

「短剣は砕《くだ》けてしまった。今のカレンには武器がないじゃないか」

「じ、自警団や近衛騎士団の武器を借りますっ！」

大きく首を振る。僕の妹は賢《かしこ》い。自分の状態を理解している。

「『雷神化《らいじんか》』には到底《とうてい》耐え切れない。……連れては行けないよ」

カレンは身体《からだ》を悔《くや》しさで大きく震《ふる》わす。瞳《ひとみ》に涙《なみだ》が滲《にじ》み強い拒絶《きょぜつ》。

「嫌《いや》ですっ！　絶対に嫌ですっ！　断固拒否します！　兄さんと一緒なら、私は何も、何も怖《こわ》くなんかありませんっ!!　魔法だけでも私は十分、貴方の背中を」

「カレン」

妹を優しく抱《だ》きしめる。……こうして触《ふ》れるとよりはっきり分かる。

元気そうでも魔力は著しく減少。とても戦える状態じゃない。

……無理をさせてしまった。

「カレン」

「に、に、兄さん⁉　い、いきなり、何を⁉　ま、ま、まだ、お空は明るいです！」

動転したカレンがあたふた。耳元で囁《ささや》く。

「今までありがとう。僕は君のお兄ちゃんになれて幸せだった。本当に幸せだった。僕の妹になってくれて……僕に人を愛する気持ちを教えてくれて――ありがとう。世界で一番大好きだよ、カレン。……ごめん。母さんと父さんをよろしく」

「……え？　兄さ、っ！」

油断仕切っていたカレンと魔力を繋ぎ、身体強化魔法を強制遮断し、当て身。

制帽《せいぼう》が落ち、副生徒会長を示す『片翼《かたよく》の杖』の小さな銀飾《ぎんかざ》りが輝《かがや》きを失う。妹の身体から力が抜《ぬ》けたのを抱きかかえる。

――僕は嘘《うそ》吐きお兄ちゃんなんだ。兄は妹を守る者なのさ。

僕の左袖を強く強く握りしめている妹の指を優しく外し、頭をゆっくり撫《な》で、内ポケットから懐中《かいちゅう》時計を取り出し――制帽と共に置く。

離れた場所で見守ってくれていたシマさんへ目配せ。涙を何度も何度も拭いながら頷きつつ近づいてきてカレンを抱《かか》えてくれた。僕は王都からの届け物を懐《ふところ》から取り出す。

──淡《あわ》い紫《むらさき》の鞘に納められた短剣。引き抜き確認。漆黒《しっこく》の剣身に切れ味はない。が、反面、恐《おそ》ろしく頑丈《がんじょう》。これなら、全属性同時発動でも耐《た》え抜けるだろう。フェリシアは期待以上の代物《しろもの》を入手してくれたようだ。

剣を納め──鞘に指を滑《すべ》らせ、なけなしの魔力を使い、恒久的《こうきゅう》に魔法制御《せいぎょ》を補助する魔法式を構築。少しは手助けになる筈《はず》だ。僕は短剣を兎族のお姉さんへ手渡《てわた》す。

「シマさん。カレンが起きたらこれを」

「……アレンちゃん、最初からぁこうするつもりだったのねぇ？　けど、貴方《あなた》だってっ！」

練達の魔法士であるシマさんが、僕の状態に気づき、ぽろぽろ、と涙を零す。

片目を瞑《つぶ》り苦笑。……残存魔力はもう半分もない。

「僕には可愛《かわい》い妹と、激戦場へ行く勇気はないんですよ」

集まって来た周囲の自警団の人達を見渡《みわた》す。

「では、皆さん、後をよろしく。救援は必ず来ます。希望を捨てないでください。僕のことは心配無用です。新市街の人達は必ず救出してみせます」

けれど、誰一人《だれひとり》として応じてくれず視線を動かさない。事情を察したトマさんなんて号泣《ごうきゅう》している。

「アレン……名前が同じだからって……お前、お前っ！！！」

――魔王戦争の最終決戦において、狼《おおかみ》族の大英雄《だいえいゆう》『流星』は取り残された仲間を救う為、一度無事に渡った血河《けつが》を再度躊躇《ちゅうちょ》なく渡り直し、仲間全員を救い……そして死んだ。

彼こそは、僕が幼心に憧《あこが》れた本物の『英雄』そのものだった。

対して、僕は一介《いっかい》の家庭教師。彼と同じことなんて到底《とうてい》出来やしない。

それでも――誰かが行かないと。あの幼女は僕を信じてくれたのだ。

ならば足掻《あが》きろう。今までも幾多《いくた》の死地を越《こ》えてきた。約束を破るのは好みじゃない。

まぁ、そういう時は何時何時《いついつ》だって……隣には『二人なら僕等は無敵だ』と、絶対的に信じることが出来た、紅髪《あかがみ》の少女がいてくれたのだけれど。

……懐中時計を渡したことを聞いたら、あいつはきっと怒るだろうなぁ。

僕は最後にもう一度眠《ねむ》りながら、涙を流している妹の頭を撫で、戦場へと歩き始めた。

前線陣地では既に部隊編成が終わっていた。仕事が早い。

僕は悠然《ゆうぜん》と敵軍を観察している赤髪公子殿下《でんか》の隣に立ち、名前を呼ぶ。

「リチャード」

「編成は終わっているよ。長子以外・妻子無し・婚約《こんやく》者無し・負傷者無しで選抜《せんばつ》した一個中隊、合計四十七名だ。ああ、言わずもがなだが――僕も参加する」

一切《いっさい》、表情を変えずリチャードはそう言った。敢《あ》えて軽い口調で突《つ》っ込《こ》む。

「貴方は長子で婚約者もいたような？　……部隊は誰が見るんですか？　残留を」

「アレン、僕の姓《せい》は未《ま》だ『リンスター』だ。『サイリス』じゃない。公爵家《こうしゃくけ》の人間には相応の責務がある。部隊は古参共が見るさ。ロロ殿もいる。あの御仁《ごじん》、大したお人だ。近衛に引っ張りたいくらいだよ」

「あの人の本業は建築家です。長子で美人な奥さんと可愛い娘《むすめ》さんもおられます」

「それは残念。新しい幹部候補が見つかった、と思ったのに。人生はままならないね」

「まったくです」

二人で顔を見合わせ、笑いあう。前方の敵陣《てきじん》が騒《さわ》がしい。攻勢《こうせい》をかけてくるようだ。

赤髪公子殿下は真剣《しんけん》な顔つきになった。

「アレン、君は残れ！　この戦場は紛《まぎ》れもなく死地だ。……君をここで行かせたら、僕はリディヤとリィネに泣かれてしまうじゃないか？」

「ありがとうございます」

絶望的な戦況下において尚《なお》、強い良識を保つ心優《やさ》しい友人へ、謝意を示す。

「僕はかつての魔王戦争において命を賭《と》し人族世界を救った狼族の大英雄『流星のアレン』じゃありません。戦局を個人の武勇で打破など出来ない。……英雄には程遠《ほどとお》い」

杖《つえ》の先端《せんたん》に魔法を紡《つむ》いでいく。二色のリボンが光を放つ。

敵軍の軍旗は今までになく強い戦意をはらんでいる。攻撃開始を告げる号令。

「けれど、父と母は、名もなく、血も繋《つな》がっていない僕にこの名を与《あた》え、今日まで実の子以上に愛し、慈《いつく》しみ、守り続けてくれたんです。ならば」

長杖《ちようじよう》の石突《いしづき》で地面を突く。前進を開始しようとした重鎧騎士《じゆうよろいきし》の足元を泥濘《でいねい》へと変化させ凍結《とうけつ》。上空に不可視の『風神矢《ふうじんや》』を発動。鎧《よろい》の隙間《すきま》を狙《ねら》い撃《う》つ。怒号《どごう》と悲鳴がこだまする。

それでも――この程度の魔法で、精鋭《せいえい》軍隊の前進は止められない。

泥濘が固められ、凍結は融《と》かされ、傷を負った重鎧騎士達に治癒《ちゆ》魔法の光が降り注ぐ。

臨戦態勢となった近衛《このえ》騎士達の怒号を聞きながら、リチャードへ伝える。

「そんな僕が、友を、子供達を、獣人《じゆうじん》族の『家族』を見捨て、安全圏《けん》に留《とど》まるなんて！近衛騎士団は精強。なれど、東都の地理に不慣れ。道案内は必要です。ああ、申《もう》し遅《おく》れました」

片目を瞑り、恭《うやうや》しく会釈《えしやく》。

「僕の名はアレン。誰よりも慈悲《じひ》深き狼族のナタンとエリンの息子《むすこ》です。これより、皆様《みなさま》を煉獄《れんごく》に御案内致《ごあんないいた》します。よろしいですね？　リチャード・リンスター次期公爵殿下《でんか》？」

赤髪近衛副長は絶句。決死隊に選ばれた近衛騎士達も呆然《ぼうぜん》。

やがて——……リチャードは笑い出し、騎士達もまた笑い出した。全員に波及《はきゅう》し、陣地全体にこだま。敵軍の前進が戸惑《とまど》ったのかやや遅《おそ》くなる。

年上の友人が言葉を絞《しぼ》り出す。

「……君は、大馬鹿者《おおばかか》なんだね、アレン。リディヤが懐《なつ》くわけだよ。それじゃ——道案内を頼《たの》めるかい？」

僕は微笑《ほほえ》み、応じる。

「ええ。勿論《もちろん》です」

「真に……真にありがとう——近衛騎士団！！！！！」

『我等、護国の剣なり！　我等、護国の盾《たて》なり！　我等——弱きを助ける騎士たらんっ‼』

リチャードの呼びかけに近衛騎士達が一斉《いっせい》に胸甲《きょうこう》を叩《たた》き、騎士剣を抜き放ち、槍《やり》を構え、大楯を突き出し、杖に魔法《まほう》を展開。

——うん、悪くない。自然と微笑《びしょう》が深まる。

赤髪公子殿下が剣を抜き放った。

「では――行こうっ！　今こそ、リンスター公爵家長子の力を見せようじゃないか!!」

僕は重々しく首肯《しゅこう》。

「いきなりの『火焔鳥《かえんちょう》』ですね。よろしくどうぞ」

「意地悪だねっ！　どうせ、僕は使えないよっ！」

笑顔のリチャードが野戦陣地を飛び出し、駆《か》け出す。その前方には巨大《きょだい》な大火球が四つ。

その後に続き僕もまた魔法を発動させながら、叛乱《はんらん》軍の隊列へ走り出す。

後方からは決死の救援《きゅうえん》部隊に選ばれた近衛騎士。その数四十六名。

陣地に残る騎士達、更《さら》には自警団と義勇兵の魔法士達までもが前進。全力で援護射撃《しゃげき》を開始。敵戦列に攻撃《こうげき》魔法が次々と炸裂《さくれつ》、大広場に激しい風が吹《ふ》き荒《あ》れる。

――長杖に結ばれた、紅《あか》と蒼《あお》のリボンが僕を励《はげ》ますように煌《きら》めいた。

あとがき

五ヶ月月ぶりの御挨拶《ごあいさつ》、お久しぶりです、七野《ななの》りくです。

……はい、五ヶ月です。通常の四ヶ月ではございません。

本巻執筆《しっぴつ》中、人生最悪の喉風邪《のどかぜ》にかかりまして、一ヶ月空いてしまいました。今後は、健康第一、で頑張《がんば》っていこうと思います。申し訳ありませんでした。

本作はWEB小説サイト『カクヨム』で連載《れんさい》中のものに九割程度？　加筆したものです。

加筆という、単語概念《がいねん》への挑戦《ちょうせん》は続く。


内容ですが、本巻、とんでもないところで終わっています。

でも——ご安心ください。第二部は全巻、そんな感じです(何)。

見え始めた各ヒロインの『強さ』と『弱さ』は以後、顕在《けんざい》化していくことになります。

次巻以降では、ハワード、リンスター、そして、ルブフェーラの各公爵家がどういう存在なのかも語られることでしょう。

第一部と大分、趣《おもむき》が異なりますが、各キャラの違《ちが》った姿をお見せ出来ると思います。

断言出来るのは……本巻で突如《とつじょ》評価を爆上《ばくあ》げさせたであろう、某《ぼう》赤髪近衛副長様には、もう一段、二段、上があるっていうことです。リンスターは伊達《だて》じゃないのだ。

さて――宣伝です！

WEBマガジン「少年エースplus」にて、コミカライズ連載中です！

無糖党《むとうたむら》先生の手で、とても面白《おもしろ》く、かつ、ティナ達が可愛く描《えが》かれていますので、是非《ぜひ》是非《ぜひ》。読んでいて和《なご》みますよ、ほんとに。

お世話になった方々へ謝辞を。

担当編集様、昨年末は体調を崩《くず》してしまい、大変、御迷惑《ごめいわく》をおかけしました。健康第一で、が、頑張ります。今後ともよろしくお願いいたします。

cura先生にも大変御迷惑をおかけしました。申し訳ありませんでした。表紙のカレンを見た時、げ、劇場版!?　と、変な声が出ました。ありがとうございました。

ここまで読んで下さった全《すべ》ての読者様にめいっぱいの感謝を。

また、お会い出来るのを楽しみにしています。次巻は……弱虫な彼女でしょうね。

七野りく

お便りはこちらまで

〒一〇二－八一七七
ファンタジア文庫編集部気付
七野りく（様）宛
cura（様）宛

富士見ファンタジア文庫

公女殿下《こうじよでんか》の家庭《かてい》教師《きようし》5
雷狼《らいろう》の妹君《いもうとぎみ》と王国動乱《おうこくどうらん》

令和２年３月20日　初版発行

著者――七野《ななの》りく

発行者――三坂泰二

発　行――株式会社KADOKAWA
〒102-8177
東京都千代田区富士見2-13-3
0570-002-301（ナビダイヤル）

印刷所――株式会社暁印刷

製本所――株式会社ビルディング・ブックセンター

ISBN978-4-04-073583-2 C0193

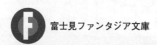

騙しあい。
各国がスパイによる戦争を繰り広げる世界。任務成功率100%、しかし性格に難ありの凄腕スパイ・クラウスは、死亡率九割を超える任務に、何故か未熟な7人の少女たちを招集するのだが——。
シリーズ好評発売中！
ファンタジア文庫

世界最強の
“不可能任務”に挑む少女たちの
痛快スパイファンタジー！
スパイ教室
竹町
illustration
トマリ

切り拓け！キミだけの王道
ファンタジア大賞
原稿募集中！
賞金
《大賞》300万円
《金賞》50万円　《銀賞》30万円
選考委員
細音啓「キミと僕の最後の戦場、あるいは世界が始まる聖戦」
橘公司「デート・ア・ライブ」
羊太郎「ロクでなし魔術講師と禁忌教典《アカシックレコード》」
ファンタジア文庫編集長
前期締切 8月末日
後期締切 2月末日
公式サイトはこちら！ https://www.fantasiataisho.com/
イラスト／つなこ、猫鍋蒼、三嶋くろね